华南师范大学文学院中国语言文学学科建设丛书

段吉方 蒋 寅 主 编

骆以军早期小说
创作研究

张建炜 著

中国社会科学出版社

图书在版编目(CIP)数据

骆以军早期小说创作研究/张建炜著. —北京：中国社会科学
出版社，2023.5
（华南师范大学文学院中国语言文学学科建设丛书）
ISBN 978 - 7 - 5227 - 1263 - 5

Ⅰ.①骆…　Ⅱ.①张…　Ⅲ.①骆以军—小说研究　Ⅳ.①I207.42

中国国家版本馆 CIP 数据核字（2023）第 024284 号

出 版 人	赵剑英
责任编辑	郭晓鸿
特约编辑	杜若佳
责任校对	师敏革
责任印制	戴　宽

出　　版	中国社会科学出版社
社　　址	北京鼓楼西大街甲 158 号
邮　　编	100720
网　　址	http://www.csspw.cn
发 行 部	010 - 84083685
门 市 部	010 - 84029450
经　　销	新华书店及其他书店

印　　刷	北京明恒达印务有限公司
装　　订	廊坊市广阳区广增装订厂
版　　次	2023 年 5 月第 1 版
印　　次	2023 年 5 月第 1 次印刷

开　　本	710×1000　1/16
印　　张	14.5
插　　页	2
字　　数	200 千字
定　　价	79.00 元

华南师范大学文学院中国语言文学学科建设丛书编委会

总　序

　　近年来，在"双一流"建设背景下，中国语言文学学科发展迅速，学科研究范围不断扩大，学科内涵得到了深化，学科建设路径也日益多元；同时，随着经济的发展和社会的进步，高等教育的发展格局也对中国语言文学学科提出了更多的挑战。如何进一步夯实学科基础，积淀学科底蕴，彰显学科特色，是目前中国语言文学学科发展与建设工作的重要任务之一。

　　华南师范大学文学院中国语言文学学科历史悠久，早在 1933 年，著名教育家林砺儒创办勷勤大学师范学院，设立文史学系，就有了中国语言文学学科。88 年前的勷勤大学师范学院有过辉煌业绩，她与当时的北平师范大学南北呼应，共同守护和延续了南中国高等师范教育的历史血脉，中国语言文学学科发挥了重要的作用。

　　华南师范大学文学院中国语言文学学科与勷勤大学师范学院一道筚路蓝缕，以启山林，在此后的岁月中，更是一路栉风沐雨，砥砺前行。老一辈知名学者李镜池、康白情、吴剑青、吴三立、廖苾光、廖子东等奠定了学科基础，后辈学人积极传承学科文脉，经过几代学者的薪火相传，得到健康发展，已形成了基础扎实、积累深厚、体系完备、特色鲜明的学科发展格局。

新时期以来，华南师范大学文学院中国语言文学学科取得了跨越式发展。1981 年，获批全国第一批硕士点；2000 年，中国古代文学专业获批博士学位授权点；2006 年，获批一级学科硕士学位授权点，同年，中国现当代文学、汉语言文字学获批博士学位授权点，并设立中国语言文学博士后流动站；2007 年，中国古代文学、中国现当代文学被评为广东省重点学科；2011 年，获批中国语言文学一级学科博士学位授权点；2012 年，入选第九轮广东省优势重点学科，并以"优秀"等级通过国家"211 工程"三期建设验收；2015 年，进入广东省高水平大学建设学科行列。现有学科方向有中国古典诗学与中国古代文学研究、中国现当代文学研究范式与批评、出土文献语言与方言研究、现当代西方文艺思潮与比较诗学研究、中国古代典籍与文献研究等。学科拥有国家语言文字推广基地、华南师范大学岭南文化研究中心、华南师范大学审美文化与批判理论研究中心等高端学科平台 6 个；以中国语言文学学科为基础的汉语言文学（师范）专业是国家首批"一流本科专业"。

一个学科的发展需要几代人的守护与努力，同时也离不开同时代人的奉献与投入。华南师范大学文学院编辑出版这套"中国语言文学学科建设丛书"，即是我们在有限的能力范围内推动学科建设的一种努力。这套丛书的作者基本上以华南师范大学文学院的中青年学者为主，他们是学院学科发展与建设的希望所在，其相关研究成果有的是国家社科基金、教育部社科基金的结项成果，有的是博士论文、博士后出站报告的修订成果，均展现了他们多年来在学术研究中的努力与收获。我们希望，他们的研究能够受到学界的关注，同时恳请各位专家学者批评指正。

华南师范大学文学院

中国语言文学学科建设丛书编委会

2021 年 6 月

目　　录

绪　论

第一节　本书的研究范围及意义

一　本书的研究范围

　　"世代"，是一个有别于"流派"的、划分文学创作的范畴。法国著名文学社会学家罗贝尔·埃斯卡皮在《文学社会学》中指出，文学发展中存在"代"的现象。所谓"代"，即某一群作家的出生年代相对集中于某一时期。台湾新世代小说家的命名正是基于这一代际理论。1989年，林耀德、黄凡编写的《新世代小说大系》由希代书版有限公司出版，在此书的总序中，林耀德首次提出台湾新世代小说家的定义：

　　　　所谓"新世代"在未被确切定义前，是一个因时空转移而产生相对诠释的名词，在此我们以出生在一九四九年之后的小说家作为编选的主轴，并以四五至四九年间出生者作为弹性对象，换言之，就是一般而言"战后第三代"以降的小说作者群。①

――――――――――

　　① 林耀德：《新世代小说大系·总序》，林耀德、黄凡主编《新世代小说大系》，台北：希代书版有限公司1989年版，第3页。

　　林耀德的这一界说选取 1949 年作为断代的基准，显示了"新世代"成长过程中特有的政治、经济和文化空间。据此，如果以十年作为一个文学世代的演进周期细分，新世代作家群实际包含了一般而言的战后第三代及战后第四代小说作者群，① 他们在 20 世纪八九十年代崭露头角，目前正活跃在台湾文坛。②

　　骆以军生于 1967 年，属于新世代小说家中的战后第四代，他是台湾为数不多的专职作家之一，自 1993 年出版第一本小说集《红字团》以来，迄今已经出版小说十余本，获奖无数。自 90 年代初在台湾文坛崭露头角，到如今被称作"台湾文坛一哥"，③ 骆以军小说创作中最令人耳目一新的是，在历史变局下，以个体命运、家族溯源以至历史风云为焦点的身份认同书写。其小说中的身份认同书写继承并发展了台湾文学创作的现代主义传统，运用后现代创作技艺表达现代主义精神追求，以魔性的力量展演历史的悖谬、现实的谵妄和人性的诡谲，不仅深刻表现了作者追寻自我身份过程中遭遇历史与现实分裂时的焦虑，而且揭示了生活在后现代都市中的"我们"④ ——台湾新世代内心的惶惑、无依和哀伤，在思想上和艺术上均具有十分重要而独特的研究

---

　　① 除林耀德对"新世代"的界定之外，李瑞腾在《九〇年代崛起的新生代小说家》（陈义芝主编：《台湾现代小说史综论》，联经出版事业公司 1998 年版，第 511 页）中指出，活跃在九〇年代的一群比战后第三代更年轻的新世代作家，他们出生在 1965 年之后，从各大文学奖崭露头角，可视为战后第四代作家。据此，所谓出生在 1949 年以后的新世代作家，大致也可以按两个阶段划分，一是生于五〇至六〇年代的战后第三代，一是生于六〇至七〇年代的战后第四代。而七〇年代以后出生的一群，一般则称为新新世代或更新世代。

　　② "世代"是个指涉对象不断变化的概念，随着时间推移，"新"的终究要变成"旧"的。今天，这群台湾文学"新世代"作家，已逐渐步入老年或中年，对于一个更新的文学世代而言，他们已开始成为在文坛占据中坚位置的"前辈"。因此，当下一些出版物或论文中，这群九〇年代以降的文学新世代，已被称为"中生代"。

　　③ 戴立忍《西夏旅馆》（上、下册）随书附赠别册《经验匮乏者笔记》相关资料。在《西夏旅馆》的推荐人语中，戴立忍言道，"长辈不在的时候，我们都称骆以军为台湾文坛一哥，六〇以降第一人"。http://www.bookschina.com/5158788.htm。

　　④ 骆以军在《壹周刊》上撰写的专栏文章结集出版，题名为"我们"。此后，其专栏文章又结集出版了两本，INK 印刻出版有限公司将这三本书结成"我们"系列推出。本书认为，"我们"恰恰也代表了骆以军对其自身所属"世代"的一种强烈体认。本书将在后文对此进行探讨。

价值。

从创作传承看，骆以军的小说创作师承张大春、朱天文、朱天心等外省裔的文学社群，延续了这一文学社群关于家国想象的叙事主题。但是，他们出生相隔大约十年，期间台湾及至世界政治经济环境风云变幻，而在文学上，恰好又是一个文学世代的演进周期。此外，骆以军一直生活在台北永和小镇的市民阶层中，与眷村出身的张大春、朱天文、朱天心姐妹有着几乎完全不一样的生活经历和体验。所以在相同的家国叙事主题中，骆以军的关注视角、价值追求及作品精神与张大春和朱家姐妹并不一致，而他显然也在创作中寻摸到了自己的角度，在继承中走出了自己的步调。

从成长经历看，骆以军的成长正与台湾社会的都市化、工业化同步，期间更伴随着台湾政治上的去威权和民主化过程，与他的前一代创作者相比，可以说，他既没有经历过物质匮乏的困窘，也没有遭受过强烈政治的压迫。但是，台湾社会在经济腾飞后快速进入的后现代文化情境，例如大叙述的崩解、所有严肃的意义面临解构的危机、信息化和消费化对主体的宰制和消解等，却让他在精神上感受到另一种生存的卑微与格式化。特别是 1987 年台湾解严以后，"本土"与"外省"问题开始成为蓝绿阵营党争的筹码，导致台湾社会族群分裂，身为外省第二代的骆以军遭遇身份认同的巨大困扰，深味"遗弃"与"伤害"之痛。因此，与其他文学新世代的作家，如邱妙津、郝誉翔等相比较，骆以军和他们的成长年代虽然相近，在创作上也同属"内向"而且"经验匮乏"的世代，但骆以军小说创作的关注重点比较独特——他更注重从自己的美学信仰——"遗弃"与"伤害"的叙事语境入手，以多重的叙事指涉、违时异俗的历史视角去探寻真实自我的丧失与身份认同之间千丝万缕的联系。

本书以骆以军小说为研究对象，结合台湾社会的变化及文坛思潮的影响来探讨骆以军的小说创作，以其创作发展为基本线索，重点揭示骆以军小说中身份认同书写的各个面向，考察其中的文学价值及时代意义，呈现以其为代表的台湾新世代小说家在身份认同书写上的创作倾向和探索。

二　本书的意义

台湾新世代作家成长于 80 年代，活跃于 90 年代以后的台湾文学界，显示了不容置疑的创作力与影响力。虽然，一般认为，这批被称为"文学新世代"的作家伴随着后现代的商业文明成长，因此难以对某种价值有坚定的信仰，在创作中消费的热情必然会迅速取代对政治的关心，探索自我的兴趣必定会远远高于思辨文化或社会问题。而且，受后现代主义的影响，一定会表现出一种迷失、虚无或游戏的倾向。但是，如果我们对现代主义和后现代主义在台湾文学中的发展脉络加以考察，则会发现，新世代小说对于自我、主体和异化问题的探索，并不完全采取后现代的立场，而是在某种程度上呼应了现代主义。骆以军即是其中一个非常突出的代表，他的创作印证了林耀德的断言——新世代作家的出现标志着台湾文学典范更替的实现。[①]

骆以军大学时师从张大春等文学前辈，在其创作之初，后现代"谎言的技艺"是其叙事中的突出特色。但是，自谓"现代主义是我的原罪"[②] 的骆以军到底没有堕入后现代消弭一切意义的虚无中去。在他的小说中，虽然已不存在现代主义式的强大的中心化自我，"历史由不可知的哀怨转变为被洞察了的嘲讽"，[③] 但是，透过他在身份认

---

① 林耀德：《新世代小说大系·总序》，林耀德、黄凡主编《新世代小说大系》，台北：希代书版有限公司 1989 年版，第 5 页。

② 言叔夏：《我的哭墙与我的罪——访/评骆以军》，《幼狮文艺》2004 年第 5 期。

③ 陈思和：《论台湾新世代在文学史上的意义》，《当代作家评论》1991 年第 1 期。

同书写中的探寻与反思，我们却可以看到：一方面，骆以军对于后现代社会个人自我丧失的情形有深切的观察和体会，他敏锐地洞悉真实自我的丧失与拟像自我的出现，以及此间的危险；另一方面，他仍然肯定某种自我的存在，并努力为自我寻找出路。所以，他并未盲目附和后现代主义对自我与主体的根本解构，而是坚持在小说中书写、探寻政治历史变局中身份认同的各种可能，努力重寻现代主义的精神价值。正因为如此，骆以军的创作显示了台湾近二十年来身份认同书写的一个重要方向，成为台湾文学自朱氏姊妹和张大春的中兴之后，推陈出新、别开天地的又一人。

当前，全球化和城市化已是中国大陆不容回避的发展趋势，海峡两岸仍然在谋求政治解决"一个中国"，可以预见，在此背景下，身份认同问题仍将继续成为两岸，特别是台湾文学创作中的重要主题。因此，就本论题而言，立足于骆以军小说研究，考察其身份认同书写中的精神探索与艺术追求，不仅能让我们了解台湾新世代作家在生活和创作中面临的身份困扰以及他们寻求解决的艺术方向，而且还有助于我们审视当前大陆文学创作中正在而且仍将面对的身份认同问题，这对于进一步顺应两岸整合的艺术发展要求，拓展更深广的两岸当代小说创作和研究视野无疑是有意义与价值的。

第二节　骆以军及其创作

一　骆以军剪影

骆以军的第一部短篇小说集《红字团》于 1993 年 4 月获该年度《联合报·读书人》年度十大好书。自此以后，他笔耕不辍，至今已经出版十余本小说：《我们自夜闇的酒馆离开》（1993 年）、《妻梦狗》

（1998 年）、《第三个舞者》（1999 年）、《月球姓氏》（2000 年）、《遣悲怀》（2001 年）、《远方》（2003 年）、"我们"系列之《我们》（2004年）、《降生十二星座》（2005 年，为《我们自夜闇的酒馆离开》的改版发行）、《我未来次子关于我的回忆》（2005 年）、"我们"系列之《我爱罗》（2006 年）、《西夏旅馆》（2008 年）、"我们"系列之《经济大萧条时期的梦游街》（2009 年）、《脸之书》（2012 年）、《小儿子》（2014 年）、《女儿》（2015 年）。其作品风格独特，不仅在台港斩获多项文学奖，受到相当多的读者和研究者关注，而且随着大陆出版社近年对其作品的引进，也逐渐引起了内地读者和研究者的注意。

骆以军的父亲是安徽省无为县人，1949 年随国民党军队渡海到台湾，退伍后娶了台湾本地姑娘，在台北永和生活。父辈的流亡、小镇的生活、外省裔父亲与本省裔母亲的家族往事，这些个人成长中的见闻、经历日后都成为骆以军小说创作的资源。骆以军中学时并不是成绩优秀的学生，一度"混"了一些颇狠的朋友，① 复读后，考上台湾文化大学。初始就读森林系，后来转至中文系文艺创作组。按骆以军自己的话说，台湾文化大学只是一所"烂学校"，② 但是当时，适逢小说家张大春、罗智成、杨泽、翁文娴等人受聘在该校的中文系任教，令骆以军得以师从这些成就卓著的文学前辈，从一个较高的起点开始走上创作之路。"翁文娴的客厅沙龙"是骆以军谈及其最早的诗歌创作时必然提及的一个场景。其时翁文娴及其画家先生刚从法国学成回台任教，他们好客热情，对艺术充满热忱。骆以军和几个爱好文学的同学常在课余受邀到翁文娴家里喝酒、吟诗。对于骆以军来讲，翁文娴家的客厅俨然一个小小的诗歌沙龙，它不仅提供了一个青年艺术家浸润成长的氛围，而且还为自小家庭结构简单的他补了一课"客厅人

---

① 见文后附录《温州街的下午——骆以军访谈》。
② 见文后附录《温州街的下午——骆以军访谈》。

际关系学"，给予他一种"客厅文化"的启蒙。① 但是，要说在小说创作方面最直接、最深切的影响，还是来自张大春。骆以军在大学二年级时选修张大春的"现代小说"课程，张大春的创作具有强烈的后现代主义倾向，他抛弃写实主义的条规，质疑文本、文字符号，并由此发展出极具个人特色的后设小说手法及魔幻写实主义书写策略，这些都极大地影响了骆以军早期的小说创作。而更重要的是，它们还影响了骆以军对小说本质的认识。骆以军自己曾表示，他从张大春的课程中学到的不仅仅是小说技巧的讨论，而且还是小说本质的东西。这一点在其第一部小说集《红字团》中表现最为明显。王德威认为，《红字团》中的六篇小说大体上皆可以后设名之。该书 2010 年第二版的封底推荐中也这样写道，"作者善于将我们习以为常的感觉、情绪、道德判断置放于一荒谬暧昧的情境，运用角色认同及叙事声音皆充斥干扰与延宕的技巧，逼视读者注意小说虚构的本质"。②

　　张大春的认可和扶持，让骆以军踏上了小说创作的征途。一开始他信心不足，自言如"密室修炼者"，无比苦闷与孤寂，感觉自己像孤岛一样，不得不在很孤独的境地里完成技艺，直到得到朱天心的眷顾和支持。在台湾，朱家是在文坛具有举足轻重影响力的文学世家（骆以军甚至称之为"神之家"），其文化传统可上溯至胡兰成，由胡兰成而朱西宁而朱天文、朱天心姊妹。在朱家周围，聚集了张大春、舞鹤、唐诺、侯孝贤、初安民等大批作家和文化人，对台湾文学有相当的影响。朱天心不仅大力推荐发表骆以军的小说，而且还为他的小说热情作序。在《我们自夜闇的酒馆离开》中，收录了一篇朱天心所作的序《读骆以军小说有感》。文中，朱天心对骆以军的小说不吝赞美，毫不掩饰地流露出惺惺相惜之情，洋溢着满满的眷顾之意：

---

① 见文后附录《温州街的下午——骆以军访谈》。
② 骆以军：《红字团》，台北：联合文学出版社股份有限公司 2010 年版，封底。

无疑的，我个人当然喜欢并期待骆以军"这一路"的，每见其开疆辟土的勇健之姿，除了有作为读者的一种幸福之感外，还有一种同为同业，呜呼哀哉，不独我疯的相濡以沫。①

作为新世代创作者的骆以军，在张大春、朱天心等前辈的提携下慢慢进入了创作"佳境"。这种良性互动、相濡以沫的文人关系，以及创作中同行评议、相互砥砺的风气，也使他一直对作家身份保持高度自觉，对创作始终怀抱虔敬。骆以军是目前台湾为数不多的职业作家之一，他以一种悍然的勇毅和热忱承受着巨大的生存压力、写作困境，以及疾病折磨（忧郁症），投身小说创作。如今他几乎保持着一年一本的创作速度，而且创作质量渐次提高。自《红字团》到《西夏旅馆》，其小说创作先后获得《联合文学》小说新人奖推荐奖、时报文学奖小说首奖等诸多奖项，《西夏旅馆》更是于 2010 年获得由香港浸会大学创立的，旨在奖励杰出华文长篇小说作品的世界华文长篇小说奖——"红楼梦奖"首奖。可以说，一些评论者或同行将骆以军称为新世代小说家中的"一哥""数一数二的好手"并非完全出于戏谑，② 骆以军确已逐渐成为台湾新世代小说家中的领军人物。

二 骆以军小说创作分期

1. 实验探索期（1993—1999 年）

1993 年 4 月，骆以军的小说处女集《红字团》出版，书中收录了《红字团》《底片》《手枪王》等六篇小说获奖作品，而小说集本身也

---

① 朱天心：《读骆以军小说有感》，骆以军《降生十二星座》，台北：INK 印刻出版有限公司 2005 年版，第 17 页。

② 姜妍：《唐诺朱天心夫妇：纯粹写作者的简单生活》，《新京报》2009 年 3 月 5 日。采写的报道，语出唐诺对骆以军的评价，"骆以军是现在台湾数一数二的好手"。

在出版当年获得了《联合报》年度十大好书的推荐。由此开始，至1999 年《第三个舞者》发表，可以看作骆以军在台湾文坛崭露头角的初始阶段。其时，骆以军的创作中不乏明显的技艺实验意味。比如，王德威就认为，骆以军的《红字团》中的小说明显是在追随乃师张大春，其中的作品大抵都可以后设名之。但是，王德威也表示，"《红字团》这类型的作品，不易在市场讨好，但骆以军的潜力及努力，却实在值得注意"。① 这个"值得注意"的"潜力"，就是此时已在骆以军的创作中初露端倪的对个体生命深层体验的强烈关注，以及对暴力的警觉与迷恋。这可以说是骆以军个人风格特色的最初表现，也是他与张大春的一个显著差别。②

1993 年 11 月，《我们自夜闇的酒馆离开》③ 出版，这本书在写作技巧上进步明显，杨照认为，这时的"骆以军已经能自在地运用属于他的一种跳跃式叙述，可以安心地用这种声音去营塑小说"。④ 在这部被评论界公认"告别张大春"的作品中，骆以军已经明显地流露出一种比技艺更重要、更本质的东西——对人类生命存在的省思。

自 1993 年到 1998 年，仿佛是骆以军的一个"蛰伏期"。这期间，他没有任何公开出版的作品，评论界对这一时期的关注也不多。但是，这五年里，骆以军自费出版了他迄今为止唯一的一本诗集《弃的故事》（1995 年），并完成了他在戏剧研究所的毕业创作《倾斜》（1995年）。其实这两部作品构思和写作的最初时刻（尤其是诗集《弃的故

---

① 王德威：《鸵鸟离开手枪王》，《众声喧哗以后：点评当代中文小说》，台北：麦田出版公司 2001 年版，第 49 页。
② 王德威：《鸵鸟离开手枪王》，《众声喧哗以后：点评当代中文小说》，台北：麦田出版公司 2001 年版，第 47—49 页。
③ 这本书最初由皇冠出版公司出版，INK 印刻出版有限公司再版，再版时更名为《降生十二星座》。
④ 杨照：《年少却苍老的声音——评骆以军的小说集〈我们自夜闇的酒馆离开〉》，《民众日报》1994 年 1 月 29 日第 24 版。

事》）可能早于，至少同时于《红字团》，它们应该是骆以军读大学及研究所期间构思增删的最"体己"作品。换言之，它们和《红字团》一样，是骆以军创作的滥觞。而且，我们不难发现，这两部作品中的"遗弃美学"和时间"倾斜"理念正是骆以军关注个体生命，省思生命存在的思想根源，它们在《红字团》和《我们自夜阑的酒馆离开》中"配套"后设技艺初露端倪，成为骆以军身份认同书写中一抹最重要，也最基本的底色。因此，如果从奠基的意味上讲，诗集《弃的故事》和戏剧剧本《倾斜》对于骆以军小说创作及研究的作用显然都是不可低估的。

1998 年，极具争议的《妻梦狗》出版。这是一本风格极近私小说的所谓"伪私小说"作品。对于这本小说，骆以军坦言，他不仅希望能作形式上的试探，而且还希望能将内在景观更完整地呈现出来。①可见，对于骆以军而言，选择这种"伪私小说"的书写模式首先是探索新的写作形式的需要。在《我们自夜阑的酒馆离开》中，骆以军宣言式地告别了张大春"谎言的技艺"，但是如何才能在作品中"认真地"悲伤？②"伪私小说"显然是这一"抒情转折"的最好尝试形式。③这种书写模式也表现出骆以军对历史——遗弃与倾斜的时间表征的一种不信任。在他看来，与其试图重现历史，不如书写自身的真实，将自身及他人的生命经验，收纳进小说，凝成一个个故事，以此展演人与人之间在相互身份认同中的"轻微的碰撞"和"幽暗的心事"。并且，这一书写试验在骆以军次年（1999 年）出版的《第三个舞者》中亦得以延续。

---

① 徐淑卿：《骆以军——执着于小说形式的极致探索》，《中国时报》1998 年 7 月 30 日第 42 版。

② 骆以军：《我们自夜阑的酒馆离开》，《降生十二星座》，台北：INK 印刻出版有限公司 2005 年版，第 89 页。

③ 黄锦树：《隔壁房间的裂缝——论骆以军的抒情转折》，《谎言或真理的技艺——当代中文小说论集》，台北：麦田出版公司 2003 年版，第 345 页。

《第三个舞者》在各种角色荒谬而哀伤的秘密情事中，发掘现代都市人碎片般的生存处境，比之《妻梦狗》形式更成熟，结构营造更精巧。所以，如果说《妻梦狗》是骆以军从后设技艺的操练进入抒情转折的开始，那么《第三个舞者》则是这一转折成果的巩固。从小说题旨看，《第三个舞者》消解一切意义的调性未在其日后创作中延续，反倒是《妻梦狗》中对个体命运与身份的殷殷关切一直在其创作中沉潜暗涌。

从《红字团》（或者说从《弃的故事》）开始，到《第三个舞者》，经过技艺、风格、书写模式上的不断试验和探索，骆以军终于为其虽然"稚拙而透明"①，但却强烈而尖锐的人生体验找到了渐趋明晰的书写模式和写作出口。

2. 溯源追寻期（2000—2005 年）

这一时期，骆以军小说中的身份认同书写渐趋成熟。其间的创作大致可以分为两类：第一类是借由《月球姓氏》而展开的对家族史的溯源和省思，包括《月球姓氏》、《远方》以及《我未来次子关于我的回忆》；第二类是借由《壹周刊》的专栏写作而铺开的对"没有身世的我们"的观察和摹写，包括"我们"系列的前两本——《我们》《我爱罗》，② 以及出版于 2001 年的《遣悲怀》。③

《月球姓氏》是骆以军的第一部家族史小说。此书以其外省第二代的身份为凭，借由"姓氏"追寻由大陆逃亡到台湾岛的父辈的历史，以及因身为养女而失语的母亲的家族史。小说将视角放在外省父亲与本省

---

① 骆以军：《弃的故事》，台北：INK 印刻出版有限公司 2013 年版，第 10—11 页。

② "我们"系列包括《我们》《我爱罗》《经济大萧条时期的梦游街》三本书，它们由骆以军自 2002 年开始为《壹周刊》所写的专栏分期结集而成。内容上相对一致，但内中的情绪风格则有差异。因此，从创作分期上，本书将它们归入不同的时期讨论，而在作品的主题指向上，则将它们放入同一类型中探讨。

③ 《遣悲怀》作为骆以军创作中一部颇受赞誉，同时也引发较大争议的作品，其写作缘起虽与《月球姓氏》有些干系，但主题指向并不在家族史的追溯，反倒更靠近对"我们"的身世的关注，因此本书将其与"我们"系列放在一起进行探讨。

母亲，乃至本省妻族身上，企图以"冻结时间"的方式体会身世的"命定时刻"——"那些时刻（停格的瞬间）如此迷离，令人为之神魂颠倒，反复观看。它们决定了'我'和与'我'有关的家族成员们如今的境遇。"① 这是一个有别于其他外省第二代小说家的家族史写作角度，骆以军由此开始以家族叙事探寻身份认同的历史根源与现实矛盾，循着血脉记忆，他从台北到九江——《远方》（2003 年），从未来到现在——《我未来次子关于我的回忆》（2005 年），展开了身世的溯源。

这一时期的《遣悲怀》出版于 2001 年，这本书写在《月球姓氏》之后，是结合"遗书体"与"情书体"为自杀于 1995 年的同侪——同性恋女作家邱妙津所写的哀悼之书。死亡是《遣悲怀》的主题，究其书名，有许多由来。② 但究其写作的缘起，却可以追溯到《月球姓氏》的最后一篇——《漂流的日记簿》。在《漂流的日记簿》里，书中的"我"在父亲早年日记的后记中看到这样一段话：

> 本日，同事李觉衡君戏为我看相，云我二九岁当折妻，语虽荒谬不足信，然彼言之凿凿，殊使我衷心震恐也。倘果成事实，则我为何生存？且我向偏爱读《悲怀》一类之诗，尤酷爱元稹之《遣悲怀》及悲怀二四首（佚名）。此殆为先兆欤？我竟不能与若珊白头偕老乎？兹志之以待来日，但愿莫成谶语为祷。③

所谓"物伤其类"，从邱妙津因其同性恋的"异类"身份而陷入失爱之哀绝的"警示"里，骆以军深切体悟到一种生命实体虽然存在却找不到身份定位的恐慌，这种恐慌与因《月球姓氏》的家族史书写而被

---

① 骆以军：《停格的家族史——〈月球姓氏〉的写作缘起》，《文讯》2001 年第 184 期。
② 本书将设专节讨论此书，这里暂不详述。
③ 骆以军：《月球姓氏》，台北：联合文学出版社股份有限公司 2006 年版，第 248 页。

勾起的"无根"之痛相碰撞，汇成无以释怀的"悲伤"。可以说，《遣悲怀》由家族史的书写勾起，它既是伤悼邱妙津，同时又是骆以军的自哀与自悼，其所指向的、无处排遣的"悲怀"，源自不被社会认同的、无身份的"社死"，痛彻心扉，与"我们"系列所表现的现代都市人"没有身世"的伤痛有某种共通的意味。

　　骆以军自 2002 年开始为《壹周刊》撰写专栏，这些专栏后来都结集成书。① 其中"我们"系列包括《我们》（2004 年）、《我爱罗》（2006年）和《经济大萧条时期的梦游街》（2009 年）② 三本书，由 INK 印刻出版发行。在《我们》的封面上，印着这样一段文字："不伦梦境、妖孽现实、恶童往事、撒谎奇技……你我命运交织的共同身世媲美怪力乱神的荒诞剧集……这是骆以军从私人生活到写作职场几乎所有精神妄想及秘闻八卦之超级解码书，荒诞而幽密地向读者告解他曾遭遇或见证的那些不可思议的真实的恶意与光荣。"③ 可见，将这三本专栏文章集纳入一个系列，并命名为"我们"，显然是有意指的。一方面，是向俄罗斯白银时代小说家扎米亚京的同名小说《我们》致意；④ 另一方面，是以彼"我们"为警示，有以"'我们'年代的命名者"⑤的身份，抵抗"无名"时代的意味。如果说，扎米亚京的"我们"是极

---

　　① 骆以军出版的作品中，由专栏文章结集而成的单行本包括《我们》、《我爱罗》、《经济大萧条时期的梦游街》、《我未来次子关于我的回忆》（部分）和《脸之书》（部分）。

　　② 根据骆以军的创作分期，若仅从出版时间看，《经济大萧条时期的梦游街》应划入"总攻突围期"，但根据其写作缘由、主题以及出版发行的情况，将其归入"我们"系列中一起讨论应更具统一性。

　　③ 骆以军：《我们》，人民文学出版社 2012 年版，封面。

　　④ 《我们》是扎米亚京的一部反乌托邦作品，该小说描绘了一个大恩主领导的大统一王国，在王国里，人们高度一律，没有自己的姓名，只有编号。王国中有很多科学创造和发明，不但用科学手段来写诗，而且连爱情也被组织起来，进行数字化处理。王国还"天才"地创造发明了"一致同意节"。《我们》针对的是极权主义的种种弊端，其题旨中的"我们"，喻指在极权制度下，毫无自我主体性，甚至无自我面目的盲众。

　　⑤ 《印刻文学生活志》第四卷第 11 期（2008 年 7 月）做过一个专辑《"我们"年代的命名者——骆以军〈西夏旅馆〉》，后来，"我们"系列的命名应来源于此。

权制度下的盲众，那么，生活在看似自由的资本时代的"我们"，没有身世，没有命名，是否会成为金元下的"碎片"？在"我们"系列里，骆以军以其为自身及所属的世代找寻身份认同之确证的执着，在几乎泯然于"我们"的一个个个体生命身上，奋力挖掘、渲染他（她）们的故事，努力以此确立"我们"存在于这个世界的独特性，以对抗虚无的、"碎片化"的人生。这显然是一种极具现代主义色彩的"抵抗"。

3. 总攻突围期（2006—2008 年）

2005 年，骆以军开始写作《西夏旅馆》。该书长达 45 万字，于 2008 年 9 月出版。为了写这部书，骆以军用了几年的时间来构思和看资料。及至写作期间，又因为忧郁症发作，不得不两度中断。然而，他终于还是以坚强的意志完成了这部"倾注生命的集大成之作"[①]。在这部书里，骆以军仍以其惯用的叙事手法将所有看似零碎、割裂的材料通过文字的渲染和诡谲的想象包裹在一起，结合他所关注的身份认同命题，焊接进小说中。但是，这次他跨出了家族的苑围，也超脱了"我们"的世代。在《西夏旅馆》中，骆以军以一则又一则惊悚、哀戚、残暴的故事，一个又一个屠杀场面的摹写，追随一支丢失了身份的西夏逃亡骑兵队，建构一个如迷宫般蚕食身世的旅馆，于交叉错节的历史时空中高密度展现其所关注的身份认同主题，小说极尽细腻，也极尽铺张，绵密浓稠地展演了纠缠在历史的遗弃与时间的倾斜之中的失却身份的焦虑与哀伤。

骆以军一直意图在自己的盛年时期打造一部堪称经典的作品，就这一点而言，《西夏旅馆》显然已经做到了。这是骆以军以更宏阔的视野对一直纠结的身份认同问题发起的总冲击，但是，他是否真的从中得以"精神突围"？对此，本书将在第四章中予以深入探讨。

---

① 郝誉翔：《倾注生命的集大成之作》，《中国时报》2008 年 11 月 9 日开卷版。

4. 舒展期（2009 年至今）①

《西夏旅馆》之后，骆以军大致保持着一年一本的创作速度，自 2009 年出版《经济大萧条时期的梦游街》（归入"我们"系列）后，2012 年出版了从其脸书（FACEBOOK 的台湾译法）上"偷来的故事"——《脸之书》；2014 年出版了"脸书"上演出的"家庭小剧场"，俏皮话"集合"——《小儿子》；2015 年 1 月，从量子力学得来灵感的《女儿》也先后在两岸出版。

身份认同是一个永远不会完结的命题，但是将近知天命之年的骆以军显然已经走出了"没有身世"的焦灼。虽然，他对于身份认同的追寻和书写并不会结束，但是在一个新的生命周期开启之时，已近"知天命"的骆以军似乎有了不一样的心态。这一时期的几本书，无论是"偷来的故事"，还是顽皮的"家庭小剧场"，甚或是"写得太HIGH"的《女儿》，都释放出淡淡的温暖，流露出难得的平和温情，仿佛真的要向这个世界撒撒娇。②

三　搜索骆以军的关键词③

1. 外省第二代

外省人，在台湾有其特殊的指涉。一般来说，主要包括以下四类

---

① 本书对骆以军小说创作的探讨，主要集中在《西夏旅馆》及之前的创作，试图描绘骆以军这一阶段认同书写的脉络。其此后的创作，由于出版时间的关系，本书暂时未作深入探讨，但作为其创作发展走向的预期，会在创作分期及结语部分略有涉及。笔者认为，《西夏旅馆》之后，骆以军的认同书写呈现出一种与前不同的、温暖达观的姿态。这其中，除了随年龄增长而至的心态改变外，《西夏旅馆》的创作和获奖，在某种程度上释放和纾解了骆以军的认同焦虑，应该也是一个重要原因。

② 何晶：《骆以军：书从未大卖过，有街头巷战的生存能力》，《羊城晚报》2015 年 2 月 8 日第 B3 版。

③ 在骆以军的《经验匮乏者笔记》中，特别收录了蔡逸君撰文的《搜寻骆以军的几个关键词》，这几个关键词是：小说家、学徒、外省第二代、忧郁症、中年一天、快乐、旅馆（骆以军：《经验匮乏者笔记》，广西师范大学出版社 2011 年版，第 12—93 页）。本书借此模式，以勾画骆以军的创作状态。

人群：一是 1945 年战后台湾回归时，时任行政长官陈仪从大陆带过去的一小批外省人，他们主要是政府接收人员；二是 1947 年 3 月 8 日，国民党当局指派彭孟缉带领镇压"二二八"事件的宪兵第四团两营官兵；三是在魏道明担任省主席时带到台湾的一批人；四是 1949 年跟随国民党军队从大陆撤退到台湾的大批军人及眷属。根据台湾 1956 年户口普查，非台湾本省籍者约 121 万人。[①] 这批人即为外省第一代。他们出生在大陆，年轻时成长于台湾，其中比较具有代表性的作家包括：朱西宁（1926—1998）、余光中（1928—2017）、白先勇（1937—　）、王文兴（1939—　）等。及至他们的下一代，也就是出生在台湾，但是父亲来自大陆的一代，因为在户籍登记时沿用以父亲的原籍界定籍贯的方式，所以被视作外省第二代。当中比较具有代表性的作家包括：朱天文（1956—　）、朱天心（1958—　）、张大春（1957—　）、骆以军（1967—　）及郝誉翔（1969—　）等。

如果说第一代外省作家的作品中，主人公常以回望的姿态抒写旧时青春和故园的美好，并以此对比和反衬沦落台湾的孤寂与飘零的话，那么及至外省第二代，比如骆以军、郝誉翔等，这种直接深痛的"少小别"和"无家别"已经基本上没有了。他们体会的，是另一种孤寂和飘零。从 1949 年直至 1987 年，在台湾长达三十余年的戒严期间，国民党的党国意识教育和培养（包含 1967 年起国民党有系统地推动的中华文化复兴运动），以及家庭教育中对中国古典文化风俗的重视，确实已经（或曾经）让台湾的外省第二代把祖国大陆视为故乡——虽然关于祖国大陆的一切都来自间接经验，但这种从小贯注培养的家国意识根植了他们对祖国大陆的认同。然而，那个年代两岸的政治状况，使他们完全没有机会去面对或体验祖国的实体，只能从抽象的文化立

---

① 陈国伟：《想象台湾——当代小说中的族群书写》，台南：五南图书出版公司 2007 年版，第 247—253 页。

场上维持对祖国（故乡）的想象与牵挂。同时，他们对台湾的情绪也是复杂的——这里是自己生长、生活，甚至生命依归的地方，与自己血肉相连，在这里，他们有真实而强烈的经历和体验。但是，从小他们就被教育——这里不是故乡，不是自己血脉之由来。特别是80年代台湾本土势力崛起，及至正式解严（1987年7月），台湾政治局势改变，本土势力日渐成为新的主流，外省人被公然排斥，更加剧了他们的认同焦虑。概而言之，外省第二代生在台湾，长在台湾，但他们并不被本土台湾人认同，他们自己也并不完全认同"台湾人"这一称谓。这种尴尬、无依的身份处境即是台湾外省第二代所体味的"孤寂和飘零"，它可能不是真切具体明晰的"切肤之痛"，但是它如浓雾将人纠缠笼罩，让人沦陷其中，四顾茫然，找不到倚仗，也觅不到出路。

作为外省第二代，该如何面对现实与记忆，哪里才是能同时安放身体和心灵的归属地，血脉的原乡与成长的土地，哪个才是应该认同、可以认同的身份标签，在政治对立、历史撕扯、资本塑造、族群纷争当中，如何确立自我的身份？所有这些，都是逼向外省第二代的、无所不在的现实压力。近十几年来，这种踩在历史与现实边缘的孤绝感，以及失去身份的巨大恐慌促使台湾的外省第二代作家群开始从家族血脉中为身份溯源，在历史变迁中展开认同书写，骆以军自然也不例外。他的《月球姓氏》《远方》《我未来次子关于我的回忆》等几部小说均以外省第二代的视角审视历史变局中的个体命运、家族变迁，作品充斥着愤懑、恐慌和焦虑的情绪体验。

2. "五年级生"①

骆以军生于1967年，作为出生于1949年以后的创作者，他和张

---

① 台湾民间一种约定俗成的"断代"方式，类似大陆的"80后""90后"，即自1910年始，每一个十年谓之一个年级，依序类推，所谓"四年级生"指的是1950年至1960年出生的人群；而"五年级生"则指的是1960年至1970年出生的人群。

大春、朱天心等都可以划入"新世代小说家"。但是，作为"五年级生"，他和张大春、朱天心等这一批"四年级生"有着完全不同的成长经验，创作之初也面临着完全不同的文坛生态。

骆以军成长的年代，台湾社会已经进入比较稳定、发达的资本主义发展时期，所以，相对"四年级生"曲折跌宕的人生经历，丰富复杂的政治抗争经验而言，骆以军的生活平稳得近乎单调，没有那么多的波折起伏，"我们的人生没那么复杂，四、五本小说就写完了"。①他因而自认为是"密室"中的写作者：

> 我们这一代，人和人比较疏离了，都躲在书堆里，不修边幅变成怪人。读非常多的书，然后认真写。我们五年级的一批拔尖的作家，黄国峻、袁哲生、邱妙津，都是一个梯队的，包括香港的董启章。我们的第一本小说都是在一个密室里面，很细微的变化，光影的变迁，不像莫言那样大开大合，胡说八道，一个怪人一路走去，什么怪事都发生。我们生活经验太少了，像一个植物很细地在长。②

生活经验的稀缺，让这批"五年级生"们在创作初始有着近似的"面貌"——"都是很现代主义，很疏离，很雾中风景的，孤独的个我。然后，像梦中的一个火车站，像梦中的一个房间，角色的名字肯定叫K，或是他"。③但是，相比张大春和朱天心，骆以军无疑更贴近现代都市，更早经验社会与政治的开放。在他的成长经验中，充斥着电玩、pub、酒吧等这些绚烂浅躁的现代消费和娱乐。因此，在骆以军的身份

---

① 三三、谢浩然：《骆以军：我们的人生没那么复杂，四、五本小说就写完了》，《明日风尚 MING》2009 年第 7 期。

② 马戎戎：《孤独的香港作家》，《三联生活周刊》2007 年第 8 期。

③ 见文后附录《温州街的下午——骆以军访谈》。

认同书写中，如影随形的家国想象与都市的生活体验与回忆时时掺杂、交织，令其笔下的世界有了不一样的构成和色彩，也有了不一样的面向。

另外，骆以军所面临的文坛生态也和"四年级生"大不相同。在这个非文学的年代，"五年级生"作家的境况丝毫都不乐观。如果说，"四年级生"当年对抗的主要是政治压迫，创作起来可以有一种不管不顾的劲头，那么，骆以军要对抗的，可能是宛若"无物之阵"的精神与经济压力。首先，是来自文学前辈的"影响的焦虑"——当时"包括张大春、天文、天心在内的作家，已经把中文小说语言的现代性推到了一个高峰"。① 这种巨大的创作焦虑，压垮了许多人——2003年黄国峻自杀，死前被医生认定处于巨大的焦虑中；2005年黄宜君自杀，死前患有严重的忧郁症……而骆以军自己也罹患忧郁症，每年都会发作。其次，则是现代社会生活中无处不在的经济压力和生存压迫。为了保证自己的生活——婚姻、孩子、房子，骆以军接受了《壹周刊》专栏写作的邀约，每周为其写一篇专栏文章。这个无奈之举常被评论者诟病，认为它影响了骆以军的创作，让骆以军写坏了手，但是，骆以军却坦承，专栏写作实实在在地给了他"生活上的救赎"②。

环顾四周，许多同侪已离去，黯然神伤之际，骆以军自觉背负起继续作战的使命，他说："……那你还要继续写，在写的这件事上再重调整自己的位置。那就试着摸索。"③ 这也是他在写作《西夏旅馆》时几度遭遇忧郁症侵袭却仍然坚持不懈的力量之一。

3. 经验匮乏者或"伪私小说家"

自认"经验匮乏者"的骆以军，清醒地认识到，并且也承认"经

---

① 三三、谢浩然：《骆以军：我们的人生没那么复杂，四、五本小说就写完了》，《明日风尚 MING》2009 年第 7 期。

② 三三、谢浩然：《骆以军：我们的人生没那么复杂，四、五本小说就写完了》，《明日风尚 MING》2009 年第 7 期。

③ 见文后附录《温州街的下午——骆以军访谈》。

验匮乏"是他在写作上的"先天不足"。在《经验匮乏者笔记》里，他写道："我这个年代——1960 年代的创作者，小说家可以在旷野上没有时间的限制、自由挥洒故事的时刻已经不复存在。因为，城市的地平线已经被各式各样的高楼大厦所切断。"对于台湾作家而言，这种"切断"更是双重的：首先，是高楼大厦所代表的、高速发展的现代社会对个体经验的切断。现代社会是一个个体之间高度隔绝的社会，人与人之间缺乏实体的交往，大家拥有的多是从书本或网络空间得到的虚拟经验，这些经验是全球化的、共通的，但也是缺乏实体和个性的。其次，是身居岛屿，在特殊的年代里被切断了来自大陆原乡的文化血脉滋养。作为外省第二代的骆以军，只有文字和传说中的故乡，没有亲身体验过的土地、语言和血脉。正如他曾说的：

> 我年轻时在台湾父亲的客厅里听到了那个我根本不可能接触到实体的中国。我从莫言小说里才看到一个繁花簇放、汹涌爆炸的"原来"中国。我小时候可能从张爱玲小说知道上海，直到看了王安忆的小说，重新建构另一上海。我从苏童小说里看到什么是南方——不是福克纳式的南方，而是一个情感投射的虚构的南方。这些伟大的小说家们在一个我没有置身其中成长其中的时空，而我坐在台北的宿舍里。好像他们翻山越岭把一兜一兜的故事运到我面前。①

小说家本身应该是说故事的人。那么，"经验匮乏"的骆以军怎么获得他的故事呢？

骆以军的秘诀是——"偷"。骆以军是个会"偷故事的人"，他善

---

① 《"新世纪十年文学：现状与未来"国际研讨会作家发言（综述）》，《文艺争鸣》2010年第10期。

于"窃取"他人的故事，并把别人的故事变成自己的（张悦然语）①。骆以军会把他在各种场合，包括朋友私密聚会上听来的故事，还有听故事的过程全都写进小说。他的朋友们因此开玩笑，不要跟骆以军说太多，因为一不小心，就会成为他书中的内容。而"私小说家"也就成了骆以军的身份标签之一，甚至常被出版商用作宣传的噱头。但是骆以军认为，自己不是"私小说家"，而是"伪私小说家"。所谓的"私小说"于他只是一个幌子，受到日本小说家大江健三郎的影响，他认为自己创作的也是一种伪造的私小说，"里边其实加入很多细节，好像是说我，但事实上很多在真实世界里是不可能的。有些是真实世界发生的，我又'吹牛'把他变得夸张和魔幻了"。② 显然，他编织故事的真正法宝并不是搬演个人的隐私和生活，而是凭借看似荒诞、戏谑的梦语诉说"现世体验"。所以他认为，"我写的不是私小说，我写的就是小说……小说可能是一种方法论，可能是一种探看人类本性的一套技术，是一个非常需要长期演练的写作，就像做一项极限运动"。③ 对于自己被称作"私小说家"，骆以军有时甚至颇为愤慨，"我觉得有些道理（一如我读到一篇不太用功的女作家写的书评）说得太简单，也太唯美了。我个人认为那些轻飘飘将'私小说'加在我的书写之流（天哪，连我自己都清楚各时期各本书的生命处境或攻坚企图，如此如此的不同）的赏玩者，其距离'小说'的入口何其遥远"。④ 也正因为如此，他曾很自信地表示，他并不认为"台湾作家最大的问题是经验的匮乏"。"在文学创作上，这句话是对的，但并不见得是问题。"⑤

---

① 钟瑜婷、廖伟棠（摄影）：《骆以军：偷故事的人》，《南都周刊》2011 年第 37 期。
② 骆以军：《"私小说家"是我一个幌子》，《深圳晶报》2013 年 3 月 28 日。
③ 骆以军：《"私小说家"是我一个幌子》，《深圳晶报》2013 年 3 月 28 日。
④ 初安民：《错过丰饶年代的小说宿命论者——骆以军》，《印刻文学生活志》2005 年十二月号。
⑤ 见文后附录《温州街的下午——骆以军访谈》。

4. 忧郁症患者

许多优秀作家都曾为忧郁症侵扰，在躁郁变幻的光影中，有些成就了青史留名的佳作，有些则被病症击溃。万幸的是，骆以军属于前者，在两度遭逢疾病侵袭的情况下，他坚持写出了四十余万字的《西夏旅馆》。在写作《西夏旅馆》的过程中，为了打造如烟消逝的西夏王朝与梦中旅馆的场景，骆以军两度进入大陆西北一带，走访西夏古文明的发生地，但是这些前期准备的功课却因为突如其来的忧郁症被迫中断了九个月。

> 然而梦醒时分，记忆衰退，好像脑袋瓜里的资料全部被洗去，比之《西夏旅馆》写作之初的四个月，那种意志力高烧，体力和斗志旺盛的情况，真是天堂坠入了地狱。再者，所有搜集准备运用在小说里的资料和书籍，不知在哪个遗忘的时间被弄乱了，有的甚至不知遗落何方，就是找不到。①

为此，骆以军不得不暂时搁置驳杂庞大的西夏史料部分，改写"旅馆"部分。他说，"我就像在泥沼中跋涉，心智和身体都在年轻时未有的坏损状况中，凭意志力前行"。② 一旦按时服药，自感"好了许多"，骆以军便马上重拾《西夏旅馆》，对其结构、细节、人物等从头审视，执拗地在作品中继续"如何喊住时光""如何与记忆拼搏"，以及"如何进入叙事核心之可能"③ 的智力拼斗。

骆以军说，虽然在忧郁症的反复侵扰下，自己现在每年可用的时间都不足 12 个月。但是，自己已经找到与忧郁症抗衡的方法。他乐观

---

① 骆以军：《经验匮乏者笔记》，蔡逸君《搜寻骆以军的几个关键词》，广西师范大学出版社 2011 年版，第 45 页。
② 张耀仁：《惦记着那些在他们身世里的自己——访骆以军》，《明道文艺》2007 年第 9 期。
③ 张耀仁：《惦记着那些在他们身世里的自己——访骆以军》，《明道文艺》2007 年第 9 期。

地说，每当病症来袭的时候，他就让自己慢下来，吃药、读书、重温经典，补充"精神"养料。为此，他甚至有点喜欢上了自己的忧郁症。①

5. 现代主义者

许多研究者会把骆以军及其小说创作归入后现代主义创作的范畴，但是，骆以军自己却不这么看。对于自己与文学的结缘，以及自己创作的启蒙，骆以军认为是"现代主义的孤独"：

> 我这一代创作者，特别是这种外省第二代的背景，从小成长的客厅不存在亲属的树枝状的脉络。我父亲20多岁自己跑到台湾去，到快40岁娶了我妈妈，前半生基本上就变成了一个孤儿，我妈妈是一个养女。从小到大在老房子里，我见到的亲戚只有我爸爸、我妈妈，还有我哥哥、我姐姐，还有家里的一些狗，我没有见过其他亲戚。一直到我结婚以后，我太太是台湾澎湖人，家族非常庞大，我才知道原来有这么多亲属。所以我没有办法写出像张爱玲，或者是《红楼梦》那样的东西，我没有办法理解。这就解释了为什么我二十几岁，快速的进入到孤独的现代主义式的书写。②

> 我们这一代文学刚启蒙的时刻，基本直接进门的就是读西方经典现代主义作品，像卡夫卡、陀思妥耶夫斯基、福克纳，还有博尔赫斯、马尔克斯这些拉美的作家，这一批小说其实最核心的关注是在一个单一的个人的绝对的孤独，和在这种绝对孤独下的绝望。③

---

① 见文后附录《温州街的下午——骆以军访谈》。
② 言叔夏：《我的哭墙与我的罪——访/评骆以军》，《幼狮文艺》2004 年第 5 期。
③ 言叔夏：《我的哭墙与我的罪——访/评骆以军》，《幼狮文艺》2004 年第 5 期。

可见，骆以军的小说虽然以标准的后现代主义技巧，如拼贴、迷宫、黑色幽默等勾画图景，摹写历史与现实，但是，其夸张与象征中却蕴含着以孤独为底色的、加缪式的、现代主义者的抵抗。

朱天文说，骆以军"全身都是敏感带"①，他不仅能洞悉事物的暗面、缝隙中群聚的阴影，而且能攻掘隐藏在最深处的、无人知晓的荒寂，能从最日常碎屑的事物（八卦、笑谈）中提炼出最哀愁、最清冷、最荒谬的灵魂。但是，重要的是，他并不因此把世界看作一个玩笑。面对日常生活的异化和主体性丧失的危机，骆以军始终在创作中坚持对深度的追求。他不惮直面人类精神的黑洞，以无畏的自我深入现代主义的孤独核心，以此探寻、确证自我身份的精神原乡，抵抗政经威权对个人身份的野蛮设定。这种抵抗可能是卑微而孱弱的，但对于深陷认同危机的"我们"而言，不啻为一种温柔的救赎。骆以军曾说，现代主义是自己的原罪②。仿佛滚石上山的西西弗，对于骆以军而言，身份认同的探寻是永无止境、周而复始的，他深谙其中的现实困境、人性阴暗等种种荒谬，不是没有过颓丧和恐惧，但是他从未绝望，也未止息。凭借对个体命运和家国想象的认同书写，骆以军努力建构着自我和"我们"的身份，这是他对于"我们"发自内心的人道主义关怀，也是他无法停止的对于人的生存方式和生活态度的关注与思索。

第三节　骆以军小说研究现状

自《红字团》获奖伊始，骆以军就受到台湾评论界的广泛关注。身份认同书写是骆以军小说创作中最突出的主题，爱欲、伤害、暴力、

---

① 钟瑜婷、廖伟棠（摄影）：《骆以军：偷故事的人》，《南都周刊》2011 年第 37 期。
② 言叔夏：《我的哭墙与我的罪——访/评骆以军》，《幼狮文艺》2004 年第 5 期。

死亡、历史与现实都在其间开展。从《我们自夜闇的酒馆离开》到《妻梦狗》《遣悲怀》等作品，呈现现代都市众生光怪陆离的生存状态，贯穿其中的是从个体生命体验出发的自我认同之路；而从《月球姓氏》《远方》到《西夏旅馆》，则绘制了家国变奏的纷乱图景，渲染在历史变局中追寻身份认同的执着。目前，骆以军小说研究绝大部分仍是来自台湾的学者。但是，随着其作品开始及时且大量地在大陆出版，骆以军及其创作也逐渐在大陆学界引起重视。作为在台湾出生成长的外省第二代，骆以军的身世追问并不仅仅是个人的焦虑，它同时也是台湾社会政治经济变迁大背景下的群体效应。因此，从家国叙事的角度探讨骆以军小说的身份认同书写是大多数评论者会选取的一个研究角度。以下分别从台湾与大陆两个角度对骆以军小说创作的研究文献进行梳理。

从台湾方面看，王德威与黄锦树对骆以军的关注可以说是最早的，也是最持久的。他们的评论几乎涉及骆以军的每一部作品。黄锦树是一直以来极认真追踪骆以军作品的研究者，从骆以军早期的作品开始，到最新的近作均有评论。其论文主要有：《弃的故事：隔壁房间的裂缝——论骆以军》《隔壁房间的裂缝——论骆以军的抒情转折》《故事和小说——评骆以军〈第三个舞者〉》《小说与故事的隔壁关系——二评骆以军〈第三个舞者〉》《家庭剧场：流离与破碎——评骆以军〈月球姓氏〉》等。这些论文主要涉及两个问题：骆以军的创作如何克服张大春的影响，以及如何走出属于自己的文学之路。黄锦树最早将骆以军的创作风格归纳为一种"遗弃美学"，认为骆以军自《我们自夜闇的酒馆离开》开始已经完成了写作哲学基础的转化，为抒情主体找到了立足点，并由抒情诗延伸成为自我的技艺。王德威则是从《手枪王》的评奖开始，对骆以军就颇为欣赏，在《众声喧哗以后——点评当代中文小说》《后遗民写作》《台湾：从文学看历史》等多本著作中皆论及骆以军及其作品。一方面，他甚为认同黄锦树以"遗弃美学"总结骆以军的创作；另一方面，他更倾向于将骆以军作为当代台湾重要作家而纳入文学史的脉络里加以观照。此外，学者杨凯麟对骆以军的研究也已颇成体系。他的两篇论文《骆以军的第四人称单数书写（1/2）：空间考古学》和《骆以军的第四人称单数书写（2/2）：时间制图学》，以德勒兹的时空理论为指导，综合解析骆以军的八部作品，称得上是骆以军小说研究中的重量级论述。

　　台湾一些文学专业的硕士论文亦对骆以军小说进行了比较深入的探讨。如台湾政治大学中文所陈惠菁的硕士论文《新国民浮世绘——以骆以军为中心的台湾新世代小说研究》（2001 年），从世代文化性格的角度解读以骆以军为代表的台湾新世代小说版图，论文的研究对象以骆以军为主，兼论整个文学世代的形成脉络与写作风格。台湾师范大学黄宗洁的博士论文《当代台湾文学的家族书写——以认同为中心探讨》（2005 年），论述当代台湾文学中普遍存在的家族书写现象，并分别探讨了骆以军、张大春、郝誉翔等各具代表性的作品。"国立"台南大学周廷威的硕士论文《骆以军小说研究》（2010 年），则对骆以军小说创作的背景、主题以及写作特色等进行了较为全面的综合研究。

　　从大陆方面看，目前对骆以军小说进行专题研究的论文并不多，主要有：邱巧如的《试论骆以军小说创作的多元化书写》和《试论骆以军小说创作中的语言实践》等五篇，主要着眼于探讨骆以军创作中的后现代写作技巧。肖宝凤的《仿佛在君父的城邦——论近 20 年来外省作家的历史叙述与家国想象》和陈美霞的《台湾外省第二代家族书写研究》，均从外省作家代际书写的角度论述外省第一代作家与外省第二代作家的家国叙事，对张大春、骆以军、陈玉慧等人的家族小说创作进行比较，指出他们企图以文字为"我族"保存记忆与建构认同的共同之处，并力图厘清外省第二代作家在家国想象与族群建构上的不同书写策略。李孟舜《警觉的"漫游者"——解读〈月球姓氏〉中的文化认同》和《流亡者的精神突围——〈西夏旅馆〉的时空书写》，专注于骆以军的单篇作品，前者以漫游者理论探讨《月球姓氏》中骆以军从家族史角度对台湾文化的另类诠释；后者从个体经验、国族论述、文化认同等角度考察《西夏旅馆》中破碎的历史经验和集体记忆书写，以及小说中多重故事"并置"的空间结构和个体经验所具有的"空间"意义。

　　此外，在文学专业的硕士论文中，以骆以军小说为主要研究对象的论文主要有三篇，它们是：邱巧如的《论台湾作家骆以军的后现代主义写作》（福建师范大学，2007 年）、童宁宁的《讲故事的人和他的故事迷宫》（复旦大学，2012 年）、钱辛的《论骆以军小说的主题形态和叙事艺术》（南京大学，2015 年）。邱巧如着眼于探讨骆以军小说的后现代叙事技巧；童宁宁较为全面地论述骆以军小说的主题、题材及叙事特色；钱辛则致力剖析骆以军小说的主题和叙事策略。除此以外，还有一些论文将骆以军与其他创作者放在一起进行比较研究。如许秀华的硕士学位论文《论台湾后设小说的叙述转变——以张大春和骆以军作为分析对象》（浙江大学，2009 年），以张大春和骆以军师徒，同时也是前后相继的两个文学世代的代表作家的后设文本作为分析对象，探讨台湾后设小说从 80 年代张大春到 90 年代骆以军的叙述转变。刘思宁的硕士学位论文《新世纪的溯源之旅——论郝誉翔、骆以军创作中的身世书写》（苏州大学，2007 年），以郝誉翔、骆以军的小说创作为对象，关注其身世主题的表现形式。还有李孟舜的硕士学位论文《局内的局外人》（郑州大学，2008 年），将骆以军作为一个参照来探讨眷村文学的书写特点。肖奇的硕士学位论文《1949 年后台湾外省籍作家小说中的"台北人"研究》（南京大学，2013 年），梳理台湾外省籍作家——包括骆以军笔下"台北人"形象塑造的流变。这些论文基本上是将骆以军的小说创作与台湾第一代、第二代外省作家的创作放在一起进行比较研究，多数是从代际创作的角度指出其家国叙事的特殊性所在，探讨的作品主要集中在《月球姓氏》和《西夏旅馆》，对其他作品较少涉及。

第一章 从"遗弃"和"倾斜"开始

第一节 身份认同及当代台湾社会的变迁

亚细亚的孤儿在风中哭泣
黄色的脸孔有红色的污泥
黑色的眼珠有白色的恐惧
西风在东方唱着悲伤的歌曲

亚细亚的孤儿在风中哭泣
没有人要和你玩平等的游戏
每个人都想要你心爱的玩具
亲爱的孩子你为何哭泣

多少人在追寻那解不开的问题
多少人在深夜里无奈地叹息
多少人的眼泪在无言中抹去
亲爱的母亲这是什么道理

亲爱的母亲这是什么真理

——罗大佑《亚细亚的孤儿》①

"身份认同"一直是二战后台湾社会的一个关键词，它既显示了这个移/遗民之岛的特殊性，也显示了全球化经济发展的必然结果。台湾文学创作对"身份认同"的关注，不仅因为在二战后的台湾社会变迁中，"身份认同"被强有力地连接在文化认同与政治意识的阵地上，而且还因为台湾社会在经济快速发展的过程中，不期然地与全球化时代的后现代主义文化碰撞、融合，因而在文学上展现出独特的景观。

身份是社会秩序和结构的重要元素，最初只是指个体成员交往中识别个体差异的标志和象征。但在现代社会中，身份不仅是社群中个体成员的标识，而且还是社会成员在社会中的位置标识，它包括定位与他人的关系时相关的阶序意识和行为规则。身份的核心内容包括特定的权利、义务、责任、忠诚对象、行事规则，以及这些要项存在的合法化理由。一旦这些理由发生变化，社会成员的忠诚和归属就会发生变化，一些权利、责任就会被排除在行为效法之外，人们会开始尝试新的行动规则。②

"认同"（identification）作为一个心理学概念由弗洛伊德（Sigmund

---

① "亚细亚的孤儿"原为台湾作家吴浊流（1900—1976）长篇小说代表作的书名，该书写于台湾日据时期，反映了台湾知识分子虽有强烈的爱国心，但却不被祖国认同的无助与悲愤——自觉犹如被抛弃的无家可归的孤儿。20世纪70年代，台湾在联合国的席位被中华人民共和国取代，"中华民国政府"失去了在全世界代表中国的法理资格。接着，美、日都与中华人民共和国正式建交后即宣布与台北断交。一连串的外交失败，让台湾在国际社会颇受冷落，仿佛陷入孤立无援的境地，一时岛内人心惶惶，弥漫着一种被世界抛弃之感，这种心境正与"亚细亚的孤儿"不谋而合。1983年，台湾歌手罗大佑在其专辑《未来的主人翁》中创作的这首同名歌曲，即为当时台湾人心境的写照。该曲作成后送审时，罗大佑拒绝修改歌名，他的助理为了通过审查，在歌名上加了"红色的梦魇——致中南半岛难民"的后缀，方获通过。"中南半岛难民"，指的是国共内战后逃到缅甸金三角一带的国民党军队残部及其眷属。台湾解严后，罗大佑再次发行该曲时去掉了后缀，明确指出，这首歌隐喻的就是台湾。

② 张静主编：《身份认同研究：观念 态度 理据》，上海人民出版社2006年版，第4页。

Freud）在其《悲哀和抑郁症》（1915 年发表）一文中首次提出。弗洛伊德认为，人们首先会从父母那里吸取他/她自己的心理态度（psyche attitudes），这些内化（internalization）的心理态度会作为内在的观察者——超我（super－ego）对其自身的行为进行检查。及至成人，人们还会对重要的人物进行内化。而群体的本质正在于它享有并认可一种共同的、对行为的内在检查——这即是一种共同的认同。弗洛伊德同时也对一般社会学意义上的群体心理作了分析，在关于"心理群体"的研究中，他提出成员相互认同的基础在于他们拥有一个共同的领导，认同作用的最初动力来自父母，但是后来被环境中的其他人，他的同伴以及公共舆论升华了。因此，弗洛伊德相信，认同不只和个体有关，认同作用也并非只发生在特定个体的心理过程中，它同样适用于群体。作为一种心理过程，正是在一系列的认同中逐渐形成了人的个性或自我。反之，没有充分自我意识的人是不可能提出认同问题的，正是由于发现了个人，自我才从仅仅是社会的要素变成具有个性追求的主体存在。从这一意义上讲，认同问题与现代性在本质上是紧密相连的，因为现代性首先是人自身力量的发现，是人自我意识的觉醒，同时也是对人的主体性的确立和对人的个性的肯定。就个人而言，身份认同强调的就是个人在总体生存状态中构成的、整体的自我身份感。

关于身份认同的理论大体可分为心理学和社会学两大类，在学术上主要是本质主义和建构主义之争。本质主义以心理学家埃里克森（Erikson）为代表，他们将身份视为某种本质的、实在的、真实的东西，存在于自我的内部。其身份发展模式认为："身份发展指的是个性的发展，是一种在个人所处的社会背景之中关于自我的固定的核心意识"，它"基本上是一个内在的心理过程，虽然它发生在社会环境的背景中"。① 根据这一发展模式，个人的身份是自然拥有或生成的，

---

① ［美］葛尔·罗宾等：《酷儿理论》，李银河译，文化艺术出版社 2003 年版，第 236 页。

是通过个人的意志和理性而获得的，因此人们对自身的存在有清楚的认识和理解，它是人们把握自我和根植于社会的基点。建构主义者的观点恰恰与本质主义者相对立，这一派社会学的理论认为，身份是社会建构的。一个人之所以成为他/她自己，是社会通过一系列的知识教化机制和权力惩罚机制而强制建构的。身份的"重点不在自我的内心生活上，而在于身份的社会组成部分，以及变化的可能性"。[①] 根据这一认识，每一个人都有对自己的行为预期，它处于个人和社会的交互作用之间，因此它是变化的、建构的，是一种从社会类别中制造出来的意义，是加到"自我身上的标签"。所以，个人及其隶属的群体的身份是强加的、分裂的、流动的、残缺的、碎片化的、开放的，是在社会一整套机制的强制下，按照既定的模式被批量生产出来。

事实上，现代社会的系统性、强制性已经从根本上消解了本质主义者所认为的身份产生的可能。现代人的自我身份认同在现代社会中被塑造，以人的自我为中心展开和运转。对自我身份的确认，围绕着各种差异轴，诸如性别、阶级、种族、国籍、职业、社会称谓等展开，每一个差异轴都有一个力量的向度，人们通过彼此间的力量差异而获得自我的社会差异，从而对自我身份进行识别。20世纪60年代以来，英美等西方国家发生的一系列社会运动，如女性主义、同性恋、少数族群争取权利、黑人民权等，都是围绕特殊的群体和个人展开的，反映了各种文化群体要求政治承认和身份认可的诉求，它们与全球化经济潮流、后现代思潮相互纠缠、呼应、影响、渗透，甚至塑造了现代社会的诸多方面，包括人们对自我的认识、对亲密关系的理解，及至对国家、民族的看法，在深层次上打乱了人们看待自我与世界的基本框架，质疑进而分裂了人们对某些核心问题的"日常观念"，对所谓的知识真理性和合法性提出了全面挑战。在这一背景下，"认同"的

---

① ［美］葛尔·罗宾等：《酷儿理论》，李银河译，文化艺术出版社2003年版，第236页。

概念开始被移植成为政治学的一个术语。[①]　身份认同也成为被广泛提及的一个含义丰富而驳杂的概念，它与一系列理论问题，诸如主体、语言、意识形态、权力、阶级、性别、种族等相关涉。在后殖民论述中，身份认同更涉及政治认同、文化认同、族群认同、国家认同、性别认同、阶级认同等诸多领域。

由此可见，认同的建立是一个结构性的工作。联系台湾社会的种种变迁，我们就不难理解，为什么"身份认同"在台湾会成为一个关键词。举凡汉人与原住民、外省人与本省人、"同志"与"酷儿"、旅台马来西亚华人、女性主义者，等等，在台湾都是内涵复杂的认同符号。这背后，历史恩怨夹缠，包含了当代台湾社会的变迁、政治的变局、族群的对抗、代际的差异，以及个人精神路向等驳杂的底色。

历史上的台湾，虽曾建立巡检司，但囿于当时的经济和技术发展水平，并未得到切实完全的治理，海防薄弱，令其在外敌入侵时几无还手之力。台湾曾多次被割让给入侵的列强。1945 年抗战结束，日本将历经其 50 年殖民统治的台湾归还中国。但是，由于当时国民党政府接收官员行政舞弊，加上长期隔离而导致的文化差异等原因，令战后台湾的状况迅速恶化，民生困顿，人心浮动。至 1947 年，酿成"二·二八"事变。经此事变，国民党政府拔除了台湾在殖民地时期的许多右翼社会文化领导者，使外来移民政权更加巩固，但也构成了身份认同上的分水岭，一种"对于'中国'具有疏离感的'台湾人'就在这个'创伤'中悄悄诞生"。[②] 这种疏离，虽然未能完全消除台湾人对中国的认同，但是台独运动却也由此萌发。事后的种种安抚措施，也无

---

① 在政治学领域，英语 "identity" 和 "identification" 两个词往往都被译作"认同"，但同时前者会被译作"身份"，而后者则会被译作"同一性"。

② 廖咸浩：《在解构与解体之间徘徊——台湾现代小说中"中国身份"的转变》，《爱与解构》，台北：联合文学出版社股份有限公司 1995 年版，第 118 页。

法阻挡省籍的裂痕从此撕开。1948 年，国民党在内战中屡屡挫败，自该年下半年始，逃亡、撤退的大潮渐次出现，一直到 1954 年滇缅边境的部队撤回台湾，以及抗美援朝战争中的战俘遣台才逐渐停止。根据台湾 1956 年的户口调查，这段时间（1948—1956 年），撤到台湾的外省人约为 57 万，其中，仅 1949 年来台人员即约 30 万。这个户口调查还不包括军人及军系人员，共约 60 万人。所以，保守估计当时撤至台湾的外省人总计约有 110 万人。① 人口暴增，自然带来各类生产生活资源的窘迫。因此，省籍的纠结不但未能及时得到真正舒缓，反而因为大量移民涌入而越发紧张起来。

20 世纪 70 年代，台湾逐渐由农业经济转型为以加工业产品出口为导向的加工经济，各地普遍成立出口加工区。资本的迅速膨胀导致土地紧张，政府在政策上抑农扶工，令农村渐趋凋敝，大量农业人口不得不主动或被动地流向工厂和城市，这些在当时可能是符合企业及时代发展需要的举措，带来了台湾经济的起飞，但是也因此埋下社会隐患——日益凋敝的农村和畸形发展的都市最终成了日后生活在其中的人们无从回避的巨大压迫，也带来身份认同的新问题。

1971 年，中华人民共和国作为中国的唯一合法代表进入联合国，台湾退出联合国，随后日本与之断交、尼克松与北京签署上海公报、美国在北京设立办事处。国际局势的变化震动了台湾社会，台湾逐渐丧失了在国际社会中的地位。接续而来的蒋中正去世（1978 年）、美丽岛事件爆发（1979 年），凡此种种，无不迫使台湾民众，特别是知识分子开始反省在官方主导下形成的"反共怀乡"文化，重新寻求新的身份认同。

1987 年 7 月 15 日，蒋经国解除了台湾长达 38 年的戒严。8 月，

---

① 陈国伟：《想像台湾——当代小说中的族群书写》，台湾：五南图书出版公司 2007 年版，第 249 页。

"台湾政治受难者联谊总会"即宣告成立，提出要求台湾独立的主张。由此，本土化浪潮开始席卷解严后的台湾社会，族群政治甚嚣尘上。短短几年间，外省族群因为被视为"既得利益者"而遭到排斥，原有的社会地位变得岌岌可危。李登辉居心叵测的"两国论"提出后，"台湾意识"的呼声更是日益高涨并成为"政治认同"的主流话语，一些人甚至叫嚣以淡水河取代长江，本已渐趋消弭的族群问题被不同党派用作拉拢与攻击的筹码，进一步演变成为整个台湾社会的矛盾和硬伤。从社会生活看，当时甚至后来，台湾社会的"蓝绿"之争往往将日常生活中的各种文化认同表征有意裹挟进政治纷争，形成台湾政治及文化上纠缠不清的复杂形态。比如，民进党为了推动反中国的"台独"运动，将台湾话作为泛绿阵营内区别忠诚度的标尺，出现了欲以闽南话独霸天下的福佬沙文主义现象，令台湾话在相当长的一段时期内成了族群政治（其实体是省籍政治）的斗争工具。① 这种以身份认同作筹码的党争极大地干扰了台湾民众的生活，正处于身份认同建构阶段的年轻人，特别是外省第二代不得不为此承受巨大的精神压力。

结合历史的发展看，对于台湾这样一个族群并立、文化归属歧异的政治体来说，身份认同的纠缠纷扰始终无法回避。尤其是 20 世纪 90 年代以来，在政治上、文化上，甚至在日常生活里，"本土论"与"反本土论"已经构成台湾思想史的一条重要线索。比如 20 世纪 90 年代，"台湾文学"从过去的禁忌和避讳，成为一时"显学"，诸多台湾文学系所创立。特别是 2000 年台湾"政党轮替"之后，各大学纷纷申设，使"台湾文学"成为正式学科，台湾文学界开始出现一波书写台湾自己的文学史的小高潮。这些举措无非是意图让"台湾文学"从

---

① 这一现象始自 20 世纪 80 年代中后期，在 2000 年陈水扁大选及其后就任"总统"的 8 年间最为激烈。

中国文学中剥离出来。① 如果说，"本土论"在国民党威权统治时期还具有反抗支配和压迫的积极意义，那么，当"本土论"获得话语霸权并且成为新威权的统治性意识形态时，它已走向反面，蜕变为一种新的压迫力量。台湾社会从 2003 年 9 月的"台湾正名运动"，到 2004 年"520 总统就职"，在本土化浪潮冲击下，族群的对立冲突、国家的认同争议从未间断亦未消失。在"台湾认同"与"台湾人权"的思潮影响下，台湾的"乡土意识"蜕化成了"本土意识"，"中国意识"和"台湾意识"之间也产生了矛盾碰撞，加上绵延四百多年的移民史，以及不断接受外来政权殖民统治的历史，更使台湾人面对"身份认同"的抉择时心态复杂混淆。

对于战后新世代作家来说，这一影响更是至深且远。他们的成长过程，伴随着这样的历史遭遇和现实处境的激烈冲撞，夹缠在"台湾情结"与"中国情结"盘根错节当中，目睹台湾族群差异和认同政治交错复杂的关系，其感受之强烈，印象之鲜明，令身份认同与历史记忆自然而然地成了他们创作中的重大主题。而其中身为外省第二代的创作者面对所谓"台湾意识"的召唤，心态更为困窘，面临一次又一次追索"我是谁?"的诘问，其身份认同之迫切与焦虑自不待言。新世代作家群依托家国想象而展开的身份认同书写因而一时繁盛，成为当代台湾文学创作和研究中的一个焦点。这既是解严后逐渐激化的族群政治的赐予，也是凝聚了台湾历史和文化构造的多重因素的结果。

综观外省第二代的创作，可以发现，各自不同的具体生活经历和个性体验，让他们的身份认同书写也呈现出截然不同的路向和面向。

出身眷村，少年，乃至青年在眷村中过着自成一统的生活的外省

---

① "台湾文学"渐成"显学"这一过程虽然纠缠了许多难解的国家和族群认同问题，但是，它反过来也刺激了台湾以往压抑、漠视中国现代文学研究状况的改善，并将包含台湾特殊地域经验的闽南语文学、客家文学、原住民文学容纳进来。所以，总体而言，它拓展了中国文学的边界。

第二代作家，比如朱天文、朱天心姐妹，往往以回忆往事的形式记叙眷村，在怀旧中追寻身份的印记。比如朱天心（1958— ）的《想我眷村的兄弟们》，怀着极大的现实关注和眷村情怀，从早期的新鲜利落、清新浪漫到八九十年代的沧桑复杂，刻画出一众不胜乡愁的困顿老兵，以及在眷村成长、选择、流离的女孩和男孩。小说在青春的美好纯朴和成长的尴尬与代价之间夹杂对家园身世的追怀、对人心人情的感念，以及对世事和自身的反思，成为台湾反映"眷村文化"的代表佳作。

与朱家姐妹相较，散入台湾本省人当中的外省第二代，比如成长于台北永和的骆以军，对于身份的追寻则没有那么多的诗意情怀。首先，就生活经历而言，骆以军没有眷村的"抱团式"生活经历，他的父亲属于散入台湾市民社会的"外省人"，社会阶层比较低，生活中遭逢的被排斥感更多。因此，他对台湾既没有眷村子弟那么强烈的所谓"国家认同"，也没有本地台湾人那么强烈的"台湾认同"。从身份认同的角度看，这是他极具可塑性的一面，也是他无论对哪一边都难以产生归属感的重要原因。其次，在骆以军的成长年代，台湾地区经历了经济上的巨大腾飞，开始逐步由农业社会步入工业社会，甚至后工业社会，在骆以军的成长经验中，相较于书本中的田园生活，他对光怪陆离的都市节奏和信息时代迅速多变的"虚拟时空"有更直接的感受，对后现代都市中的身份迷失有更真切的体会。因此，比之眷村作家群营造的浪漫唯美回忆，骆以军书写的更多是都市生活的迷离、困扰和碎片化体验，是家国认同中的矛盾落差，以及历史裂变中的认同困境等。如果说，朱天心的身份认同书写是回望式的，带着伤逝的感慨，那么，骆以军的身份认同书写就是顾影自怜式的，带着被遗弃的愤懑、伤痛，充满寻找的焦灼，也充满重新建构的可能。

第二节 "遗弃美学"与时间"倾斜"

遗弃不再是我

向生命漠谷愤怒掷去的回音

而是姓氏

是母胎以膣温热吻上的烙印

则我们又何须竭力争辩

那年冬天

究竟是妳的遗弃将我放逐

在诗和颓废的边陲

或仅为了印证诗和颓废

我、遗弃妳。

——骆以军《弃的故事》①

自 1993 年 4 月出版第一本小说集《红字团》,到该年 11 月出版第二本小说集《我们自夜闇的酒馆离开》,骆以军基本保持一年一本的写作速度,但是第二本小说集出版以后,直至 1998 年 7 月出版《妻梦狗》,中间却相隔了几乎"空白"的五年,以至连黄锦树都禁不住要问:"令人好奇的是,那拉长了的五年究竟是怎么一回事?"② 其实,在这"拉长的五年"里,骆以军正在戏剧研究所攻读学位,他并没有停止创作,反而进行了许多其他文体的创作尝试——1994 年出版童话

---

① 骆以军:《弃的故事》,台北:自费出版 1995 年版,第 15 页。《弃的故事》为骆以军自费出版,故没有相关出版社。2013 年 INK 印刻出版有限公司出版《弃的故事》典藏本。这里依据的是其最初的自费版本。

② 黄锦树:《隔壁房间的裂缝——论骆以军的抒情转折》,黄锦树《谎言或真理的技艺——当代中文小说论集》,台北:麦田出版公司 2003 年版,第 341 页。

书《和小星说童话》，1995 年自费出版诗集《弃的故事》，同年，完成
了戏剧研究所毕业制作剧本《倾斜》——这些，都是这五年间可贵的
尝试。因此，对于骆以军日后的小说创作而言，这"拉长的五年"是
颇值得探究的，其间多种文体的摸索练习，对其日后小说创作的影响
应是相当关键的。

一 "遗弃美学"的雏形

1995 年，骆以军自费出版诗集《弃的故事》。诗集中的作品主要
包括：骆以军读大学时诗选课上的作业和在《世纪末》[①] 上发表的诗
作。这本诗集印数不多，但得到其师长们的大力支持。翁文娴为《弃
的故事》作序《坠落的深度》，她的先生设计了封面和插图。这本
"稚拙而透明"[②] 的诗集，对骆以军而言可以说是最切近生命的一次写
作。诗集出版后，骆以军作为嘉宾应邀出席翁文娴的一次"现代诗创
作"课。他在课上坦陈，诗集的写作源自其读大学时一次很大的伤
害，当其时"很悲怆的情绪下去把创痛扩大到它在天地间回音的可
能，它可能是一种变态的自我催眠的自疗"。[③] 我们无法确切考证骆以
军所言的那次巨大伤害的具体情形，实际上，这个伤害具体是什么并
不重要，重要的是它带给骆以军的生命体验。作为外省第二代的骆以
军，在风云涌动的 90 年代台湾，随着日渐升温的本地化潮流，被排斥
感日渐强烈。此时的诗人正逢青春年少，正是对世界最敏感的时期，
然而，他的人生阅历、社会经验、知识积累等都尚不足以帮助他去理
解、对抗这种排斥。而台北，这个现代都市，资讯发达，生活快速流

---

① 骆以军和他的"哥儿们"办的一份地下影印"同仁文学刊物"。
② 骆以军：《弃的故事》，台北：INK 印刻出版有限公司 2013 年版，第 10—11 页。
③ 翁文娴：《在时间中倾斜的甬道——访骆以军》，《创作的契机》，台北：唐山出版公司
1995 年版，第 312 页。

转，差一步，慢一拍仿佛都会"落伍"。生活在这里，对于时光快速转换的体验自然分外深切，似乎一切都还来不及抓住，就被时光带走了，只有自己跟不上节拍，被落在原地，惶然四顾。于是，各种被弃掷的焦虑、恐惧混合着青春的爱情、友情之痛与快乐，搅拌在骆以军的生活中，渗透进他敏感的生命里，挥之不去，凝结成诗。

《弃的故事》以"春""夏""秋""冬"四首短诗作为"分割线"，将诗集分成四个章节，但是，季节变换显然并不是诗集的主题。实际上，骆以军是在假借时光的流转呈现"一团以'弃'为核心的星云图像"①。在这个"星云图像"中，最引人注目的莫过于以"弃"和"伤害"为主题的作品——如《各各他情妇我的叛徒》《弃的故事》《给弃妇R》《遗弃美学的雏形》《某日午后闯进十六岁F冥思中途的课堂》《关于宫崎骏》等，作为这本诗集的核心，诗人通过这些作品隐晦婉转地表达了自己承受的源自"遗弃"的种种伤害。这些伤害，一类来自被遗弃的身世，这是诗人自承所遭受的最大伤害，它在诗集同名作品《弃的故事》中表现得最为充分；还有一类则来自被时间的遗弃，它们与青春、爱情、友谊相关，可以看作诗人留下的时光腐蚀生命的记录。

在同名诗作《弃的故事》里，骆以军特别设置了"壹"和"贰"两个图景，以现代版遗弃"对垒"古典版遗弃。图景"壹"，现代诗人"我"对被弃的身世怨愤质问；图景"贰"则引述《史记》里周朝始祖后稷的身世传说，借此在广袤的时空中与图景"壹"形成历史的对照，同时也赋予"我"被弃的身世一个宿命式的悲剧源头，以此将质疑引向历史深处。

如果遗弃是命定的，那么争辩和愤怒还有用吗？"我"又该如何

---

① 罗叶：《兀自少年的银桦——骆以军诗集〈弃的故事〉读后》，《现代诗》1997年第29卷第6期。

自救？诗作一开篇，"我"因为洞悉"遗弃"的真相而充满愤懑——

> 如果/遗弃不再是我/向生命漠谷愤怒掷去的回音/而是姓氏/是母胎以膣温热吻上的烙印/则我们又何须竭力争辩①

就像周祖弃一样，父亲已然邈远，处女母亲与父亲的脚印媾合而产下的私生子弃，出生三日即被母亲弃于隘巷，主人公"我"也是因母亲爱恋足印而孕育的。所以，遗弃其实是"自我蜷曲闭目坐于母胎便决定的/姿势"——这是来自血脉之源，始自生命之初的遗弃，是诗人自己不能选择的处境，就算有千万种不甘，诗人也只有承受。"我"于是在被弃的荒野中寻找力量，试图让自己由弱势的被弃者转变为强势的弃者，夺回"弃"——也就是命运的主动权，并以骄傲的姿态宣布：

> 那年冬天/究竟是妳的遗弃将我放逐/在诗和颓废的边隘/或仅为了印证诗和颓废/我、遗弃妳。②

于是，"我"以诗扩张自己的力量，"贪婪"地向诗歌寻找救赎，终于将被遗弃的姿态转变为"一种将己身遗落于途/以证明自己曾经走过或正在走过的姿势"③，扭转了自己命定的、被弃的身世。

不难看出，诗中有骆以军深沉的自况。诗中的"父亲"显然是中国大陆的象征，而父亲的足印，则是中国文化在台湾留下的、深入血脉的、不可抹去的烙印。诗中的"母亲"象征着国民党统治下的台

---

① 骆以军：《弃的故事》，台北：自印，1995年，第15页。
② 骆以军：《弃的故事》，台北：自印，1995年，第15页。
③ 骆以军：《弃的故事》，台北：自印，1995年，第16页。

湾，由于国民党统治时期对中国文化的大力弘扬，所以"她"宛如一个爱恋着中国文化的处子，这种强烈的爱恋令她罔顾自己精血所孕的诗人"我"——生长于台湾的外省第二代。对骆以军来说，作为一个生长在台湾的外省第二代，中国大陆是烙印在其生命中的一个深刻却遥远的存在，而台湾母亲则是他血肉生命的孕育者，它们都是他无法舍弃的血脉渊源。虽然，台湾母亲"爱恋足印甚于/爱恋我的足踝"①的态度令骆以军怨懑，他誓言要反弃她。但是，毕竟台湾是他生于斯，长于斯的热土。所以，当他对台湾母亲发愿——"我、遗弃你"时，更像是一个孩子在作一个赌气式的宣言，内中包含的意思与其表面的话语恰恰相反——

> 如果你至今犹被我置于遗弃的雪芜荒野/那么请记住/遗弃是我最浓郁灼烈火的吻/是我/啮咬你一生阴魂不散的/爱的手势。②

表面看，他在诗里怨懑台湾母亲向往大陆父亲，仿佛是一种拒绝统一的姿态。但是，因此就从拒绝祖国统一这个政治不正确的角度来批评骆以军的话，未免有些简单粗暴。如果我们从骆以军个人的成长经历出发，回到当时的诗歌现场，就不难体会，在20世纪末台湾那样一种纷乱的形势下，以当时仅二十出头的骆以军而言，其有限的人生经验和历史认识并不足以支撑他从历史的或政治的高度来思考这个统独的大命题。但面对日益激烈的统独之争，两边皆不被认同的现实处境令他无比怨愤。于是，将大陆父亲和台湾母亲当作发泄愤懑的对象，赌气式地发了个愿。只是这个"怨念"的隐衷，实际却是诗人无法挣脱的爱恋。以"遗弃"宣示不舍不弃，以"啮咬"宣示"爱"，情绪曲

---

① 骆以军：《弃的故事》，台北：自印，1995年，第16页。
② 骆以军：《弃的故事》，台北：自印，1995年，第17页。

折幽微，纠结难解，反映出身为外省第二代的骆以军对自己不能自主地被裹挟进政争纷扰中的复杂心态。而诗作的末尾，不妨看作诗人的最终表态。这里，诗人以一个年轻人的激愤，一个热爱诗歌的文学青年的骄傲，对"被弃"的命运宣告：既然生命的来处不可依，那么何妨在诗中找寻自我存在的证明。就像周祖弃一样，"我"也终将在诗的滋养下成长，"屹如巨人之志"①。因为这个自信，"我"终于坦然面对自己的命运，最后的一问一答里，诗人最终以周祖弃自我命名，宣示了对自我的成长经历的承担和认同：

> "你究竟是谁？"／"我是弃。"②

除了感怀自己被"遗弃"的身世，骆以军还耿耿于将自己从青春、爱情等种种美好中遗弃的时间，无法释然自己因此受到的伤害。诗集中这一类的诗作包括《丧礼进行中我暂时离开》《女信差的不渝爱情》《某日午后闯进十六岁 F 冥思中途的课堂》《一个老妇在轮椅上紧握她从前的邮票肖像》《对于诗人 J 失恋事件的一段与之毫不相关的感想》《关于诗人 F 一幅蜡笔画之杀价过程》《六月的灵幡上开出了一串白蟹兰》等。作为诗人个人成长中时光腐蚀的记录，《弃的故事》中那些伤怀时光流逝的诗作，往往以故事描写的方式呈现某个场景或感觉的瞬间，在时间的"裂隙"里折射出深埋在时光中的生命伤痛，它们是诗人青春的心灵在时光蚀刻中的震颤，也是诗人自感生命被现代都市变幻无情的时光利刃刺伤的惊惧。诗歌里，有切切的追问，"我们的优美如今沦落何方"（《各各他情妇我的叛徒》）③；有无奈的

---

① 骆以军：《弃的故事》，台北：INK 印刻出版有限公司 2013 年版，第 18 页。
② 骆以军：《弃的故事》，台北：INK 印刻出版有限公司 2013 年版，第 18 页。
③ 骆以军：《弃的故事》，台北：自印，1995 年，第 14 页。

退让，"我和时间达成协议/我的爱情掩面后退，平躺在地成为你菽息浓厚的倒影"（《遗弃美学的雏形》）①。《丧礼进行中我暂时离开》里，诗人忍受着光影变换的无情，"任性地坐在课室外的走廊伤心哭泣"②；《某日午后闯进十六岁 F 冥思中途的课堂》中，诗人只愿"静静推门进来静静走进你时间的初站"③；在《一个老妇在轮椅上紧握她从前的邮票肖像》里，为了"不让你发现　我已发现/你的老去"，诗人不得不强自坚持"不动声色/继续说话"④；而在《关于宫崎骏》里，诗人不可抑制地怀疑，"他们都在瞒我/其实我知道/我会在一个满月的夜里/……/望见他们像/撒向天空的蒲公英籽/……/离开/无论如何辛苦假装/也不被他们视为族类的我"。⑤ 所有这些担惊受怕、隐忍无奈的体验，诗人日后回忆起来也是不堪沉重。2013 年出版的《弃的故事》典藏本中，除照排 1995 年自印版《弃的故事》的诗作外，还在"春""夏""秋""冬"四章之后增加了"后来的……"一章，收录了 1995 年以后骆以军的部分诗作。其中有一首《好日子》描述了诗人种种惊惧莫名的噩梦，结尾处这样写道：

但其实真正活过的时间/比这些梦境可怕/但为何我可以坐在这边的时间这边的床沿/喷着烟觉得还好/还好，醒过来了/觉得自己是只梦里拖了一道湿迹爬出来的蛞蝓。⑥

诗作以《好日子》命名，而实际上所活的日子，却比噩梦还可怕，这种强烈的反讽和自嘲，正折射了其 20 年前所感受的"遗弃的伤害"

---

① 骆以军：《弃的故事》，台北：自印，1995 年，第 20 页。
② 骆以军：《弃的故事》，台北：自印，1995 年，第 35 页。
③ 骆以军：《弃的故事》，台北：自印，1995 年，第 42 页。
④ 骆以军：《弃的故事》，台北：自印，1995 年，第 47 页。
⑤ 骆以军：《弃的故事》，台北：自印，1995 年，第 54 页。
⑥ 骆以军：《弃的故事》，台北：INK 印刻出版有限公司 2013 年版，第 161 页。

是何等深切。

在 2013 年的典藏本里，骆以军慨叹，"年轻时懵懂用了'弃'这个字作书名，其实那时哪懂这个字在生命史中真正开启的恐怖哀恸。不想这样二十多年下来，这个字倒成了我小说书写的咒语或预言……如今知畏，不论身世之哀，设定于父亲那一辈的花果飘零，或在后四十回所看到的'弃'之后的慢速塌毁，自我的脸在痛失所爱，天地不亲的哀鸣中变成怪物。这种种都不是当年写'弃'的那个年轻人能想象的"。① 骆以军自言，他在写下这些诗作的时候，越贴近诗中的人物，越接近他们复杂的人性面，反而越用抽象的方法去表现他们，但并不是要单纯地把他们当作一个意象或者符号。这种令众多的解读者感到困惑和惊讶的逆势思维，恰恰体现了骆以军体验的深邃和创作的匠心。"弃的故事"并不限于某时某刻或某人某事，弃与伤害本来就是我们每个人与生俱来的命运，它们不是意象或符号，而是弥漫在生命中的一种无所不在，却又不可触摸的抽象存在。舍弃它们的具体外在，正可以摄取其内在本质——让人惊惧无状，哀伤莫名的时光力量。对此，曾任骆以军文学课老师的翁文娴认为，无论是抒写来自身世的遗弃感，还是记录来自时光蚀刻的伤害，《弃的故事》都达到了"一个城市的深度"②，翁文娴在为《弃的故事》所作的序中写道，这个城市的深度，那些在缤纷喧闹的都市生活表象下涌动的潜流，是要靠诗人"灵和童身坠落的深度"，以及"博大的透视现象的能力"去感知的，"绝不是风光和舒服所能轻易换取的，浮在表面的嘉奖，或攻击，都是一场场烦躁的忙碌，适足以害事"。③ 骆以军正是以他的"灵和童

---

① 骆以军：《印章的故事》，骆以军《弃的故事》，台北：INK 印刻出版有限公司 2013 年版，第 230—231 页。

② 翁文娴：《坠落的深度》，骆以军《弃的故事》，台北：INK 印刻出版有限公司 2013 年版，第 15 页。

③ 翁文娴：《坠落的深度》，骆以军《弃的故事》，台北：INK 印刻出版有限公司 2013 年版，第 15 页。

身"坠进这个城市的深处与暗处,以不惮舍身的勇气为我们揭开"弃与伤害"的秘密——因为遗弃,我们失去了身世。"活在当代,种种如石榴花爆开的讯息里,在左在右,似乎只日夕为增加这个'弃'字的涵义。我们比任一代的人,更亲近它,更了解它,如果有人要求举一字而总括整个世纪末的风情,谁能反对'弃'的魅力?"①

《弃的故事》是骆以军遗弃美学的雏形,其中弥漫着深沉的悲伤,但并不缺少勇气与坚持。对这本诗集,骆以军显然也是"宠爱有加"——"我一直把小说看成是我的大儿子,而把诗当作是我的小女儿,这点在大学时代就已经区分得很清楚。"② 这里显然有让小说去历练人世,而把诗歌作为"贴身小棉袄",用以爱惜体己的意味。2013年重出的典藏本书套上,骆以军盖上了父亲留下的藏书印"素情自处",更见其珍爱。他说,重出这本类似"时光胶囊"的书,"像是父亲私秘给与我的祝福和镇魂之印。如何在这样荒凉暴乱人世,虽然疲惫且常惊慄惶惶,然作为我这一组故事的第一个被拔掉的字,到他过世之前,仍在被弃的流浪中,从孩子,青年,终于成为老人,仍不改对那不辨在何处遗失,遗失之前那文明全景的孺慕,对泥滩脚印般凌乱但至少此刻真实踩下的不虚无。不疯狂迷乱。不否定那遗弃之前,人该有的尊严和美丽形貌"。③

这里,还要提及的是诗集中的最后一首诗作《惦记着那些在他们身世里的自己》,我们可以从骆以军对身世念念不忘的惆怅中窥视到其日后创作的核心主题:

---

① 翁文娴:《坠落的深度》,骆以军《弃的故事》,台北:INK 印刻出版有限公司 2013 年版,第 1 页。

② 翁文娴:《在时间中倾斜的甬道——访骆以军》,《创作的契机》,台北:唐山出版公司1995 年版,第 314 页。

③ 骆以军:《弃的故事》,台北:INK 印刻出版有限公司 2013 年版,第 230—231 页。

图书室里他们翻着一本线装书／光从玻璃帷窗涌进／悄声地有一些秘密在进行／但是要从哪里开始呢

从已经腐败蔓爬在耳际的私语／翻开的章句已加上眉批

但那只是倒叙／时间的进行中故事仍得慢慢蚀尽／他们记得第一页插画中／时间的禁锢是由图书室开始？／而我急着打转／但那一切只是倒叙／故事的重心　之后甚至／成为关于一支铜币花纹的蛇／关于一条蛇／你们要怎么去传说呢？如果／最终绑住生命重心的那线幻觉／终于切去／悬垂而下时还会在乎／口语喧哗众说纷纭？

时间的禁锢　已从图书室开始／再打开书时／故事随光尘乱飞／光翻着书页／身世翻动着光

翻开的章句已被人悄悄加上眉批／我始终／惦记着第一格／在他们身世里的自己／从一个已然昏黄的午后之井开始／从下坠的那刻开始／但那一切只是倒叙①

面对已经被权力、历史和记忆"加上眉批"的身世，骆以军始终固执地追寻着"第一格"里最本初的自己，为此，他愿意"下坠"，坠入现代都市的迷离光影，坠入家族的历史，坠入未来与过去，哪怕逆时间之流，也要寻求身份的认同之光。

二　时间"倾斜"的焦虑

1995 年 5 月，骆以军作为嘉宾出席翁文娴的"现代诗创作"课时，曾被翁文娴追问其诗集《弃的故事》为何要运用跳跃与断裂的时间视点，回答这个问题的同时，骆以军陈述了自己对"时间"的看法：

---

① 骆以军：《弃的故事》，台北：INK 印刻出版有限公司 2013 年版，第 22 页。

我读过一本关于印度的时间的书，他们认为时间是人格化、是统治整个世界、统治其他诸神的，在《吠陀经》中，亦说时间是宇宙之上一个溢满的容器。我很喜欢用"溢满"来描述时间的这种感觉，我诗里的街道、事件、人物的表情，都不是处于静止状态的静物画，而是处于一种时间的倾斜状态。它们的内部，都有一种画面上无法支撑的、时间的歪斜。有的向未来倾斜，有的向过去倾斜。当我在描述它们时，它们被拘在这一个状态里，但是当我叙述停止或一转过身，悬住它们的那一丝暂时状态便被切断，它们便会朝向那个倾斜的姿势哗哗崩毁过去。①

也许是出于这种时间意识，骆以军在戏剧研究所的毕业创作即命名为《倾斜》。在《倾斜》的作品说明中，他对自己的戏剧文本进行解析，其中再次提到：

"倾斜"的表现不必然一定要处理"正在倾斜"的动作模拟，可能可以是"倾斜之前"——如同满溢的容器，下一瞬水就要破坏自身表面的张力之圆弧而崩溃流下——我可不可能表现那种崩溃之前，微弱的支撑力和强烈的倾倒欲望之间，最后的均衡界面。一群人在说着话、在走动，隐隐有一根细线在悬绑操控着他们，我正在书写他们，或是观众正在观看他们。他们似乎正在敷演着一种情调，也许正淡淡悠然地回忆身世，但是你可以感觉到那里面有一种焦虑，有一种情感。似乎你一转身，那舞台上搬演的一切就崩颓倾倒。②

---

① 翁文娴：《在时间中倾斜的甬道——访骆以军》，《创作的契机》，台北：唐山出版公司1995 年版，第 304 页。

② 骆以军：《倾斜》，硕士学位论文，"国立"艺术学院戏剧研究所戏剧创作组，1995 年，第 11 页。

可见，"倾斜"不仅是骆以军看待"时间"的方式，甚而是一种他在创作中秉持的叙事理念。在骆以军看来，故事中的每个情境或场景都只是时间这个"容器"中一个瞬间均衡的界面，它们只是在这个瞬间保持着均衡的状态。这个状态建立在各种欲望之上，只要欲望间的平衡稍一打破，"倾斜"甚至崩塌就是必然的结果。"倾斜"每一刻都可能发生，也许在这一秒，也许在下一秒。因此，要维持"倾斜"发生前的均衡，就要把时间"停止"，凝成一个空间的状态。骆以军在剧本中对他的这种时空意识进行了大胆的尝试。在其构想中，《倾斜》会以切割剧场空间的形式将舞台架设为"此端—隔壁"的不同空间，"倾斜的时间"（或者说倾斜的瞬间）被"停止"在这些相邻的空间里，任剧作者以"凝滞—迟缓"的时间幻术在其中操演人世的故事。这一时空构想形式，在骆以军后来的创作，如《第三个舞者》《月球姓氏》中均可见端倪，而《西夏旅馆》终于将其演练到极致。

1. "倾斜"："此端—隔壁"的空间架设

作为戏剧作品，《倾斜》中的幕次场面安排充分体现了骆以军将故事时间进行空间化处理的叙事策略。与传统戏剧以幕次表现时间的线性进展不同，骆以军在《倾斜》中采用了"类似剧场的分幕方式（而不是场次的直线连续）"。[①] 为此，他设置了四幕戏：

> 第一幕演出"在丧礼进行的仪式'隔壁'调情"；第二幕演出"在行刑枪决骤死那一瞬的时间'隔壁'的永恒与衰老"；第三幕演出"在婚礼的'隔壁'灾难性喜剧"。[②]

---

① 骆以军：《倾斜》，硕士学位论文，"国立"艺术学院戏剧研究所戏剧创作组，1995年，第124页。

② 骆以军：《倾斜》，硕士学位论文，"国立"艺术学院戏剧研究所戏剧创作组，1995年，第126页。

第四幕写的是一场诞生，用"诞生"来作为一出"倾斜"主题的赋格式变奏的最后一幕戏。①

在《倾斜》的演出构想中，骆以军在这四幕戏的场景中特别设计了一面墙。这面"墙"在戏中意味着一个界面——"此端"与"隔壁"的界面，它代表不同时间序列的间隔。"隔壁"因此作为一种在时空上被隔断和阻绝的意象呈现出来，仿佛孤立于某个时间序列中的空间，给人意味深长的联想——它可以是时间的隔壁、历史的隔壁、一场仪式的隔壁、情欲的隔壁等，意味着世界在时间里的区划，是同时存在的"另一个世界"，也是"我们"与"他者"的象征性区隔，而进入"隔壁"的房间也就意味着进入"他者的心灵"或"别人的生活"。

"此端—隔壁"的空间架设是一种空间化看待时间的方式。在戏剧的结构布局上，它营造出一种似乎相互隔绝而又枝杈歧出的叙事格局，内在本质则是骆以军对历史悖谬的质疑与洞察：

> 此端是覆盖在历史人物身上的传记谱写，放逐了诸多悖误错杂的历史细节的单音叙述；隔壁则是"去年在马伦巴"式的，历史现场的重播、倒带、窜改、变形、众声喧哗地干扰。此端是演员们平稳和缓，似乎没有明显交集的对话，隔壁则是对话之下，莫名的焦虑和暴乱的欲望。②

骆以军认为，我们并不是生活在一个单一的，或者说单纯的世界，历史也不是只有一种声音在叙述，各种悖反的现象和荒谬的言语充斥在

---

① 骆以军：《倾斜》，硕士学位论文，"国立"艺术学院戏剧研究所戏剧创作组，1995 年，第 125 页。

② 骆以军：《倾斜》，硕士学位论文，"国立"艺术学院戏剧研究所戏剧创作组，1995 年，第 117 页。

我们的周围，没有察觉其中的荒谬，是因为它们被区隔在一个个被间离的空间里。而"此端—隔壁"的空间架设，正隐喻了我们看似开放实则封闭的、蒙昧的碎片化生存状态。

2. "倾斜"："凝滞—迟缓"的时间幻术

在《倾斜》中，骆以军试图让角色之间通过随机的关系发展和身世拼贴，打破"均衡"，并以此作为剧情推进的动力。他认为，叙事一旦发生，"倾斜"的可能便隐藏其中，因为每一个角色都要经由表演，试图抢回"身世正在发生"的主动权。这时，包括戏剧《倾斜》本身，都可能会发生"倾斜"：

> "倾斜"的暗喻性动作成为每一个角色的暗喻性宿命。这一点已经确定。每一个角色的类型建立后，角色们之间随机性的关系发展和身世拼贴，必然分担着整出剧的关于"倾斜"的象征企图——他们必须在表演中建立暗喻的互涉。他们必须表演出"倾斜"。[1]

正如剧本中所喻指的，我们的世界或历史，甚至我们此时此刻的生活，都处在一个暂时的、瞬间的均衡界面上，只要一开始行动——包括叙事，"倾斜"就开始发生。这一认知也延伸到骆以军日后的小说创作中，虽然小说叙事不同于戏剧的舞台表演，无法直接展现真正视觉意义上的"倾斜"前一瞬的平衡。但是，骆以军在小说叙事中创造了喊停时间的"法宝"——"时间停格""时间胶囊""旅馆"等，它们无一不是"凝滞—迟缓"的时间幻术。

以小说技巧而言，"凝滞—迟缓"的时间幻术造就了骆以军小说中无所不在的心理悬念。他往往以纷繁厚重的叙述"凝滞"某一瞬间

---

[1] 骆以军：《倾斜》，硕士学位论文，"国立"艺术学院戏剧研究所戏剧创作组，1995年，第101页。

的场景、声光、气味、影像等，以期留住其中的生命感受，辨析这一瞬间里各种复杂的欲望及它们之间的关系。在不断岔出的叙事分枝中，小说的故事拖曳着众多瞬间趔趄而行，滞重而迟缓。在骆以军的小说中，依据时间线发展的故事情节并不突出，让人印象深刻的，是一个个粘连在一起的"瞬间"。它们颤颤巍巍地"挤"在一起，涌动着，等待"倾斜"的一刻。而在此之前，读者被众多岔出的故事细流推挤着，被簇拥到"满溢的容器"上，完全无法揣测故事的走向。这，可以说是阅读骆以军小说一种别样的"刺激"。

以小说的历史观而言，"凝滞—迟缓"的时间幻术是骆以军在身份认同书写中用以对抗人世无常、政治无耻的武器。作为一个遭遇"遗弃"、面对认同困境的卑微个体，骆以军始终对历史、政治和威权保持着深刻的怀疑，在政治威权操弄的家国史中，他找不到身份认同的确证，于是他通过描绘时间停滞状态下的场景，展示历史、记忆、死亡、身份的"瞬间"，以期从中寻得命运"倾斜"前那一瞬的平衡——那刻上身份印记的时刻。在骆以军的小说中，人物常常沉沦在沉重的心理旋涡中，内心因愤懑郁结而诱发巨大的焦虑与坚决的抵抗——这正是骆以军通过"凝滞—迟缓"的时间幻术捕捉到的、那些游荡在一个个惝恍迷离的瞬间里的身份意义，是最微小的生命体验，却也是验证自我存在的确证。

3. "倾斜"与"倾倒"

《倾斜》的每一幕中都出现了马桶倾倒的意象。骆以军在作品说明的最后专门谈到这一意象及其渊源：

> 昆德拉在《生命中不能承受之轻》一书中，曾对马桶有这样一段曲叙："现代抽水马桶从地上升起，像一朵朵洁白的水百合。建筑师尽其所能使人的身体忘记自己的微不足道，使人去在意自

己肠中的废物，被水箱里的水冲入地下水道。尽管废水管道的触须已深入我们的房屋，但它们小心翼翼避了人们的视线。于是，我们很高兴自己对这些看不见的大粪的威尼斯水城一无所知，这大粪的水城就在我们的浴室、卧室、舞厅，甚至国会大厦的底下。"①

在使用"马桶倾倒"的意象时，骆以军承继了昆德拉关于马桶的隐喻，"在舞台上各幕似乎并无因果的仪式，各幕未必严守线性叙事的人物动作，其实在马桶下面，触须纠葛地交换着排泄物般的身世材料，弃毁不用的场景构想，被命题遗漏的更多的妄想和幻念，……"② "马桶倾倒"既隐喻了人生最不堪的境遇，也暴露、容纳了人生最肮脏、最无用的真相。这一意象在骆以军以后的小说中还会以各种面目出现。通过它，骆以军显示了自己逼视生活不堪真相的勇气，同时，也无奈地自嘲了终将遭遇这些不堪，甚至被这些不堪困顿的自己。最终的、必然的"倾倒"仿佛是悬在"倾斜"的时间之上的达摩克利斯之剑，维系着均衡界面的各种欲望只要稍有变动，"倾斜"的时间便有"倾倒"的可能。而一旦"倾倒"，就将彻底摧毁原本"安稳"的一切，将现实变得凌乱不堪，让过去的历史、记忆变得夹缠不清。但是，"倾倒"又是必然的，所以我们只能在时间的缝隙中，借回忆缅怀一切，在历史与现实的废墟中寻求记忆的可能。虽然，无论是在"我记得"的那一刻，还是在时光错置颠倒的梦境中，最后一切总会变得像曝光过度的底片一样不确实，原先由记忆中的种种可能堆叠、支撑的叙事，结果可能会因一个小细节的错漏于刹那间"倾倒"，所有一切因而不得不回归它们的不堪。

---

① 骆以军：《倾斜》，硕士学位论文，"国立"艺术学院戏剧研究所戏剧创作组，1995年，第131页。

② 骆以军：《倾斜》，硕士学位论文，"国立"艺术学院戏剧研究所戏剧创作组，1995年，第131页。

时间的伤害就在于它的不停顿，并带动着一切发生变动，转瞬即由倾斜而崩塌倾倒，没有"永固之物"的世界，我们是否还能抢回"身世正在发生"的主动权，我们又该如何抢回？《倾斜》不仅贯穿着骆以军从《弃的故事》而来的身份思考，而且还在戏剧表演设计中将这一思考付诸舞台实践。对于骆以军而言，《倾斜》可以算是一个创作上的"节点"。通过这次戏剧创作及表演设计，他为自己独特的历史时空观找到了有效的呈现方式。"此端—隔壁"的空间架设和"凝滞—迟缓"的时间幻术奠定了骆以军小说时空叙事的雏形，在其后来的小说创作中，我们不难窥见这一架构的"身影"。

第三节　谎言的技巧与抒情转折

其实我要如何去"想清楚"那些窝藏在地道的指状末端的"我的意义"呢？初始我以为它们被停放在那，弃置在那，或者，至少是筋疲力尽地假寐在那。

这些在原先大抵是不会发生问题的，除非是记忆上的失误，但那都只在无关大局的细微末节。蜷缩在蚁巢一般辐散穴道的某一段"自己"，在该穴道放弃继续扒掘的一刻，意义便应仆停在彼处，不会改变。

——骆以军《降生十二星座》①

一　谎言的技巧

在张大春的影响下，20 世纪 80 年代的台湾小说创作形成一股

---

① 骆以军：《降生十二星座》，台北：INK 印刻出版有限公司 2005 年版，第 66 页。

"后设"潮流，小说创作者们纷纷推出关于写小说的小说。对于这一点，张大春曾自诩：

> 我一点不谦虚的认为，我在八〇年代扮演很重要的角色，作品《四喜忧国》《将军碑》《如果林秀雄》《大说谎家》和《大头春》，都为文坛起了新的刺激。①

黄锦树也指出：

> 张大春正是八〇年代台湾小说界的指标性人物，在以文学奖作为守门机制（授予写作者入门身份）的文学体制内拥有绝对的影响力，他的小说观念对那个年代崛起的小说写作者甚至可以说是具有强大的支配力。②

师从张大春学习小说写作的骆以军，在其初登文坛的处女小说集《红字团》中收录了六篇小说，其中不难发现乃师张大春的影子。书中的《红字团》《字团张开以后》《底片》都在文中描述了一个文艺青年——"我"进行创作练习的场景，这个青年人指涉作者本人，让作品在纪实与虚构之间摆荡。"我"搜肠刮肚地熔炼小说，这篇可能的小说与一张照片带来的时空错乱与猜想交织，照片中那个似有若无的"我"，令事实始终笼罩在一团迷雾中，成为"雾中风景"。而"我"对"真相的底片"的追究，实际上正在揭示小说叙事与事实间暧昧不明的关系。书中的《手枪王》更被《中国时报》小说大赛的评委姚一

---

① 李瑞腾专访，杨锦郁记录：《创造新的类型，提供新的刺激——李瑞腾专访张大春》，《文讯月刊》第60期总99号。
② 黄锦树：《隔壁房间的裂缝——论骆以军的抒情转折》，《谎言或真理的技艺——当代中文小说论集》，台北：麦田出版公司2003年版，第340页。

苇称为"一篇令人困惑的小说"①。其中消失的哥哥、最后自杀的陆标，以及收藏枪械的手枪王互相映照，并互植身份，布下时空错乱的迷局，令情节、人物、叙事充满不确定性。

概而言之，从创作技艺上讲，《红字团》的六篇小说在叙事中都用力摆出了"后设"的姿态，充斥着跳脱、延宕与拼贴的技巧，以颠覆写实主义的构思和努力发挥小说"说谎者"的功能，努力逼视读者注意小说虚构的本质。耻辱的回忆、少年的暧昧、消失的故人、新闻的背景等，纷纷登场，互相指涉，虚虚实实之间，故意模糊故事的轮廓、人物的虚实，等等，带着生涩矫饰的痕迹，用王德威的话说，"善则善矣，还嫌'紧'了一些"②。在《红字团》的再版自序中，骆以军也表示，"那时的自己，真的很相信，写一篇小说，可以把好多问题的反省都盛装在里面了。角色的移位、镜像关系的暧昧、推理的突兀和惊吓……在叙事腔调犹因生涩而常发出刺耳的刮磨声时，便很相信'小说'这玩意儿是有一种和前代作品相互对话的难度累积、而不成熟地什么材料都倒下锅去"③。

二 "抒情转折"④

1993 年 11 月出版的小说集《我们自夜闇的酒馆离开》⑤，被公认为是骆以军告别"张大春影响"的作品。其实，这个"告别"的姿态

① 姚一苇：《试解读〈手枪王〉》，《戏剧与人生》，台北：学林出版有限公司1995年版，第170页。
② 王德威：《鸵鸟离开手枪王》，《众声喧哗以后——点评当代中文小说》，台北：麦田出版公司2001年版，第49页。
③ 骆以军：《红字团·自序》，《红字团》，台北：联合文学出版社股份有限公司2010年版。
④ 黄锦树：《隔壁房间的裂缝——论骆以军的抒情转折》，《谎言或真理的技艺——当代中文小说论集》，台北：麦田出版公司2003年版，第339页。
⑤ 《我们自夜闇的酒馆离开》由皇冠出版社于1993年初版，2005年INK印刻再版时更名为《降生十二星座》，本文所据为2005年印刻版本。

在《红字团》的《离开》篇里已显端倪。

《离开》里，交叉着两个关于离开的故事：一个是高君之于"我"的离开；另一个是父亲之于"我"的离开。篇中的高君，本来妄图以离开，这样一种"戛然中止不容回应的举动"，"强使对方接受他所设计的情境"，① 但是，"我"识破了他的意图，于是策划了一场集体的离开报复他。而篇中的父亲，则因为光头事件的失算将自己推到了孤立的境地，从此自我封闭，落落寡合，与众人疏离。在两个故事的交错展开中，"我"开始逐渐揭开离开的本质："离开"，其实就是另一种姿态的"弃"，无非是"使对方置于悬空的错愕和揣测中，然后在对手措手不及的状况下，强迫推销原先不可能被接受的痛苦认同"。②

> 那是一种永无休止的倾轧：一方面是意图以对方承受极限之外，迫使对方接受他所预期的感动效果；另一方面则以漠视、反倾轧使其滑稽，来逃离前者所规定的感动。③

但是，这种洞悉并没有使"我"沾沾自喜，反而"深深觉得受到侮辱"。因为，"我动辄嗤之以鼻冷嘲热讽，其实是忠实地在期待真正的悲剧，最后的悲剧。我是多么无法忍受这种低级形式的悲剧啊"。④ 比起《弃的故事》面对遗弃而引发的感伤，这里多了些冷峻，少了些软弱；多了些洞察，少了些喟叹。它显示了骆以军更具穿透力的眼光和日渐增强的意志，前者让他参悟权力间的相互倾轧，以及规训与叛逃的角力是如何暗自展开；后者让他不惮这些阴暗与丑恶，不屑以谎言

---

① 骆以军：《离开》，《红字团》，台北：联合文学出版社股份有限公司2010年版，第152页。
② 骆以军：《离开》，《红字团》，台北：联合文学出版社股份有限公司2010年版，第152页。
③ 骆以军：《离开》，《红字团》，台北：联合文学出版社股份有限公司2010年版，第155页。
④ 骆以军：《离开》，《红字团》，台北：联合文学出版社股份有限公司2010年版，第158页。

与滑稽来逃避"弃"的感伤，而是忠实于自身的生命体验，愿以"真正的悲剧"包容生命的创伤和历史的伤害。这是一种直面精神困境的姿态，这里的骆以军面对离开的本质，又一次宣告"我是弃"：如果谎言是为了离开伤害，那么就弃掷谎言，直面伤害！

这种对"真正的悲剧"的追求，在初版《我们自夜闇的酒馆离开》的同名作品中终于趋于明朗。在这篇作品里，骆以军借人物之口揭露"卡鲁祖巴"的小说创作方法，"最先，把一切都当作材料。千万不要去感受它们。你告诉自己，我是在使用这些。眼泪、西红柿酱、手枪、白头发、法国号。排列它们，找出它们的关系、永无止境地组合下去"。① 直斥这不过是"谎言的技巧"。并且，愤而质问卡鲁祖巴，"为什么你的作品里没有稍微认真一点在悲伤的人呢？"② 这和《离开》里"期待真正的悲剧"的喟叹可谓异曲而同声。

如果说，《红字团》写作时期的骆以军还在模仿乃师张大春"谎言的技巧"，对于"离开"还处于确认的阶段，那么，此时的骆以军已经从一个操弄后设、魔幻、拼贴等谎言技巧的跟随者，开始蜕变成一个挖掘生命深沉本质、成熟展演自己价值理念的作家。他以"不畏人世的质素"，抗击虚无的侵夺和形式纷繁的遮蔽，以高烧般的热情，"固执地朝人性深井悬垂绳索一探究竟"。③ 他将原本被后现代风潮嘲谑的题材——对人类生命存在的省思重新放回小说中，开始在小说中以诗样的情怀书写"弃"的伤与痛，展示身份认同中的焦虑与思索，努力找寻可供自我依傍的生命意义。

---

① 骆以军：《我们自夜闇的酒馆离开》，《降生十二星座》，台北：INK 印刻出版有限公司 2005 年版，第 90 页。
② 骆以军：《我们自夜闇的酒馆离开》，《降生十二星座》，台北：INK 印刻出版有限公司 2005 年版，第 89 页。
③ 骆以军：《新版自序》，《降生十二星座》，台北：INK 印刻出版有限公司 2005 年版，第 6 页。

三 现代主义的乡愁

《降生十二星座》是小说集《我们自夜阇的酒馆离开》中的一个短篇。小说集再版时采用了这个篇名作为题名。《降生十二星座》现已成为台湾 20 世纪末中文小说经典之一，被看作骆以军的短篇小说代表作。表面看，它像是一篇描述都市痞子的电玩人生，萦绕着后现代颓废情绪的小说。众多与骆以军同辈的作家笔下并不乏见的"小道元素"，诸如电玩游戏、动漫、酒吧、性爱等，在这篇作品中被"点铁成金"①。在小说中，它们不再只是现代都市生活的装饰品和消费品，而成了我们的恐惧和孤独，以致朱天心都不禁为之赞叹：

> ……为什么在其他作者的使用只仿佛是用来拼饰他们美丽墙壁的一块块马赛克，而完全无法有骆以军笔下有若殿堂的奥丽深严令人心向往之？简言之，同样的素材，在其同辈作者笔下仿佛只是装饰品或如商品被消费、被琐碎无聊的用后即弃，小说生命因此短则一两年甚至一季（视其所使用商品的流行寿命），若此中有人届时还有奇异的耐心去重读，会发现元素退去流行后的小说，仿佛被山精树姥吸尽精血后的皮囊。

> 为什么这些并没有在骆以军身上发生？甚至那些原本不值一顾的"小道元素"不仅让人觉得是如此的不可替代，简直是与小说人物的生命与命运紧密生成一体？②

---

① 黄锦树：《隔壁房间的裂缝——论骆以军的抒情转折》，《谎言或真理的技艺——当代中文小说论集》，台北：麦田出版公司 2003 年版，第 345 页。
② 朱天心：《读骆以军小说有感》，骆以军《降生十二星座》，台北：INK 印刻出版有限公司 2005 年版，第 13 页。

　　《降生十二星座》是骆以军"离开"张大春后的华丽亮相。如果"弃"是无可避免的命运，那么"被弃的身世"由谁设定的？对"最后的悲剧"该如何抵抗？借由电玩世界与人世现实的映衬对比，骆以军在小说中展开了对身世设定的抵抗。在《降生十二星座》中，主角"我"——杨延辉的故事从"快打旋风"的电动玩具开始讲述，只是故事并没有沿线性时间发展，而是常常从不同的时间岔口逸出，在"回忆的时间组合"①里交错缠绕，让时间和空间产生奇妙的联系。小说中有多个并存的叙事时间："我"打电玩的辉煌经历；电玩游戏迅急难挡的更新换代；"我"从私立小学转到公立小学的短暂插曲；"快打旋风"中春丽周而复始的复仇循环；"道路十六"里追逐逃亡、探寻"直子的心"的过程；断断续续出现在"我"生命中的"春丽"们与"我"的纠缠，等等。一段段晦涩暗哑的往事、一个个阴沉离奇的梦魇、一张张离奇迥异的面孔……裹挟着不同场景的异质时间故事在文本中交互穿梭，把小说中并存的叙事时间拼叠交织成空间组合，实现了叙事时间的空间化，打造出一座惝恍迷离的时间迷宫。在这个迷宫里，主人公模糊零碎的印象和旧事与电玩游戏的虚拟故事相互穿插，倏忽而至，倏然而逝，过去就像在今天的隔壁，只要一个转折，就会骤然出现；游戏也仿佛只是在现实的隔壁，只要按动按钮，就能在瞬间切换。其间错综迷乱，真的似假，假的如真，今昔莫辨，虚实难分。骆以军就此令小说主人公的现实自我与电玩游戏中的虚拟角色在时间迷宫中交叠互映，互相投射，在小说中构造出极富隐喻的双重镜像关系。

　　第一重镜像是主人公杨延辉的"真实自我"与其在游戏中的虚幻自我的倒错互映。小说中，电玩游戏为玩游戏者虚拟了一个个人身份的存在空间。这个空间与现实空间存在于不同的时间频率里，它们在

————————

　　① 骆以军：《降生十二星座》，台北：INK 印刻出版有限公司 2005 年版，第 44 页。

小说中交叠互映，让现实中的杨延辉和隐身在游戏"上端"的、游戏主宰者杨延辉之间建立起一种"真实自我"和"镜中自我"的镜像关系。重叠映印在电玩画面上的杨延辉的脸，隐喻其投射在游戏世界中的自我的镜像。拉康的"镜像"理论认为，镜前的自我与镜中的形象——即镜像是不可能完全同一的，镜像只是一个虚幻的自我，一个通过想象的叠加而构建的、虚幻的假象，是人把他者的东西误认为自身。但是，虽然这个虚幻自我和真实自我之间可能存在极大差异，甚至完全背离，它却能误导主体将之视作现实中的自身。① 杨延辉在现实里怠懒、孱弱、被动，但是只要投下硬币进入游戏，他便立即成为操控者和主宰者，高高在上，冷静果断，只需快速按动按钮，一切便尽在掌握之中。这种自我身份的交错与误认，弥补了杨延辉在现实中的种种不如意，每每让他热血沸腾，产生虚妄的自大和自信，也让他越发急欲通过游戏完成自我认证，因此"锲而不舍"地向游戏机投入硬币，坚持不懈地从第一代玩到第三代。更可悲的是，对这种虚幻镜像的追求，一代接一代，新一代的玩家们早已在更小的年纪，以更娴熟的技巧"超越"了"老玩家"。

拉康曾冷酷地预言：由于镜像作用，自我在身份认证的过程中，摆脱不了他者的影响。那些操控社会政治、文化和经济的力量早已将种种驯服和设定施加于每一个自我，并以此悄然或公然地形构着每一个自我，所以自我在身份认证的过程中，永远不可能构建一个独立的、纯粹的自我，真正主体性的自我是不存在的。② 杨延辉在"快打旋风"的诱导中陷入游戏世界，误入自我认证的歧途，自以为"真实自我"也是世界的主宰。殊不知，这一切都是游戏设计者的操控，甚至包括这个"自以为"。这不啻一个现代社会里身份认同的隐喻——就像那

---

① 张一兵：《拉康镜像理论的哲学本相》，《福建论坛》（人文社会科学版）2004 年第 10 期。
② 张一兵：《拉康镜像理论的哲学本相》，《福建论坛》（人文社会科学版）2004 年第 10 期。

些有星座的游戏角色一样，我们的身世早已被设定，无从躲避，无由修改。对于现代都市中一代接一代的年轻人来说，构建真实的主体性自我只能是一个虚幻的企图。只是如果真是这样，既然我们已经违反了古典的自然的生存模式，那么在这个生命的废墟上，我们该如何面对背后那个更强大的主宰？我们用什么来抵抗已经被设定的身世？自我是否还有自由意志的空间？抵抗设定是否还有意义？

小说的第二重镜像关系回答了上述这些问题。在第二重镜像关系中，中学时期的"春丽"、游戏角色春丽，还有"道路十六"的设计者成为相互的镜像，它们在交映中形成对现实的解构与拯救。中学时期的"春丽"以乱考扰乱排座、"道路十六"第四格入口之谜被玩家破解，实质都是对某种规则的破坏，所以也可以看作"真实自我"运用自由意志反抗设定，寻求意义的某种象征。中学时期的"春丽"为了坐到杨延辉身边，故意乱考月考，让以成绩优劣安排座位的"设定者"——老师惊怒莫名。但是，因为杨延辉太没意思，她又轻松地以优异的月考成绩回到前排座位，结束了不过月余的捣乱。一个玩家，因为"道路十六"的两个设计者面对无法得到的爱情，违背游戏的设置程序，把第四格设定为"直子的心"的传说，便矢志不移、用尽各种路线和策略破解了第四格的入口之谜，闯入这个困扰自己十来年、没有缺口、无法进入的格子。而这时占据整个画面的、已经没有任何迷宫和道路的格子里，竟然只有两行字：

直子：这一切只是玩笑罢了。木漉。
直子：我不是一个开玩笑的人。我爱你。渡边。①

"春丽"利用规则来反抗规则，结果是"没意思"，于是她又回到原来

① 骆以军：《降生十二星座》，台北：INK 印刻出版有限公司 2005 年版，第 56 页。

的秩序里；道路十六的设计者违背程序，最终却消解了爱情的意义；玩家致力寻求绚烂爱情，结果堕入没有意义的终局。所有这一切仿佛都在警告：反抗是没有意义的，从来就没有意义可依傍。难道现代的自我早已失去了构建主体性的可能，只能重回设定好的秩序中，否则只会堕入孤独封闭，无从依归的困境，这，就是现实人生怯懦而虚无的真相了么？当然不是。

小说的结尾，在最后一关冲破机器拘囿的游戏角色春丽和她的对手在城市上空鏖战。这时的春丽虽然仍是一模一样的装扮，身形却变得无比巨大，令她曾经的主宰者"我"，以及全城人不得不抬头仰视。谁说"只因你降生此宫，身世这程式便无由修改"？未必吧。全城瞩目的春丽"头顶是循环运转的十二星座。眼前，则是仿佛亦被紊乱的星空搞乱了的游戏规则"！[1] 如此炫目！按照拉康的镜像理论，作为现实的镜像，游戏角色的反击应该也是虚假的幻象，只是被孤独围困于无意义之境地的现代人对自我境况的又一次误认。但是，骆以军显然不这样认为。已经到"最后一关"了，这时的春丽，就像是现实众生中每一个"真实自我"的镜像，以其冲破拘囿，不懈鏖战的巍峨形象给了"我"和众人仰望的希望。这是藏在绝望里的希望，也是作者在虚无绝地里的一次重磅反击。

不难发现，作为小说的叙述策略，第二重镜像关系与第一重镜像关系恰是一组双向悖反的设置。如果说，第一重镜像关系验证了拉康的预言，那么，第二重镜像关系则颠覆了拉康的预言——如果现实都已经虚无，那么何妨"负负得正"，就让虚幻镜像——角色春丽在"最后一关"冲破游戏规则，从绝境中拼出来，给每一个"真实的自我"带来希望，实现一个令人吃惊，也令人振奋的反转。

骆以军曾说，"我也是外省第二代，也有身份问题。《降生十二星

---

① 骆以军：《降生十二星座》，台北：INK 印刻出版有限公司 2005 年版，第 61 页。

座》写的就是一个电动玩具的时代，其实就像我的乡愁"。① 如果说，根源于人的家园皈依意识和漂泊孤独的生存状态的乡愁是每个现代人重要的精神体验和心理症候，那么，作为生活在后现代的现代主义信奉者，骆以军的"乡愁"显然并不同于白先勇、朱天文、朱天心等前辈作家。后者的乡愁来自对过往故土家乡的切实思念，他们以这一思念抵抗历史车轮对个人身世命运的碾压；而骆以军的乡愁则来自对自我身份的追寻与建构——找一个安放自己身份的地方，凭着对自我身份的主体性渴求抵抗政经威权对身世的设定。只是，在寻求确证自我的精神原乡这一意义上，二者的"乡愁"是一脉相通的，其寻"乡"的执念也一脉相承。除此之外，与现代主义时期的作家相比，骆以军认为，他以及与他同辈的创作者是"经验匮乏的"。"我们这批同辈的创作者，虽然互相没有见过面，在二十七八岁到三十左右的期间，都非常孤独，写的东西都很私人、很内向、很封闭、很卡夫卡，很现代主义的。"② 这种源自孤独的现代体验和五十年代出生的张大春、朱天心、朱天文等"四年级生"作家是不一样的。后者因为承载着台湾因特殊历史、地缘环境造成的政治压迫，又恰逢从农业社会到工业社会的巨变，所以，可以凭借体制压迫和资本主义工业化弊端这些可供批判的对立面建立起最初的现代体验，并以此确立个人的主体性。而骆以军所面对的台湾，已经是一个富裕而单一的、完全资本主义体制的、高度商业化的台湾，作为"五年级生"的骆以军没有遭逢政治打压的经历缅怀，也没有社会转型的经验参照。在无处不是权力运作与消费欲望的后现代都市里，对立的存在巨大而抽象，压迫看似虚无却又无处不在，置身其中的骆以军及同时代人均无法借对抗来建构自我的主

---

① 三三、谢浩然：《骆以军：我们的人生没那么复杂，四、五本小说就写完了》，《明日风尚 MING》2009 年第 7 期。

② 三三、谢浩然：《骆以军：我们的人生没那么复杂，四、五本小说就写完了》，《明日风尚 MING》2009 年第 7 期。

体性。尴尬愤懑的生存体验和创作境遇，令面对主体性异化，甚至丧失的骆以军既不甘心，又苦闷无力。

"不容置疑的是，影响的焦虑"无时无处不在，但骆以军探索自己的小说内涵，"克服"张大春的自觉与努力也是显见的。小说集初版时的题名"我们自夜闇的酒馆离开"，就是一个宣言式的"离开"。虽然面对这个荒芜的、没有意义存在的世纪末，现实中渺小如微尘的、身世早已被设定的我们，已经是后现代预言中一群丧失了主体性的存在。但是，人类总是有各种各样的欲望，这些欲望或多或少地对应着现实的缺憾和幻想的满足。而我们必须为这些欲望寻找一种有效的表达形式。在这一点上，张大春致力于在小说中假定一个唯我论的世界，然后进行后现代炫技式的表演，却也撤销了小说追问真理的功能。骆以军自认为"无法忍受这种低级形式的悲剧"，[①] 他更愿意清醒地注视"我们"的存在境况，"比别人稍微认真一点在悲伤"。[②] 这是一种现代主义的精神体现，也是骆以军创作的"根源"和"原罪"，[③] 表现在《降生十二星座》里，就是"那让铁变成金的要素或程序：某种价值预设或世界观"。[④] 它们令这篇充斥着各种后现代的"小道元素"、运用了大量复杂的"谎言技艺"——拼贴、迷宫、戏仿、解构的小说，最终以这些后现代技艺解构了后现代的镜像预言。游戏角色春丽的"绝地大反击"，让虚幻的镜像带出希望，在意义不断消解的故事里最终建立了意义。因此可以说，《降生十二星座》是一篇根源于现代主义的后现代小说，它所表现的现代主义价值追求和世界观，明证了骆以军有别于张大春的、混合了后现代主义小说技艺的现代主义创作根源。

---

① 骆以军：《离开》，《红字团》，台北：联合文学出版社股份有限公司 2010 年版，第 158 页。

② 骆以军：《我们自夜闇的酒馆离开》，《降生十二星座》，台北：INK 印刻出版有限公司 2005 年版，第 67 页。

③ 言叔夏：《我的哭墙我的罪——访/评骆以军》，《幼狮文艺》2004 年第 5 期。

④ 黄锦树：《隔壁房间的裂缝——论骆以军的抒情转折》，《谎言或真理的技艺——当代中文小说论集》，台北：麦田出版公司 2003 年版，第 345 页。

第二章　性与死中的身份寄托

20世纪90年代，全球化经济浪潮的扩张，令文化开始向多元化发展。对于这种文化情境，无论是中国大陆还是中国台湾都没有来得及在思想意识上进行充分准备。但面对已经到来的巨大改变，在对这个含义暧昧的时代进行表象概括和深层反映时，两岸作家都展开的都市叙事却形成当时不容忽视的一股创作潮流。

从大陆90年代之交的现代都市叙事看，其中虽然频频可见一些"固有"的彰显都市意识的"身影"，比如都市作为与自然对立的所在，充斥着高楼大厦，拜金是都市的底色，酒吧、KTV等场所是堕落之地，等等。可以说，这些对都市生活的表现还是比较浅层，或者说比较"初级阶段"的。比如以池莉、张欣为代表的回归日常生活叙事的小说；以王朔、何顿为代表的城市"痞子文学"；以林白、棉棉等为代表的女性都市体验书写等，它们有的以实利精神消解终极意义，有的心安理得地拥抱庸俗或挥霍欲望，有的则沉迷私密体验。虽然在一定程度上，这些小说表现了都市的差异、多样和不确定，但实则其本质只是与城市初级阶段的"务实"之风相得益彰，并未深入都市精神的内在核心。

与大陆相比，台湾的都市化进程要早得多，因此对于机械文明和商业异化的双重挤压感受也深得多。与大陆的"务实"相比，"压迫"和"迷乱"可能更能代表当时台湾的都市风貌。台湾新世代作家自黄凡、王幼华、张大春、林耀德以至骆以军、王文华、邱妙津等，都是伴随着台湾都市化的进程成长，浸淫在声色之都，切近其精神核心的一代。因此在性别、消费、情爱等这些都市小说的"常规"选题之外，他们都力图以切身体验构筑都市叙事的新图谱。对于都市，他们有一种"习以为常"的接受心态，比如酒吧、KTV 这些声色场所，早已是他们生活中一个情感宣泄的"常项"存在，对于其存在的合情但不合理，他们并不会表现出太多的批判和审视，反而在描述中有一股自怜自伤的况味。倒是 1987 年解严这个政治松绑的时代背景，令他们的都市叙事中渗入了一种特别不一样的焦虑——身份认同的急切与无奈。比如，朱天心的《古都》、朱天文和吴念真编剧的《悲情城市》等，在远离政治的倾向下揭示政治给人带来的结构性影响。而骆以军的《妻梦狗》《第三个舞者》《遣悲怀》，以及"我们"系列等，则通过他自身，以及他周围的人的生活投影，从不同角度表现他所体验到的都市生活，描绘都市迷茫者的人生悲喜，揭示生活于现代都市的"我们"所遭遇的身份认同困境。这种个人化体验的命运书写方式昭示了骆以军企图为"我们"的世代命名，留下身份之确证的"野心"，在"五年级生"的新世代小说家都市书写中显得颇为独特。

第一节　性的伦理困境

如同那些延伸向妻的少女时光底梦境，那只白色的独角兽；如同你的妻子肚里怀着另一个生命，在你不知道的城市角落到处觅食；如同我不在场时，妻的男人在前台的光景，你处心积虑地想除去那些横梗插入你和妻之间你对他一无所知的第三者，但是这时你就是第三者。

——骆以军《妻梦狗》①

1998 年出版的《妻梦狗》是骆以军的第一本长篇小说，也是其小说创作的一个分界点，从这里开始，骆以军以长篇小说的形式铺开了他的认同书写。

《妻梦狗》以极近私小说的调性，进入梦与欲望的版图，让隐藏在故事背后的"说梦人"——"我"喃喃诉说与"妻""梦""狗"之间最个人、最私隐的情事，以致因两性描写过于"私隐"惹来非议。这也令出版于 1999 年的《第三个舞者》仿佛成了一部"改邪归正"的作品，该书获得《中国时报》"开卷十大好书"的推荐，被黄锦树赞为"一本非常好看的小说"，②认为"本书继《妻梦狗》之后呈现出作者非凡的文学潜力和说故事才能"。③

实际上，《妻梦狗》和《第三个舞者》可以看作一枚硬币的两面，它们都在搬演一场又一场堕落与救赎人间荒诞剧，试图在人性幽暗处探寻性的伦理边界。只是《妻梦狗》用了近似私小说的笔法，拗格艰涩，而《第三个舞者》则写得无比欢脱，"整部小说简直就是在哈拉打屁：说黄色笑话、三字经、转述着有的没有的职场八卦……"④。相较而言，虽然《第三个舞者》在技艺上更为圆熟精致，也更有市场，但是从骆以军小说的创作历程看，在题旨和意义的追求上，《妻梦狗》显然更具备某种奠定基调的意味，而《第三个舞者》更像是在调性上

---

① 骆以军：《妻梦狗》，台北：元尊文化企业股份有限公司 1998 年版，第 22 页。

② 黄锦树：《小说和故事——评骆以军〈第三个舞者〉》，《谎言或真理的技艺——当代中文小说论集》，台北：麦田出版公司 2003 年版，第 445 页。

③ 黄锦树：《小说和故事——评骆以军〈第三个舞者〉》，《谎言或真理的技艺——当代中文小说论集》，台北：麦田出版公司 2003 年版，第 449 页。

④ 黄锦树：《小说与故事的隔壁关系——二评骆以军〈第三个舞者〉》，《谎言或真理的技艺——当代中文小说论集》，台北：麦田出版公司 2003 年版，第 448 页。

一次歧路岔出的"小实验",其消解性的书写在骆以军以后的创作中没有再成为主调。

一 《妻梦狗》

在《妻梦狗》的后记中,骆以军自言,书中的许多场景、故事与残梦,来源于他在研究所练习小说摹写时,用以向老师作陈述所用的片段。这些写作的片段练习在诗、散文与小说间跳转游走,虽然力求细腻畅达,但总是有些芜杂斑驳。因为"我总是没办法交出一篇完整的东西,一些片段,鸿光一瞬的场景,一些静置残缺的画面"。① 然而,凭借从张大春处习得的、经由《红字团》而变得娴熟的后现代书写技艺,骆以军以"伪私小说"的写作姿态,以极具个人化的写作连缀起了这些"芜杂斑驳",从而在《妻梦狗》里展示了情欲纠葛、人兽难辨,人与世界的诸多错乱面貌,令它们在时间的胶着状态下并行不悖,勉力维系,支撑起崩塌前"倾斜"的一瞬,深刻地揭示出我们身份中的荒谬。

《妻梦狗》在书前援引顾城的诗,"我要清澈地热爱她,如同兄妹/如同泉中同生的小鱼/我要把自己分散敲击之中/我要聚成她水面的影子"②,款款深情中充满对爱与美的虔诚企盼。但是,这个引言却是小说正本的悖反,与"清澈地热爱她"相背离的,是小说中的"我"在爱恋妻子的时候,情境与心境都暧昧难明。两相映衬,让人陡生悲凉与压抑。

在书中,"我"在很长一段时间里只能作为妻子的"暗影恋人"存在,在妻的家庭和社交圈中没有"合法"的恋人身份,公开的身份

① 骆以军:《后记》,《妻梦狗》,台北:元尊文化企业股份有限公司1998年版,第277页。
② 骆以军:《妻梦狗》,台北:元尊文化企业股份有限公司1998年版,第1页。

只是妻的普通朋友。因此，甚至会被妻的母亲要求载着妻的正牌男友去机场接旅游回来的妻，三人"和平"同车，关系中的荒唐怪诞在这个看似平常的场景被剥露出来，历历刻画在读者眼前：

> 那时我和妻，以及妻的男人，正处于地层滑动新的造山运动蠢蠢蛰伏底时期。我与妻在压扁的白日摺缝里暗渡陈仓，男人仍是妻的合法的被众人认定的男伴。我像是在和他进行一场手足球赛的过程中，不断地阴阴地将球台边缘计分砝码偷偷拨到自己这边来。我与妻在偷情。妻背叛他。而他无声地带着绿帽和妻的家人延续着家族的情谊。我们向彼此矇着眼透过妻在喊牌的桥牌对手，我抓住了妻暗影里的身体，他抓住了妻曝光身世轮廓。①

更难以忍受的是，暗藏在这一关系中的压抑与阴郁，挥之不去。以至每日早晨，当"我"在妻的男人起身离去后，前往与妻偷情时，它仍如阴影压抑着"我"，让"我"的身心困顿不安：

> ……印象中每回替我拉开那门的妻，总是赤着脚，穿着一件式样保守可爱的白色连身睡衣，困眯着双眼，似乎仍在深湛的睡眠里漂浮着，她领着我走进她的房内，完全下意识地将房门关上，插梢锁上。然后我们一起钻进她的被窝里，沉沉地睡去。
>
> 这整个过程我与妻之间皆沉默没有交谈。妻是那么专心熟睡着，本来不甚嗜睡地我竟也躺在一旁昏沉地陷入那曝光一般底睡眠中，甚至在那童话魔咒般走向妻的房间的床的每一个早晨，每一个像分解又似乎是连贯播放的动作间瞬——梦游般地行走、呼唤、等候妻来开门，跟着梦游般底妻走进她的卧房，然后跟着她

---

① 骆以军：《妻梦狗》，台北：元尊文化企业股份有限公司1998年版，第29页。

躲进被铺里——①

小说中，"我"的身份与欲念、妻的身份与身体、"妻的男人"的身份
与处境全都错位分离。三人之间的不伦关系如地震前夕的瞬间平衡，
微妙地保持着，而"我"则时时恐惧着随时都会到来的"倾斜"。
"我"仿佛借腐朽而生的人渣，在"我"的世界里，备受压抑的原始
情欲，已经失去奔放的生命活力，删变为怪诞的性欲。肆意的肉体因
为缺乏热情而麻木冷漠，偷情成了阴沉暗哑的、噩梦般的游移之行——
这一切，无不彰显出"我"对于自己的不堪及窘境的害怕。

"我"被耗磨在这场不伦之恋中，它如影随形，循环缠斗，仿佛
一场永远没有终结的自我惩罚和厌弃，令"我"困窘于自己虫豸般卑
琐的生命。曾经身为第三者的意欲掠夺的幽暗心理，让"我"一直坠
入深深的自我怀疑与自我恐惧中，无法自拔。即使"我"最终赢得了
妻，初婚的妻子如此美好年轻，无处释放的强烈羞愧却仍让"我"在
梦里不断重演与妻分离的场景，完全感受不到"胜利的荣耀"。甚至
在成为父亲的重要时刻，"我"也不由地产生相戾的对抗，以至作为
丈夫，在妻子面前对于自己的想象竟不堪至猥琐而污秽：

　　　　我想像着这样的画面：产房苍白的日光灯，苍白的墙壁，苍
　　白的被褥，一群穿着白色罩袍的医生和护士，簇拥着刚临盆底苍
　　白着脸的妻，还有那个刚从妻的膣挣挤出来的婴孩，湿答答皱成
　　一团。对角线对峙站在推开的病房门口一边的，是刚大过便一脸
　　心虚愧疚，不知如何投向她们的丈夫。②

---

① 骆以军：《妻梦狗》，台北：元尊文化企业股份有限公司 1998 年版，第 15 页。
② 骆以军：《妻梦狗》，台北：元尊文化企业股份有限公司 1998 年版，第 22 页。

《妻梦狗》中，骆以军以一种完全背离阳光和崇高的书写，构建出一个悖德怪诞、危窘晦暗的世界。在"一切坚固的东西都烟消云散了"①的现代社会中，依托于德行是不可能的，那么就寻找肉体——只要是能证明自己的存在感。然而，没有了德行的情欲，却让徘徊在伦理困境中的"我"产生了无法自控的坠落的恐惧，悖德者的重压令"我"最终厌弃自己。现代文明已经被现实掏空，而这个现实里埋伏着的种种悖德关系，还在暗自较力，它们映照着"我们"内心的卑微、恐惧与荒凉。这也许就是现代社会不可避免的"深渊"，正如朱天文在《荒人手记》中所写的：

> 我以我赤裸之身作为人界所可接受最败伦德行的底线。在我之上，从黑暗到光亮，人欲纵横，色相驰骋。在我之下，除了深渊，还是深渊。但既然我从来没有相信过天堂，自然也不存在有地狱。是的在我之下，那不是魔界。那只是，只是永远永远无法测试的，深渊。②

骆以军自言，在《妻梦狗》之前，他的小说很多时候调度的是密室里的高中生经验——青少年扭曲压抑的情欲，偏激狭隘的世界观，或者在教育体制压制下复杂的情绪，读者看到的就是一个怪怪的男生，有着怪异而暴力的想象力。但在《妻梦狗》里，他写出了性的幽微复杂，性的不简单——"寂寞的爱意的私语和美的颤索全要变成猥亵的丑行"，③让我们深味"我"身为"人渣"的无奈与痛苦。"人渣"一词常见于港台片中，在词典里的解释是"人类社会的渣滓"，主要用

---

① ［美］马歇尔·伯曼：《一切坚固的东西都烟消云散了——现代性体验》，徐大建、张辑译，商务印书馆 2003 年版，第 15 页。

② 朱天文：《荒人手记》，山东画报出版社 2009 年版，第 1 页。

③ 骆以军：《妻梦狗》，台北：元尊文化企业股份有限公司 1998 年版，第 130 页。

来指那些品德败坏，道德低下的人。因为高中时期有过一段"混"的经历，骆以军经常自诩"人渣"，甚至写有《想我人渣兄弟们》一文。他也曾自言，"人渣"是他在创作中弥补"经验匮乏无教养"的一条路径：

> "人渣"于我，是可以接收听见且让所有故事皆熠熠发光的天文望远镜。它至少，在我天残地缺之教养限制下——没有《红楼梦》作者的视界，没有普鲁斯特的贵族宾宴，甚至没有大陆一整代新的新时期作家所拥有的像金黄蟹卵那样无可拟造的青春下放经验——也许它可以作为一种卡尔维诺所说的"繁"，一种编织模仿时间或世界，但不流于"图书馆抄写员"的驱动引擎。那似乎可以将我的害羞、弯扭，或我向生命预支来的"教养"，一种无可奈何变稀薄的和人的遭遇……从脑袋跑上稿纸。①

显然，骆以军的"人渣"与词典中"人渣"的内涵并不相同。而《妻梦狗》中的"人渣"，其内涵也并不只是回避"经验匮乏无教养"那么简单。

一方面，骆以军小说中的"人渣"如同"畸零人"——"好笑、悲惨到难以置信"。② 他们不是没有道德感，或品行恶劣的社会渣滓，而是没有坚强的意志力，也没有强大的内在驱动去追逐名利和地位，或者维护自我在道德上的"完美"的意志薄弱者。"人渣"其实是自我保全的"茧壳"，让他们把脆弱的自己躲藏起来。小说里，当"我"与另一个男人共享妻时，已经暗含了对自我的鄙弃——"我"不过是

---

① 骆以军：《从〈红字团〉到〈西夏旅馆〉：答总编辑初安民》，《印刻文学生活志》2005年第2卷第4期。

② 骆以军：《从〈红字团〉到〈西夏旅馆〉：答总编辑初安民》，《印刻文学生活志》2005年第2卷第4期。

个道德薄弱、意志缺失的人。这也是"我"追求妻乃至最终追到妻的漫长时光里，会不自觉陷入"阴暗角色"的原因。在这场爱情争夺战中，"我"本是掠夺者，但是作为雄性动物的"我"却没有掠夺的快感，反而困顿摇摆、惊惶不安、扭曲苦涩。无论是在清晨与妻同眠的晦暗场景里，"我"无可无不可的情绪，还是在三人同车的微妙时刻，"我"对于即将到来的"倾斜"的清醒，其中都充斥着主人公对自我的厌弃。甚至在见证新生命诞生时，主人公也无力承受美好，而让自己躲闪在卑琐的想象中。颓废和无用，实际显示了"我"的无所适从——既不愿意媚俗求所谓的"上进"，又不愿意堕入脆弱的美好让自己"矫情"；既抛开了传统道德的束缚，又不具备自我更新与反省的力量和意志。因此，道德也许并不是"人渣"最强烈的自我感受，而只是一个他们不由自主陷身其中的伦理困境。由于缺乏自我认同的信心，他们不敢也不愿去省思这个处境，因而只好把自己藏到"人渣"的茧壳里，一味胆怯地回避真相。

另一方面，骆以军小说中的"人渣"，正是那些被福柯给予"最粗野的轻蔑"的"那些设想现代人类有可能获得自由的人"最真实的写照。[1] 他们感受到的"自发的"性冲动，可能只是被现代权力技术推动着的、被性对于身体的物质性、力量、精力、感觉和快乐的作用所驱动的冲动而已。[2] 小说中，"我"偷情的冲动可能并不来自爱，而是来自某种物质性的驱动。虽然"我"时时都在捕捉自我在光影迷离间的感受，试图在碎片般的回忆中拼凑出完整、和谐的自我感觉。但是越是回忆，越是零碎，许多记忆的碎片不能合一，它们互相扞格，让自我越发碎片化，恰如"去中心化的主体"。所以事实是，"我"力

---

① ［美］马歇尔·伯曼：《一切坚固的东西都烟消云散了——现代性体验》，徐大建、张辑译，商务印书馆 2003 年版，第 56 页。
② ［美］马歇尔·伯曼：《一切坚固的东西都烟消云散了——现代性体验》，徐大建、张辑译，商务印书馆 2003 年版，第 42 页。

图摒弃道德判断与伦理价值，让自己只存在于当下，没有过往，没有历史。但是"我"并没有因此获得设想的自由，反而因无所倚仗的虚空焦虑，被无法整合的碎片撕扯，甚至搞不清自己是谁，为什么活着。也就是说，为了迎合所谓现代的自由，"我"刻意遗忘自己的主体性，屈从于身体的物质性，结果却由"一无所有"变成"一无所是"。

概而言之，小说中的"人渣"——"我"，意志薄弱，而又向往自由，及至得到自由，又无力承担，于是只能以一种放弃"道德完美"的自弃，避缩在"人渣"的茧壳中，秉持所谓不执着、不对抗、不辩解，只作无尽的消耗的"人渣哲学"。这种"人渣哲学"是对传统男子汉阳刚之气的放弃，也是对好男人、好丈夫的改写，其自我贬抑、逃避责任的"猥琐相"中隐含着"自弃"的底色，反映出一个冷酷的真相——现代社会中的人已经被碎片化。

在"人渣哲学"面前，传统道德溃不成军，现代自由也无由确立，一切仿佛跌落无依无凭的境地。这是何等可悲之事！但是，骆以军却说，《妻梦狗》是本欢脱的书。这又该如何理解呢？显然，在对爱与美的虔诚期待与生存的悖德之间，骆以军发现，传统世俗乔装出的假象是如此荒谬可笑。如果美与真、善不能同在，他宁愿接受粗俗肤浅的、碎片化的、不堪的生活真相，自愿以"灵与童身""坠入"自我灵魂的最深暗处。他不要以风光和舒服换取浮在表面的嘉奖，也不屑以华丽的形式遮掩内心的幽暗，而愿意静静地、同时无畏地以"坠入"去"测知"生命中的暗流，体察"深海里冷暖流，何时偷偷交换了位置"。① 这一选择显示了骆以军在创作中的现代主义追求，反映出他无惧以亵渎为表象，穿透幽微晦暗的灵魂，寻求自我认同的努力。这种努力一直是骆以军创作中的核心动力。

---

① 翁文娴：《坠落的深度》，骆以军《弃的故事》，台北：INK 印刻出版有限公司 2013 年版，第 15 页。

二 《第三个舞者》

黄锦树认为，《第三个舞者》是一本好看的书，它"相当好看、逗趣，处处可以听见作者的笑声，是一本让作者充分享受写作乐趣的小说"。① 与结构和表达都显得比较粗糙的《妻梦狗》相比，《第三个舞者》应当是骆以军在创作上着力于作品结构和表达的一次磨砺与提升。

首先，全书的结构布局颇具匠心，骆以军显然要将一些片段、场景或画面包装成一个整体——哪怕只是形式上的整合。这可以从该书的目次安排上看出来：

第一个故事

母亲1：pub 里的女孩

第三个舞者——Angel 碎片

不存在的推销员

玲子1：法院

第二个故事

母亲2：婚礼

第三个舞者——柴田堕胎那一天

不存在的推销员

玲子2：玲子的瓷器

第三个故事及第四个故事

母亲3：肛交女孩

---

① 黄锦树：《小说和故事——评骆以军〈第三个舞者〉》，《谎言或真理的技艺——当代中文小说论集》，台北：麦田出版公司2003年版，第447页。

TV 父女乱伦

第三个舞者——卢子玉的春药

不存在的推销员

玲子 3：玲子的丈夫

第五个故事

脱丝袜的方法

第三个舞者——Jacky 这个人

第三个舞者——红姨

不存在的推销员

母亲 4：空娩

第六个故事

TV 人妖秀

第三个舞者——婚礼

不存在的推销员

母亲 5：离开

顺子的情色补遗

六个故事，似连实断，看起来像是把几个小故事切割开，分装进六个作为框架的故事里。但实际上，这些分散的小故事，只是看似相关，实则并没有互相因循的情节关联，既不互相推动，也不互为因果。只是在"包装"形式上，令它们仿佛有了些隐隐的关联，让人按捺不住去勾连、对照，从而带来独特的阅读体验。

其次，在这本书里，骆以军克制了自己被弃与自弃的悲凉体验，以一种"八卦"的态度介入故事。比如作为小说框架的六个故事，既是"我"听故事的故事，内中又包含"我"听来的故事。看似"所有的故事被肢解割裂，硬生生的穿插在一起，扦格之至，也无奈之至"。① 但细读之下，却是以听故事的荒唐映照听来的故事的荒谬（或者相反），不追问、不深究，而且所有的故事均以吹牛瞎扯的口吻叙述——就像讲一个笑话。甚至就像一个必须完成的仪式一样，每个故事的最后，讲故事的人总是认为自己的故事过于无聊，不好意思，而听故事的"我"总是告诉对方，这个故事很棒、很好听，或者非常有意思。就这样，所有的故事在自行映照中一边包装，一边拆解，令这些沉重无比的故事最终都化成了云淡风轻的情色逸闻和日常笑话。

最后，在这本书里，骆以军放弃了意义建构和道德质询，选择了轻巧的自我消解。小说中，故事的缘起是想写小说的文青"我"为了克服自己的"故事枯竭症"，每隔一段时间就跑到一家广告公司去听故事。当"我"开始听一位摄影师讲他三叔和他前后四个老婆的故事时——

> 我告诉他我这一阵子得了一种"故事枯竭症"，我发现我生活的周遭，所有的人、事，都他妈太正常太无聊太平淡无奇了，我说我想写一本小说，叫做"没有故事可说"。
> 真的，他眼睛一亮，不是开玩笑，我前一阵子还在想，我想来写一本书出出，书名就叫"没有人听我说故事"。

这段绕口相声一样的对话既是作者的自我调侃，也是孤独枯寂的现代都市人的自画像，而对个中因由的自我消解正是本书最基本的调性。与《妻梦狗》在三角恋中挖掘"人渣哲学"的晦暗与艰涩不一样的是，《第三个舞者》并不准备为人物的情色故事找寻哲学支点，只是让它们彼此互为镜像，互相映照，再互相消解，以此抖露出人生可怜又可笑的底色，让读者会心一哂。因此，无论是作为故事框架存在的

---

① 王德威：《我华丽的淫猥与悲伤——骆以军的死亡叙事》，骆以军《遣悲怀》，台北：麦田出版公司 2001 年版，第 14 页。

六个听故事的故事，还是寄存于其间的小故事，它们都只是作者为大家奉上的一幕幕取消深度的情色荒诞剧。剧中展演的，有愈战愈勇的欲望、有如窑火般炽热的性爱，也有荒谬的经历、颓唐的生活，只不过它们最后都化作一次笑谈，或者一场嬉闹与虚空。

骆以军其实是短篇能手，他擅长将多个短篇连缀成长篇，随时另起一段，随时插入奇诡场景或故事片段。这种组合法，如果主题集中，恰可在其中施展拼贴技法，令故事千头万绪，如梦幻光影，随起随落，自成佳构。从《妻梦狗》到《第三个舞者》，骆以军显然已经逐渐摸索出这种片段组合法的"魔力"。特别是在《第三个舞者》中，骆以军娴熟地运用结构布局的力量，令书中的故事恍如一个整体，又各自为营。故事中的故事在不同的空间里互相交映、消解，让整本书既精巧细腻又轻松好看。这种匠心独运的结构方法后来运用到《遣悲怀》中，并且再上一个高峰，以后更渐渐成为骆氏小说的标志性存在。特别是在《西夏旅馆》中，借"旅馆"分割的结构布局比起这一阶段的牛刀小试，更为繁复精巧，组合的意味更加纷繁深奥，书中的疆域版图也更为遒深广袤。

第二节　对话死亡的企图

　　　纪德在晚年妻子死后写了《遣悲怀》，忏诉他一生对她的爱与怨。写这本书的过程里我反覆地看已经陪伴我五年的《遣悲怀》，唯有这本书所展现出来的力量，爱与怨的真诚力量，才能鼓励我写完全书，才能安慰我在写这本虚构人性内容之书的过程里的真实痛苦，唯有最真诚的艺术精神才能安慰人类的灵魂。

　　　　　　　　　　　　——邱妙津《蒙马特遗书·第二十书》[1]

---

① 邱妙津：《蒙马特遗书》，广西师范大学出版社 2012 年版，第 191 页。

　　《遗悲怀》出版于 2001 年，是一部颇受非议的小说。它结合情书体与遗书体的模式，书写死亡，向 1995 年在异国自杀身亡的台湾同性恋小说家邱妙津致敬。骆以军称，这本书的写作意图是"喊停一片正在下坠的银杏树叶"[①] ——企图凝固时间，跟死亡对话。但是，此书以异性恋男子的视角书写，其笔下的欲望对象竟是同性恋女子，因而招致邱妙津粉丝的诸多质疑。

　　邱妙津（1969—1995）是台湾新世代小说家，她才华出众，情感热烈。主要作品包括《鳄鱼手记》和《蒙马特遗书》。前者是她生前完成的最重要的长篇小说。全书的八个章节中，大部分章节以大学生活为背景，叙述七个男女主人公同性恋、双性恋的情感生活和心路历程，揭示当时大学生全新的精神世界和成长中得不到认同的痛苦。其他章节则以一只拟人化鳄鱼的独白，另组合成独立于主要情节之外的寓言，以讽刺、影射"鳄鱼/性异常者"在人类社会孤独、受压迫的命运。这本书在邱妙津去世的同年获《台湾时报》文学奖推荐奖，书中的"拉子""鳄鱼"等词也成了台湾女同群体袭用的自称。《蒙马特遗书》于邱妙津自杀身死后翌年由其友人整理出版。全书以书信体书写爱的深刻与易毁，正与作者本人决绝的自毁相映照，以致引发全台湾震动，成为台湾女同群体几乎人人必读的"圣经"。

　　骆以军在接受采访时说，《遗悲怀》"是我的梦外之悲，是再难重临的、最悲伤的一部小说"。[②] 他以《遗悲怀》命名自己这部伤悼之书显然别有深意。首先，"遗悲怀"来自一中一法两位文人悼念亡妻的作品题名：一为唐朝诗人元稹悼念亡妻的诗作名；另一为法国作家安

---

　　① 陈熙涵：《"用故事拦阻死亡"台湾小说〈遗悲怀〉引进出版》，《文汇报》2011 年 8 月 18 日第 8 版。
　　② 陈熙涵：《"用故事拦阻死亡"台湾小说〈遗悲怀〉引进出版》，《文汇报》2011 年 8 月 18 日第 8 版。

德烈·纪德哀悼妻子马德琳的文集译名。[1] 其次，邱妙津生前最后五年，一直把纪德的这本书当作床头书，以此安慰鼓励自己。身为同侪的骆以军，直接采用这样一个意涵丰富复杂的书名，并且在格式和内容上呼应《蒙马特遗书》，[2] 既造成文本间相互引用的深意，令全书弥漫多重悼亡的哀恸与感伤，又营造了一个爱欲的镜像，表现出"用故事拦阻死亡"，用爱抵抗伤害的深切意味。

《遣悲怀》中的九封书信像是九则寓言，穿梭其中的，是"我"在妻子分娩过程中沉沉睡去的倦谬；漂流失重的"大麻时刻"；"曾经自毁过的"女主管，以及从各种新闻中看到的死亡事件——中国诗人顾城的杀人与自杀、日本文艺评论家江藤淳的割腕自杀、杀人如麻的敬老院医护，等等。这些看似不相干的插入情境，与"死亡剧场"本身似乎没有密切关联，但一读再读，却发觉它们仿佛一块块精心放置的镜面，在看似漫不经心的摆放中令相互间形成多层次的折射和反射——不仅在邱妙津的灵魂身世之外，重映出她"酝酿死亡"的伤痛与隐秘，而且在叙述者的追溯中，显露出强烈的错失感。比如邱妙津与"我"交会的那些时空瞬间，向"我"预告、排练着自己的"死亡剧情"，但"我"居然毫无所知。在"我"不确定的回忆里，邱妙津曾经暧昧或揶揄地表示，"如果……如果不是某些怪异的因素，你知道吗？我可能会喜欢上你喔"。[3] 只是当时的"我"完全误读了话中的意思，像一个平庸的男人一样，"脸红红的"，"以为那是一个寻常女

---

[1]　安德烈·纪德是 20 世纪欧洲最知名的同性恋作家之一，他与妻子马德琳的关系在婚姻初期即已名存实亡。但吊诡的是，马德琳的死却触动了纪德最脆弱的那根心弦。他回忆往年种种爱憎恩怨，悲不自抑，以文字志之，写下了"ET NUNC MANET IN TE"（意为"其人永在生者心中"）。此书的中文译本借用了元稹悼念亡妻的诗作《遣悲怀》为书名。

[2]　《蒙马特遗书》以头尾的"见证"为框，内中插入二十封书信，告白自己的爱欲与疼痛。《遣悲怀》仿效其结构，以"运尸人"作为框架，中间的主体部分为九书三梦，并穿插"产房里的父亲"、"发光的房间"、"折纸人"和"大麻"等短篇，诉说关于爱和死亡、时间与伤害的故事。

[3]　骆以军：《遣悲怀》，台北：麦田出版公司 2001 年版，第 54 页。

孩不很谨慎的一次爱情表达"。现在，当"我"追怀这一切的时候，才惊觉那些阴差阳错的误会的细节仿佛是对方"在与死亡的精刮算计里"，"手里握着镂雕着各种香草飞禽星宿图徽的银币"，"压抑着自己想狂欢尖叫的欲望"而"装出"的"一脸无所谓的表情"。① 显然，震慑于邱妙津决绝离去的"我"，其实对她的执着感佩不已！因为"华丽的自死"俨然是摒弃了时间法则的一种与时间的悍然对抗②。但是即便如此，"我"仍然想在"死"刚刚开始时把时间喊停：假如能够回到事情发生的那一瞬间，让时间停止，轻轻地摘去将死者手中的剪刀，或者大声喊出自己后知后觉的死亡的作弊秘籍——那么一切会不会有所改变？骆以军探寻真相的热切企图化作执拗而迷惘的追问贯穿全书，穿梭在爱之伤害的间隙里，像是一根纤细却坚韧的丝线，在死亡阴影的笼罩下反射着冷色的银光。

在书中，骆以军称邱妙津为"同侪"，以"您"相称，敬畏而亲密。这里，除了对邱妙津与其同为新世代小说家的平辈身份而表现出的礼貌敬重之外，无疑还有深意——两人同为不见容于当道的"异类"身份：邱妙津是身为同性恋的"女同"身份，骆以军本人是身为"外省第二代"的"无根"身份。当骆以军在书中将两者相互比照时，他所表达的，已不仅是对邱妙津死亡的追悼，而是刻印在其生命中的物伤其类的悲哀。

黄锦树认为，骆以军耿耿于怀的，其实是一种莫可名状的被抛弃、弃离的境况。③ 这种感受自其诗集《弃的故事》中初见端倪，并在其以后的创作中一直延续。在《遣悲怀》里，这种介怀化作喊停时间的执拗：如果"死亡"是一种最彻底的放弃，那么，喊停时间的死亡书

---

① 骆以军：《遣悲怀》，台北：麦田出版公司 2001 年版，第 62 页。
② 骆以军：《遣悲怀》，台北：麦田出版公司 2001 年版，第 62 页。
③ 黄锦树：《隔壁房间的裂缝——论骆以军的抒情转折》，《谎言或真理的技艺——当代中文小说论集》，台北：麦田出版公司 2003 年版，第 339—355 页。

写则是一种阻挡"被弃"的企图——被邱妙津自杀所惊诧的骆以军，在被自己屡屡误解的邱妙津的死亡计划里，看到了对方与时间合谋摒弃自己的暗影。这暗影触痛了他内心最深处的创伤，唤起了他无以名状的悲伤和恐惧——是惧怕死亡吗？不，是惧怕比死亡更恐怖的"遗弃"和"时间"。而这，才是隐藏在这部小说里最坚硬，也最凄怆的悲恸。

骆以军曾提及，大四的秋天，自己身上发生过一件几乎令他整个人崩溃的痛苦的事，令他对自己领会世界的"华丽的方向"发生了动摇，"……我开始怀疑是否有一个统一性和绝对性。我本以为用我的同情、体验和过去的第一生命可以发展、体会、进入一切，不料高贵竟会涂成邪恶……"① 在谈及对顾城的欣赏时，骆以军也曾提到"这使我想到我的创作困境，是因为我仍用着过去那些华丽的方向去领会世界，使我们感觉比较迟钝，以致我以为自己的创作已经枯竭了，后来发觉事实并非如此"。② 显然，在"华丽的方向"上遭遇的冲击和困境，促使骆以军在创作时致力于找寻一种有别于"华丽"的方式来表现这个"表里不一"的世界，"以风格的反差，延宕、瓦解你我无从化解的绝境"。③ 表现在《遣悲怀》里，就是将爱欲和生命中的尴尬时刻与死亡叙述交织在一起，"一边躲闪着它（们）直接的压力，一边都把它们俯向'时间'这个绝对的、毫不留情的引力核心"。④ 相较于邱妙津要求爱与生命完美统一的执着，骆以军自知残缺与尴尬更适合

---

① 翁文娴：《在时间中倾斜的甬道——访骆以军》，《创作的契机》，台北：唐山出版公司1998年版，第305页。

② 翁文娴：《在时间中倾斜的甬道——访骆以军》，《创作的契机》，台北：唐山出版公司1998年版，第307页。

③ 王德威：《我华丽的淫猥与悲伤——骆以军的死亡叙事》，骆以军《遣悲怀》，台北：麦田出版公司2001年版，第11页。

④ 翁文娴：《在时间中倾斜的甬道——访骆以军》，《创作的契机》，台北：唐山出版公司1998年版，第305页。

自己的认知；相较于朱天文、朱天心姊妹悼亡过往的"老灵魂"姿态，骆以军自知自己没有那种可待成追忆的情感来源。因此，比起书写死亡中的感动，他更愿意以风格的反差、情境的错置将悲伤与滑稽、暴力搓揉在一起，以残破淫邪、妖诡戏谑来逼问"遗弃"与"时间"的真相，揭示其中惊诧莫名的爱欲纠缠、人性癫狂，以更深绝的悲哀注视被时间遗弃的、千奇百怪的"死亡剧场"。比如令人恐惧的人性残忍时刻——杀骆驼者满脸粘着骆驼的血，挥着斧头狂啸的"那种纯粹属于杀戮本身的邪恶"[①]；又比如在权力操弄下，连时间都无法确定的死亡，"一个身体的死亡，一旦进入这种大型机构大楼不同部门的专业理解，就会出现了好几组不同的死亡时间"。[②] 还有对死亡无处不在的洞悉——"死亡的意象隐藏在各个角落"；[③] 以及只要用一块毛巾覆盖着尸体的脸，就能掩藏死亡的现实——"真是没有一个，生与死之间的清楚界线哪。"[④]

在《遣悲怀》里，当骆以军以"弃华丽"的书写姿态开始描摹生命中的爱欲流淌和尴尬无助时，正是在以一种背离感动的方式对抗"遗弃"和"时间"的伤害，表达最深切的悲伤，并意欲由此达成灵魂的自省。"弃华丽"的写作揭开了死亡的豪华外衣，暴露出死亡的残暴与荒谬，直抵其真实的核心——对生的遗弃和伤害。或者可以说，在死亡面前，所有的伤悼都是自悼与自省。既然死亡始终以生命的另一种存在状态确定性地栖居在我们的生命之中，我们又何必矫饰其中所隐含的乖张与荒谬——这些本来就是生命的底色，是我们身份中的固有结构。既然在这个错杂的世间，深入骨髓的认同焦虑根本无从排遣，在生死交界之间，我们要借由死亡才能认同自己这一悖谬的存在，

①　骆以军：《遣悲怀》，台北：麦田出版公司 2001 年版，第 143—144 页。
②　骆以军：《遣悲怀》，台北：麦田出版公司 2001 年版，第 308 页。
③　骆以军：《遣悲怀》，台北：麦田出版公司 2001 年版，第 87 页。
④　骆以军：《遣悲怀》，台北：麦田出版公司 2001 年版，第 39 页。

那么何妨洞穿"华丽"的表象，抛开廉价的感动。正如骆以军在书中自我比况的"运尸人"：在生命转瞬即逝的时间流里，何必虚言伪装，写作就该如一次运尸的历程，既呈现死亡物化的真相，也呈现我们生命里不能自已的困境、绝境。只有借助这"不合常规""弃绝华丽"的灵魂自省，我们才能通过与死亡对话，在生命中找到自己真正的身份，认同真实的自我，安放自己的灵魂。

《遗悲怀》被王德威盛赞为"我心目中新世纪台湾小说第一部佳构"①，其繁复奥丽的结构与深意正是来自这种"弃华丽"的写作姿态。这是骆以军基于自己的生命体验和写作追求所作的选择，"他是一个对身体和情色非常不敬的作家，但是你读他的小说，真的会感受到他深沉的悲伤，越读，你越会不忍。作家只有将自己作践成那样，才能呈现出这样的文学。这才是真正生命的文学"。②

第三节　为"我们"的世代命名

说来真像一个四处乱搭，许多片子同时在拍摄的片场。我们知道或不知道，匆促换装地在不同剧情的摄影棚间赶场串戏。不一样的人生。有时或会穿错制服，或许慢慢忘了不同故事间的时差换算。我最恐惧的一幕或是，在那钻进钻出，颠倒换串的某一次，走进了整个片场的最角落。在那无可回身的走道，遇见某个故人，彼此想起什么，黯淡地互望一眼："不想就过了这样的，这样的一生。"

——不一样的众生（《我们》代序）

---

① 王德威：《我华丽的淫猥与悲伤——骆以军的死亡叙事》，骆以军《遗悲怀》，台北：麦田出版公司2001年版，第23页。

② 王德威：《我华丽的淫猥与悲伤——骆以军的死亡叙事》，骆以军《遗悲怀》，台北：麦田出版公司2001年版，第24页。

骆以军自 2002 年 5 月开始为《壹周刊》写专栏文章，这些专栏结集成"我们"系列，包括《我们》、《我爱罗》和《经济大萧条时期的梦游街》三本书。它们以台北为蓝本，记录、描述置身其中的"我们"和我们的城市，书写都市人的异化，揭示"我们"不可靠的身份。可以说，是以认同为题旨书写的三本现代都市"浮世绘"。

在"我们"系列中，《我们》（2004 年出版）最早出版，系列的名称也是来源于此。"我们"的题名，取自俄罗斯白银时代小说家扎米亚京的同名小说。其中除了向扎米亚京致敬，沿用其反乌托邦的含义外，还杂糅进与骆以军自己身世相关的复杂含义。其一，作为现代都市人，骆以军欲借"我们"警示：在现代的资本社会里，"我们"只是一群格式化的存在，每个人都可能或已经失去了独特的自我。其二，作为外省第二代，骆以军在书中揭示了被埋没在族群缠斗、政治喧嚣中，被迫湮灭自我独特"身世"的"外省第二代"无名的悲哀。这里，显然有借由《我们》为"我们"的世代命名，找寻并确证属于每一个自我的独特身世体验的企图。这种直指现状，贴近内心的写作自然引起台湾众多读者的共鸣，出版当年即在台湾销售过万，骆以军也因此成为金石堂出版风云人物。

《我爱罗》出版于 2006 年，其书名源自骆以军所喜欢的一部动漫作品《火影忍者》中一个人物的名字，意为只爱着自己的修罗。在《火影忍者》中，我爱罗是一个瘦小畸形、恐怖、残忍、无爱人能力的少年，因为他的身体里封印了怨灵的魔力而被同村的人惧怕与憎恨。他的童年没有欢笑、喜悦，有的只是心灵上的伤痛，以及对于自己为何存在的迷茫。他对自己的父母和村子既充满无尽的怨念，又有深深的爱恋。最后，是朋友舍命相护的友情温暖了我爱罗冰冷的心，让我爱罗知道，命运的道路是可以改变的。显然，我爱罗的形象呼应了骆以军来自生命最深处的对于"遗弃"的恐惧，他在书中的序里写道：

我对于"遗弃"有极深的恐惧。甚至可以说那是我灵魂的痛点。仔细想想我的童年，未曾有过被遗弃的经验啊，当然我有过因偷抱路边小猫小狗回家，在父亲震怒下流着眼泪将它们带到巷弄角落或无人工地遗弃的记忆。但那些如植物细茎的感伤，过了一个年纪之后，便很清楚不足以解释那人格底层、恐惧去张望某一口井，某一面禁止之镜，某一个一失足陷入便永劫不回的流沙坑……那样对"遗弃"的本质性憎恶和不寒而栗。①

2009 年 8 月，《经济大萧条时期的梦游街》出版，相比前两本集子，尖锐的痛感在这本书里略见缓和。原因大致有两个。一是这本集子在台湾出版时恰逢美国次贷危机引发全球金融海啸，民生凋敝，世事艰难（这也是此书取名"经济大萧条时期"的原因）。虽然依旧是亦真亦幻的迷离都市梦游，但因将"世情观察"放在了经济大萧条的背景下，所以记录世情百态时笔下温情隐约可见。二是在此前一年（2008 年），骆以军完成并出版了《西夏旅馆》。从某种意义上，其焦虑和紧张得到一定程度的缓解和释放，所以在这本书里，我们似乎可以看到骆以军对"已经成了这个样子"的自己有一种既无奈又坦然的接受，甚至"自珍"。从书前的序题名为"孤独的至福"，以及文中自述都透露了这种心态上的变化：

到了一个年龄段，对自我的掌握度愈高，似乎愈难如年轻时想像"爱情"，可以将自己全部的自由当赌注，承诺给另一个人。生命愈往后走，第一个阶段所记忆的、珍藏的那一部分自己，愈层层累聚难以和别人交换了。②

---

① 骆以军：《我爱罗》，台北：INK 印刻出版有限公司 2006 年版，第 10 页。
② 骆以军：《经济大萧条时期的梦游街》，台北：INK 印刻文学生活杂志出版有限公司 2009 年版，第 9 页。

　　"书写台北"一直是台湾文学中的一个独特命题，它不仅呈现了这座城市的各种特质，而且书写本身也呈现出相当错综的现象。比如白先勇，他在台北的生活集中在 20 世纪五六十年代，那时的台北虽然是台湾最繁华的都市，正处于不断都市化的进程中，但仍保留着相当程度的田园风味。所以在他的作品中，对台北多感伤与怀念。但在陈映真等乡土作家笔下，当时的台北在台湾城乡发展中长期独大的态势，则让它被视作与乡土对立的妖魔化都市，其中充斥着物质的陷阱，是吞噬灵魂的地狱。及至九十年代崛起的骆以军，其生活在台北的近二十年，正是台湾普遍进入都市化的年代，在他的成长经验中，无论是咖啡厅、pub、东区橱窗、西门町电影街，还是动物园、纪念馆、中山堂、诚品书店……这些城市景观都是混合着他的成长经验与记忆的载体。它们既是展露性情、青春的空间，也是填塞梦境、印证预言的隐喻。因此，在"我们"系列里，骆以军笔下的台北虽有迷茫与沉溺，却不乏批判或戏谑的成分。它通过一系列的今昔对比描绘空间中集体记忆的流变，展现景观背后台湾政治权力场域的变迁及其对社会文化空间的改写，揭示被刻意遗忘和排斥在历史进程背后那些被遮蔽、被掩饰的台湾内部的撕裂、冲突和嫌隙。在文字之间，借由景观的变动、挪位和迁移，骆以军竭力铺陈他"转瞬即倾斜"的时间感，在尽力呈现这些景观作为权力角逐、时间蚀刻的象征的同时，竭力描画隐藏在这些象征背后的碎裂"我们"的力量。

　　在"我们"系列的都市景观中，最常见的莫过于"夜店"，这也是台湾新世代小说家都市写作中最常见的地景之一。在这个声光迷离的场所里，演出着都市最激荡，也最颓废的故事。白领、小资在夜店释放工作压力，同性恋、吸毒者、妓女等在夜店伺机活动。夜店并不是单纯的空间意义上的物质消费场所，它还是体现人类隐秘生活状态和情感的都市场景。在这里，孤独是支配性的情感和力量，追逐欲望是共同的，也是唯一的目标。在"我们"系列中，身为当年"夜店教父"的叙事者虽然已经娶妻生子，但偶尔仍被三两"人渣"好友拉去pub。只是时光荏苒，斗转星移，无论是大学旁边肮脏廉价的夜店，还是安和路、大安路上典雅高档的钢琴酒吧，如今都让叙事者既赞叹又感伤——

> 我那时确定眼前的这个高级酒吧的场景，绝对是我某一个长篇的开头。印象中身边那些在一种高级烈酒的晕泽里晃动的酒客和女孩们，都曾经、已经在我年轻时的小说出现过了。只是他们的年纪变得稍微大一点、衣装变得昂贵体面一点，酒的颜色也变深湛了……①

> 我不知道自己在激动什么？"这确实是我们当年那些人渣老狗们进出的pub啊。"和后来跟那些比较称头些的朋友像混进名流party那样，城市展览橱窗般的——②

世易时移，时光不再，面对似是而非、难以言喻的场景，记忆仿佛被时光动了手脚。在时光的蚀刻下，夜店早已从都市青年的情欲场景和欲望迷宫，转变为消费文化下裸露的青春废墟和权力战场。反叛和抗争，都只是在都市物质主义上的寄生。

如果说夜店是孤独者的欲望乐园，让"我们"迷失的话，那么，作为合家欢场所的动物园，是否能为"我们"提供真切实在的生命感知呢？在《我爱罗》里，"我"和小朋友们参观林旺爷爷——动物园里的一头大象的标本制作工程时，诧异地发现，原来林旺的标

---

① 骆以军：《我爱罗》，台北：INK印刻出版有限公司2006年版，第62页。
② 骆以军：《我们》，台北：INK印刻文学生活杂志出版有限公司2004年版，第161页。

本里面只是一大坨萤光硬胶，完全没有我们所期待的"标本"该有的内容：

> ……最后再把动物园里，林旺的那张象皮包附住这个大型萤光塑胶玩具一样的"假体"，所有的小朋友都会朝着那具惟妙惟肖嘿然静默在某一静止时光的大象喊，"林旺爷爷"。没有人知道它缝在里面的是一大坨凝结上百个正方木框的萤光硬胶。……"仔细看哪，"我对孩子们说："等到他们把皮披上去，他就变成林旺爷爷喽。"

以塑胶标本或圈养的活物作为生命实体展列的动物园，提供的只是虚假的皮相，而"我"还一本正经地为这个"假象"担当解说。这一荒唐的情景既嘲讽了现代都市人靠虚假表象支撑的人生体验，也隐喻了现代都市物化生命的本质，揭示出都市繁华表象背后令人难堪的真实——标本的貌似实非、小说家的故弄玄虚，还有政治家的阳儒阴释……它们的本质何其一致。而这，就是这个都市真实的底色。在这个虚实难辨的都市里，我们获得的经验都是虚拟的、破碎的。由此推想，在我们的身份里，是否也充斥着虚假的自我认知，让我们的"自我"常常不由自主地陷入"我"与"非我"的暧昧与矛盾中，在"无法说出自我"和"以他人方式说出自我"之间徘徊彷徨？又是谁在我们的身份里填入了萤光骨架？

通过跳跃性极强的空间场景转换，骆以军以一个"漫游者"的姿态在"我们"系列里呈现了一段既像现实，又像虚幻的城市之旅。从琐碎的生活情景到"制造假象"的标本制作工场，从人工的实景到迷离的梦境，在荒谬离奇的背景下，在"我们"和我们的城市作为主角的舞台上，作者遭遇或见证着不可思议的真实与恶意，将一种熟悉而又陌生的人生体验和精神妄想展演在我们面前。城市具备有序和失序的双重特征，既有个人所能接触的大量刺激与新奇体验，又有置身变化迅速且零碎化的社会经验里的孤立与无助。城市里的每个人都会不断与人群接触，但每个人对他人所知甚少，他人也不了解你，狂乱的忙碌导致了大家的兴奋与寂寞。因为外省第二代的身份标签，骆以军本就在迅急变化的党争中与台北——这座他生活了近二十年的都市间生出了厚厚的隔膜，而漫游者的观察视角，又令骆以军在保持距离的观看中，生出不融于人群的孤独体验。看起来，骆以军似乎是沉迷于这种人群中的孤独，耽溺于这些经验碎片映照下无法摆脱的失序状态。但是，谁能说他的沉迷和耽溺中没有"自我离弃"的伤痛？

"我们"系列没有描绘任何成功人士，无论是唐氏症患儿的生物老师，还是为了吸毒而抢劫的烂仔阿辉，抑或是在异乡帮佣的印尼女孩，以及忍受变脸（面瘫）痛苦的骆以军自己，处境都是孤独而荒谬的。骆以军似乎在以绝大的"残忍"逼迫我们直视这些碎片化的都市人，然后体味他的警示——这些人就是"我们"。"我们"生活在现代都市里，享受着丰富的物质、资讯等高科技的生活资源，但是，这些数字化的资源里暗藏的，政治、经济乃至文化上的身份形塑之力已经在不知不觉间将我们"碎片化""平面化"。在"世界大同""科技理性"的今天，无论持有何种身份证明，生命里都会被埋下政（治）、经（济）设定的身影。当"我们"戴着各异的面具，埋首于自己的角色不能自拔时，是否意识到哪一个才是真正的自我？又或者都不是我？入戏太深，面具最终成了我们自己。这时，我们可能才会悚然而惊——我们的身份变得不可靠了。而逃不出"我们"的"我"，也已经成了"非我"，只能在"我们"中湮灭自己的面目。为此，骆以军在书里反复慨叹"再没有人有身世了"。

第三章　家与国间的身份矛盾

　　家族作为社会的单位，凝聚着历史的变迁，家族的历史，往往就是缩小了的社会史或民族史。家族小说创作的主流题材，往往是书写一个家族由盛而衰的发展历程，在错综的家族人际网络中显示复杂的人性和社会历史背景，慨叹家族的没落和历史的变迁。同时，家与家族作为我们每个人最早的生命体验之地，其中会有作家最深刻、最幽微的人生体验。因此，家族小说往往具有较强的自传色彩，其中夹杂着家族的荣誉感，或者对家族的厌恶。正因为如此，家族小说常具有独特的美学意义。在中国文学的书写历史上，对血缘、家族的追寻大多发生于社会转型时期。此时人们面临现实急剧变化，感觉对现实和自我失去控制，对自我的身份会产生迫切的认同焦虑，而中国家族文化本质上是集体性的，群体伦理意识极为强大，所以，作家们往往通过对家族历史的书写，达成对血脉的再度确认，以寻求有效的身份认同标识。

　　在中国的家族关系中，父子关系是一种具有特殊地位的存在，它是血脉相传的最可靠联系。所以，在台湾"外省人"认同困境延续至今的背景下，在家族的认同书写中，对外省父亲的书写渐渐演绎成一个文学上的小传统。从青少年时期便随父亲来台的白先勇、王文兴，到生于台湾、长于眷村的"四年级生"张大春、朱天心、苏伟贞，再到生于60年代以后的"五年级生"骆以军、郝誉翔等，家族叙事中的外省父亲书写可谓一脉相承。当然，由于身份、处境的不同，这些书写在传承中又浸润出不同的色彩。白先勇一代，"国"是破碎的，"家"亦是不存的，国破与家便成为永恒的伤口；到了"老灵魂"朱天文、朱天心，则从"仿佛在君父的城邦"到"无父的情色乌托邦"，父已颓圮，将以何继？而骆以军、郝誉翔一代，他们的父亲既不是没落的前国民党将领，也不是风华正盛的年轻军官，而是退伍的老兵、流亡的学子，身上没有岁月的光环，只有与时代渐行渐远时渐成弱势与边缘的猥琐与衰败，所以，当他们探究外省父亲及自己的历史根源时，书写的态度较为抽离，反思中往往带着不可抑制的戏谑与惊异。

在台湾，外省第二代的父母辈大致有三种类型：第一种，父母皆为外省人；第二种，父亲为外省人，母亲是本省人；第三种，父亲是本省人，而母亲是外省人。这三种类型中，又以第一种和第二种占多数。骆以军的父母即属于第二种。由于他有一个本省人的母亲（一如他在《弃的故事》中的自我比况），所以在成长中，他既背负着父系强韧的乡愁，甚至对家国的强悍解释，也承载着来自本土母亲的哺养培育。结婚后，更融合了来自妻族的影响。其实，类似这样的外省人在台湾本已发育成为数量庞大的宗族。但是，因为政治的操弄，依恃这条血脉相系的人群，反倒成了一种孤绝的群体。他们不属于眷村的建构，又被台湾本省人排斥，因而认同的焦虑格外强烈。正是因为如此，众多与骆以军身世相仿的外省第二代作家，他们在书写家族与父亲时，都表现出通过家族史探究自己的历史根源，并重建自我身份认同的企图。首先，外省第二代的家族书写表现了他们特有的家、国认知和体验。自比"蝙蝠"的外省第二代对于家国这个"想象的共同体"的认知，显然无法从第一代中全本复制。因为他们没有亲身体验过父辈的乡土，也没有直接经历过上一代的"国仇家恨"，一切都是经由上一代转述，虽然"历历在目"，但毕竟只是口耳相传的间接经验。家、国的演绎，于他们只是"重现的重现"，它缺乏实体感受，更缺乏经年才能累积起来的历史文化体验，其认知难免会陷入"经验匮乏"和"情感两难"之中。其次，外省第二代的家族书写体现了他们特有的书写窘境。随着外省第三代的诞生，外省第二代的角色由聆听者渐变为叙述主体，在"重现"的过程中，过去小说创作中的"虚构"意识成了一种负担。于他们而言，传承家族史责无旁贷，然而，虚构意味着失真。如此，外省第二代的言说便陷入难言的困窘。所以，在"往事不能如烟"的坚持下，无论是溯源家族历史，还是展开家族史的内在追寻，他们都不约而同地将目光投向了"父亲"——这个"家国一体"的代表，希望借由与父亲的融合或达成理解来达到身份追寻与认同的内在完整。

与同辈书写者相较，对于"家族"题材中的认同书写，骆以军无疑是更有企图心。从 2000 年到 2005 年，他先后出版了《月球姓氏》《远方》《我未来次子关于我的回忆》三部家族小说。在他笔下，惊怖骇笑的剧情在历史的"时间之屋"与"家庭剧场"中反复上演，以致一串串关于逃难和故乡的叙事，在不断地复述与传说中变得雷同而夸张，仿佛一部魔幻的乡野传奇。而汹涌在其家族书写表象下的，是对于"家"或"家族"神圣性的一次次质疑，其中反复诉说的，仍然是在身份认同的追寻中荒谬、淫猥、混乱、暴躁以及忧郁的遗弃体验。

第一节　虚幻的家族传说和不可溯源的姓氏

《月球姓氏》意图以"我"的有限三十岁时间体会，召唤、复返、穿梭"我"这家族血裔，形成身世的那个命定时刻。所以

我的想像中，第一个章节宛如一个电脑游戏的储存档案匣，每一
章节的启动（故事），皆如一二三木头人的咒语解除，皆是一封
闭空间内，一组人物由冻结状态解冻、开始搬演"当时"那命定
时刻的戏剧剧场。那伤害、耽美、误作决定、阴错阳差的一刻。

——骆以军①

2000 年，骆以军出版了其家族史书写的第一部小说《月球姓氏》，
借外省第二代的身份，再现从大陆背井离乡移民到台湾小岛的父执辈
的情感记忆。《月球姓氏》没有采用家族小说中惯用的连续性叙事去
展现家族的历史发展画卷，而是以"冻结时间"的方式，将视线聚焦
在本省母亲与外省父亲身上，由此去体会身世的"命定时间"，令书
写呈现出不一样的意味。

《月球姓氏》共二十一个故事，每个故事都是一个被冻结的瞬间，
而更多的故事又从这个瞬间歧岔而出，交织成相互映衬、对照，甚至
消解的历史性时空旋涡，它们看似一团乱麻，实际却是一幅精心编织、
经纬交错的家族画卷。在这幅画卷中，骆以军以历史变迁中的"姓
氏"为经线，交织对照父系和母系的家族史，以及政治拨弄下的籍贯
与家族、地域间错综复杂的关系；又以地理空间上的"异托邦"为纬
线，层层揭示现代社会中政经威权对个体身份步步为营的设定。

先秦时期，中国即有所谓"姓别婚姻""氏明贵贱"的姓氏相别
制度，其历经夏、商、西周，一直延续到春秋时期。及至春秋末期到
战国之际，社会的急剧变动使许多旧贵族沦为庶民，平民上升为新贵，
"胙土命氏"的宗法制度荡然无存，姓氏相别的制度发生动摇，"氏明
贵贱"的社会功能也随之消失。作为宗族标志的"姓"与"氏"逐渐
丧失了实质性的区别作用，变成仅仅表明个人及其家族血缘关系的符

---

① 骆以军：《停格的家族史——〈月球姓氏〉的写作缘起》，《文讯》2001 年第 184 期。

号。秦汉以后，姓氏混用，"姓氏合一"这一模式亦沿用至今。因此，在中国文化中，姓氏、名字，这个被家人、长辈赋予的称代符号，有着丰富的血缘、亲情乃至文化内涵。细究"姓名"一词，实际上分为"姓"和"名"两部分，前者标志着家族的来源，后者则是个人专属的代号——其中往往蕴含家族的期待或价值认同。因此，姓名的意义，绝不止于个人的称代符号。它在某种程度上呼应了家族，乃至民族、国家的意识形态，与借由身世背景而建构的身份认同有着重要的联系，对个体的身份认同与主体建构产生了不容忽视的影响。"行不改名，坐不改姓"，姓名在中国文化中甚至与气节和节操相关。历史上曾记载，北魏皇族元景安事北齐文宣帝高洋，受赐高姓，但元景安的堂兄元景皓却拒绝改姓高，他说："怎么能背弃本宗，逐姓他人！人宁可玉碎，不可瓦全。"以致本人被诛杀，家属遭流放。[①] 可见，在现实中，"姓氏"作为直接关联着血缘与家族的称代符号，可以说是人的身份认同中的首要归属象征。而个人对于姓名的认同，也反映出他（她）对于自身身份的定位及认同。因此，涉及身世、身份认同题材的作品，往往会触及"姓名"这一概念。在《月球姓氏》中，"姓氏"也因之成为骆以军探究自己家族历史根源和身份归属的主要依据。

对于像风筝一样飘荡在台湾的外省第一代而言，他们最终在这片土地上传宗接代、散播香火，姓氏是他们"落地生根"，延续家族血脉的重要依据。但是，在台湾，他们往往又会因为姓氏与本地人不同，"顶了奇怪姓氏"而被另眼相看。骆以军曾说，"我在台湾从小到大，就是我爸我哥姓骆，这个'骆'很怪，月球来的，外星人"。[②] 从骆以军因为姓氏而成为"另类"的自嘲里，我们不难窥见他当时因为顶着这个"月球姓氏"而招致的尴尬与无奈。

---

① 籍秀琴：《中国姓氏源流史·序》，台北：文津出版社1997年版，第1页。
② 骆以军、木叶：《我要看到文学的极限》，《上海文学》2012年第6期。

然而，比起因姓氏而"被另类"，姓氏的消失更为令人惊骇：

> 那个年代，我父亲的朋友们总不乏一些怪姓：有一个叔叔姓
> 昝，还有一个叔叔姓战，有一个阿姨姓师（不是施），还有姓上
> 官姓诸葛的，那个时代你不觉得怪，……但是待长大之后，这些
> 顶了怪里怪气的姓的人们（或是他们的第二代），就统统从我生
> 命的周遭消失不见了。[①]

"怪姓"的渐渐遁形隐约暗示了外省族群在台湾社会政治变动后存在
状态的逐渐式微。姓氏的稀有本就意味着某种"少数"与"边缘"的
地位，就像稀有（绝不是珍稀）物种一样，"消失"是因为第一代日
渐凋零，但更有可能是因为第二代的隐藏、伪装，甚至拒绝——为了
融入这个生于斯长于斯的岛，把本姓改掉。无论是哪一种可能，一个
必然的结果是：原本姓氏的逐渐灭绝消失。

"姓氏"既然能明确血缘与家族的身份归属，自然也就成了划分
不同族群的身份标签。这种划分甚至在家族内部也不例外。在《月球
姓氏》中，"我"的哥哥有一段先从母姓张，继而转从父姓骆的复杂
经历，这段经历居然成为哥哥的"身份弱点"，在争吵时频频被其他
兄弟姐妹攻击：

> 在我哥顶着和我不同姓而我喊他哥的那段童年时光里，他的
> 内心，是经历着怎样的和这一家人的认同呢？……幼时和我哥、
> 我姐发生剧烈争吵时，我（或我姐）有那么一两回，为了某种有
> 效的攻击欲望，去碰了那个阴暗的按钮，对我哥说："反正你和
> 我们是不同姓的。"我哥会迅速暗下脸来，有一回他甚至嚎啕痛

---

① 骆以军：《月球姓氏》，台北：联合文学出版社股份有限公司 2000 年版，第 76 页。

哭……①

家庭是社会的基本单位，家庭经验对每个人而言都具有形塑人格、建构自我的重要意义。但是，家庭也是一个充满矛盾的地方，亲密无间的家庭关系，并不能避免权力、宗教、政治、性别、经济等复杂因素的渗透。哥哥先从母姓，继而转从父姓的姓氏角力，"暗喻着我父亲作为迁移漂岛的第一代，以及我阿嬷作为无神主牌的养女世系，两个漂泊者对于各自出资的受精卵（我哥?），某种各自极度匮缺极度憧憬的姓氏幻念的强悍意志之对决"。② 作为被父姓和母姓争夺的哥哥，每当与家人争执时又会在某种象征意义上被屏除于家庭之外，这种尴尬的姓氏变化处境，让他如何确认自己的身份定位和归属？而"我"，为什么在那么小的时候就已经懂得以"不同姓"达成攻击的目的？还有母亲，其"没有身世"的养女身份，也被其他妯娌用作对其进行人身攻击的最有力武器。在书里，骆以军毫不留情地向我们揭示家族中与"姓氏"相关的、暧昧不明的利益争斗，以及潜伏于背后的阴暗残忍的欲望，以此表明，作为身份认同的表征，姓氏既是凝聚族人和家庭的"黏合剂"，同样也会是政治、宗族，甚至人际利益间攻击角力的武器。正如"我"和哥哥，虽然我们都是顶着"骆"这一"月球姓氏"的边缘另类，但"我"并没有因此对哥哥产生同情，反而在所谓的优势——没有改换过姓氏中寻到了伤害哥哥的心理依据。这些因"姓氏"而起的明争暗斗隐喻了台湾的现实政治状况，也显示了骆以军"自我剖析"的无畏与勇绝，他不惮潜入"姓氏"与"家族"的幽暗处，揭开社会族群分裂的核心，以其切身体验传递出对于身份认同困境的透彻体认——那些暗藏在人性幽暗处的残忍才是所有伤害的

① 骆以军:《月球姓氏》，台北：联合文学出版社股份有限公司 2000 年版，第 47—48 页。
② 骆以军:《月球姓氏》，台北：联合文学出版社股份有限公司 2000 年版，第 48 页。

原点！

在《月球姓氏》中，骆以军不无讽刺，而又深为叹息地勾描出一幅外省"父亲们"在 1949 年集体逃亡的群像：

> 那一整批和我父亲一样在一九四九年前后，随国民党部队灰头土脸撤离来台湾的外省老 B 央们，……他们几乎无一例外地"本来"都有着一个显赫的家世。且无一例外地都是在共军围城的最后一刻，才糊里糊涂地翻墙逃走。……他们总无法搭上本来该搭上的那艘船。①

在骆以军（或以其为代表的外省第二代）看来，"总无法搭上本来该搭上的那艘船"，早已令父亲的故事跌落在时间的长河里，成了一个无法考证的逸闻。而父亲耽溺于混合着荒谬和错位讲述的逃难史，还有其安徽无为的家族史，也只是因为他"无比滥情地将之比拟为自己这一生命运的缩影"。② 在父亲当前猥琐无能形象的映照下，那些从父亲嘴里讲述的、来自其家族的迁移神话，已变得如同持续的"单口相声般的家族史诗"③ 般可笑。

相较于父系缺失的家族史，母系的家族史同样显得疑点重重——因为养女的身份，母亲从一开始就失去了身世叙述的能力。④ "无神主牌的养女世系"的阿嬷，为了建构家族谱系煞费苦心。她煞有其事地为不知所由何来的"张姓祖先"安放神主牌，这些"张姓祖先"在她的布置下格外人丁兴旺——分别来自她自己的养母、同居人，还有两个不同家庭的张姓养女。将来源复杂的祖先们都请上神主牌，看似天

---

① 骆以军：《月球姓氏》，台北：联合文学出版社股份有限公司 2000 年版，第 37 页。
② 骆以军：《月球姓氏》，台北：联合文学出版社股份有限公司 2000 年版，第 249 页。
③ 骆以军：《月球姓氏》，台北：联合文学出版社股份有限公司 2000 年版，第 237 页。
④ 骆以军：《月球姓氏》，台北：联合文学出版社股份有限公司 2000 年版，第 259 页。

衣无缝，实则更像一场荒谬的家族喜剧：

> 我想象着那些祖先们互相客气地拼挪着位置，让大家都可以挤进那一块小小的神主牌里。他们并寒暄打屁："啊，你好你好，贵姓？""姓张。汝咧？""哇嘛姓张。""真巧。""是啊，真巧。啊这边这位？""我嘛姓张。""有缘，有缘。"……他们挤在那儿，有点不安但又颇侥幸地看着神桌下，一个和他们同姓氏的男孩，孤伶伶地拈香祭拜着。那个男孩，就是我哥。①

这出喜剧的背后，是骆以军对于姓氏意义的颠覆性思考——姓氏真的那么重要么？这种对于姓氏及其所代表的意义的怀疑，不止一次流露在骆以军的访谈中。比如，他在谈及创作《西夏旅馆》的感受时说，在读资料的时候，他非常着迷于李元昊要摘去汉家赐姓时的表文和宋天子朝巨们为此撰写的谴责诏书。李元昊的"我本非你们这一族"的"振振有词自我描述的表文，那竟像撒娇"。而宋诏书娓娓历数"你是我的人"时竟那么认真有趣。② 一个强赐，一个硬不要，推来挡去之间，折射出历史的滑稽、政治威权的虚伪。这情景正如人丁兴旺的"张姓祖先"为牌位而谦让、寒暄一样，显出一种可笑的"不自知"或"自以为"，暴露出其荒唐乖谬的本质。事实是，在历史的复杂变迁中，原本作为家族身份，甚至门第象征的姓氏，今天已经难以作为判断一个人家世背景的绝对依据。姓氏于今天的人们而言，与其说具有血缘与身份认同表征的实质性意义，毋宁说更多的只是象征意义，甚至这个象征意义也可能是虚无的。

---

① 骆以军：《月球姓氏》，台北：联合文学出版社股份有限公司2000年版，第50页。
② 印刻文学编辑部：《"我们"年代的命名者——骆以军〈西夏旅馆〉》，《印刻文学生活志》2008年第59卷第7期。

父亲是无身世的，因为"我"感觉他说的只是他的"故事"，而不是"身世"，而且"我"从来没有见过他故事里的那些人。母亲也是无身世的，因为"除了她那个活得很长的养母，我们家后来几乎没和她生母那边的亲人来往"。① 明显地，"我"这边的家族正在"闭锁萎缩"，而"我"的妻——本省人，她的家族枝繁叶茂。这悬殊的对比于"我"而言不啻一个"我族将灭"的巨大阴影，以致"我"正欲与妻子欢好时，脑海中竟出现这样的场景：

> 这时我突然发现有两条腿挂在我的胸前，上面覆满白色的腿毛，原来是我的父亲赤身裸体采骑马打仗的姿势跨骑在我的脖子上，他的卵囊舒惬地置放在我发旋的中央，像一只芦秆巢里睡着的肥鹌鹑，他的胖肚子垂挂下来，盖住我的前额，弄得我满头大汗。后来我发现有许多汗是由我父亲的肚子上淌下来的，我稍稍歪头往上瞧，发现我父亲的肩颈上，以同样的姿势跨骑着我祖父（虽然我从未见过我祖父长啥模样）。我祖父的头上，便一无所有了。所以我和我父亲、我祖父，是三人一组的叠罗汉（我们三个都光着身子）。
>
> 但是待我一看对面，裸身的妻的头上，我岳父、岳母、妻的阿公、阿嬷、外公、外嬷、阿祖、祖嬷，还有旁岔歧出的阿叔阿婶阿舅阿妗叔公婶婆舅公亲母……有的人赤身裸体，有的人穿着古代的宽大官服，像小时候我看过的李棠特技团在一辆行进中的脚踏车上，以各种姿势各种角度各种部位向上叠堆链接着蚜虫或者说葡萄球链菌一样的人们。而且愈往上叠，枝丫分岔得愈多……②

---

① 骆以军：《月球姓氏》，台北：联合文学出版社股份有限公司2000年版，第146页。
② 骆以军：《月球姓氏》，台北：联合文学出版社股份有限公司2006年版，第237页。

父系家族树单薄、颓败，妻族家族树繁盛、多姿，令"我"沮丧万分，以致被"吓得卸了劲，小鸡鸡垂头丧气地再也不肯举起来了"。①两性欢好的基本意义本意味着繁衍子孙，但"我"在妻族——本省人强大的生命繁衍力面前，竟"痿"了。"痿"了，即意味着无法繁衍，不能传宗接代，开枝散叶，真是何其悲哀！这个诡丽却黯然的场景，不仅隐喻了"我的家族（或姓氏）"行将湮灭的命运，同时也隐喻了台湾的"外省人"行将消失的结局，透露出"我"难以言说的惶恐和焦虑——那些顶着怪姓氏的叔叔阿姨最终没有再见，他们的第二代想必已经"消散如烟"，而自己这一族，也将重复相似的命运，无法躲避，也无处躲避。

以姓氏为据的家族溯源在历史的变迁面前显得如此虚无，甚至可笑，那么，借由籍贯所提供的家族地域认同是否可以倚仗呢？事实上还是不行。因为籍贯与家族地域间的联系已经被政治威权无情地"抹掉"了。籍贯，在某种程度上提供了"我从哪里来？""我归属于哪里？"的答案。这个答案不仅是一个地域的名称，而且还是一个划分族群、辨析身世的符号。然而，在政治操弄下，这个符号却总是与"我"对身份认同的根本渴求相左，干扰着"我"单纯、直接的认同渴望。在"我"成长的岁月，籍贯辨识上的"外省人"身份标签，令"我"和父亲经常遭遇"非我族类"的排斥，陷入"蝙蝠"般非鸟非鼠、左右为难的尴尬情景。但是"外省人"的籍贯标签却也成了"我"生命的一部分，对于"安徽无为"这个事实上"我"从来不曾亲身了解过的地方，它不仅是标示地域的符号，而且已经成为一个身世的符号，寄托着"我"确证自己所来之地的原始渴望。然而，户籍登记制度的改变却在一夜之间又让"我"这个"外省人"成了籍贯台

---

① 骆以军：《月球姓氏》，台北：联合文学出版社股份有限公司 2006 年版，第 237 页。

北的台湾人。① 对当时执政的民进党而言，改变籍贯认定政策只是一种"去中国化"的政治手段，但是在普通人的生命认知里，它却造成了难言的困惑——已经填写在各种"威权认证"的表格上十几年的籍贯，突然改换了。这就像自己的人生也突然转换了场景一样，原来的认同和归属突然消失了。尤其是对外省第二代而言，这种人为"抹掉"身份归属所造成的错乱不啻为再一次的遗弃与伤害。

如果说，"我"在从"外省人""变成""台湾人"的籍贯改动里深深体味了个人在政治变局中的无力感的话，那么，学弟的籍贯故事，则从另一个侧面提示：在更宏阔的历史剧变中，地理版图和疆域的重新划定，将更无情地拒绝人们追溯血缘与文化的来处：

> 我曾遇见一位学弟，……他从小学到大学，各种身份资料的籍贯栏皆是填写着"察哈尔"。……他是到很后来才知道：现在中国的行政区里，已经没有"察哈尔"这个地方了。察哈尔省早已被并入了松花江省还是嫩江省里去了。②

如果"察哈尔"在行政区划中已经被删除，"察哈尔人"该如何寻回身世认同的线索？或者说，当原来的"察哈尔人"变成"松江人"或者"嫩江人"的时候，他们被转换的究竟是"身世"还是"指称身世的籍贯名称"？学弟的籍贯故事，一方面隐喻了台湾90年代"籍贯重新认定"所造成的困扰。另一方面，也揭示出在更宏大的历史背景下，朝代更迭中不免"倾斜崩塌"的认同凭借。这是大时代里渺小个人的无力与无奈，也是每一个个体生命都无法把握的人生"变数"。

政治威权以"历史的操控力"无情地抹去了时间长河中身份认同

---

① 自90年代开始，台湾的户籍登记由过去依父亲一代认定籍贯改为以出生地认定籍贯。
② 骆以军：《月球姓氏》，台北：联合文学出版社股份有限公司2000年版，第121页。

的"地域"凭借，同时，又以"空间的形塑力"继续着"规训与惩罚"，塑造着每一个个体的身份。《月球姓氏》共二十一个独立的故事，其中十三个以地理景观命名，如《火葬场》《办公室》《超级市场》《动物园》《废墟》《医院》《中正纪念堂》《中山堂》等，它们是小说依托地理空间展开的一条辨析身份之本源与形塑之力的"异托邦"纬线。所谓"异托邦"是相对"乌托邦"的一个概念，福柯认为，"乌托邦"作为表现完美的、非真实的社会形式，是一个没有真实地方的地点。而与之相对的"异托邦"则是在每一种文化、文明中可能都存在的一些真实的地方，"它们实实在在地存在着，并且建构社会的真正基础"，"包含了在一个真实的空间里被创造出来，但同时又是虚幻的东西，即它并不是我们认为它是的那个东西"。① 在小说开篇的第一章《火葬场》里因为要火化一只待在家里的时间比人还久的老狗，"我"与哥哥相约在火葬场碰面。借火化过程中的等候、抽烟、闲聊，冗长而模糊的家族史以"时间停格"的方式被带出，记忆中不断岔出的"命定时刻"开始在一个个"异托邦"中展演。无论是"堆满了动物尸体的动物园"；② 暗伏着"核生化战"暴力与恐惧的山丘；③ 还是将"我""困在其内四、五个小时找不到路出来的'巨人的工地'"——中正纪念堂；④ 抑或是到了夜间就变身为游戏迷宫的校园；⑤ 盖得如华丽城堡的 KTV……⑥它们的背后都暗伏着来自政治、经济、教育的种种"规训与惩罚"。虽然从表面看，它们只不过是一个个我们生活中最平常不过的、代表地理位置的"地点"，具备一定的、约

---

① 侯斌英：《空间问题与文化批评——当代西方马克思主义空间理论》，四川文艺出版社 2010 年版，第 61—65 页。

② 骆以军：《月球姓氏》，台北：联合文学出版社股份有限公司 2000 年版，第 59 页。

③ 骆以军：《月球姓氏》，台北：联合文学出版社股份有限公司 2000 年版，第 205 页。

④ 骆以军：《月球姓氏》，台北：联合文学出版社股份有限公司 2000 年版，第 125 页。

⑤ 骆以军：《月球姓氏》，台北：联合文学出版社股份有限公司 2000 年版，第 137 页。

⑥ 骆以军：《月球姓氏》，台北：联合文学出版社股份有限公司 2000 年版，第 151 页。

定俗成的功能和意义。然而，当骆以军将碎片般的记忆在叙述中逐渐聚拢，我们发现，这些"地点"并不仅仅只具有"我们认为"的功能和意义，它们意味复杂，实际是形塑我们身份的"异托邦"，而"并不是我们认为它是的那个东西"。

弥漫着杏仁茶甜糜香味的办公室和父亲藏娇的小屋，是父亲背叛婚姻和家庭的见证。他死后，"我"不得不"在这空无一人曾经是我父亲背叛我母亲和我们之后又辜负了另一个女人二十几年的他亲手筑搭又毁弃遁走的巢穴里，一袋又一袋地打包着我陌生的父亲另一个面貌的过往"。① 因为父亲的逝去，更因为他对自己和母亲的背叛，"我"在这里痛哭失声。这个附带着父亲背叛气息的爱巢，这时竟成了"我"的哀恸之地。

动物园，是豢养供人欣赏的、活的动物的地方。但是，在动物园的标本制作间里，"我"却从垂死的长颈鹿眼里看到了和屠宰场被宰杀的牛一模一样的眼神，"那种空茫黑邃，即使整个族群都被你豢养而后杀戮殆尽，亦驯良无怨尤，只是生命力在其中逐渐流失的眼神"。② 如果把动物园内在本质与表象的巨大反差关系投射到我们和那些屠宰场动物身上，那么，灭族隐喻难道不是指向我们——所谓的豢养者和赏玩者么？

宪兵把守的军医院，本应是挽救生命的"地点"。但是，那些垂暮或衰朽的老荣民，"全像《山海经》里某一些背弃家园而迁移的族类"被归置在这里，等待生命色泽的枯萎。③ 荣军或荣民竟全无荣勇，这无疑是现实真相对政权经营下的虚妄荣光无情的嘲讽。

兴建中的中正纪念堂，仿佛是"巨人的工地"，在"国庆日"那

① 骆以军：《月球姓氏》，台北：联合文学出版社股份有限公司2000年版，第32页。
② 骆以军：《月球姓氏》，台北：联合文学出版社股份有限公司2000年版，第61页。
③ 骆以军：《月球姓氏》，台北：联合文学出版社股份有限公司2000年版，第96页。

天"中华路沿路皆停了一辆一辆正在保养的坦克"。困住了年幼的"我",而读高一的哥哥却无比谙熟地坐着公交,穿梭于台北。这里,隐喻的正是中正纪念堂及台北道路在纪念与交通之外暗藏的规训性质。年幼的"我"因为"不懂得纪念"——尚未被规训,所以迷失于纪念堂这个"巨人的工地";而高一的哥哥因为已经被教育规训,所以能在台北迷宫般的道路中自如穿梭。①

还有超级市场,在"超级"食物的诱惑之外,对不驯服的被规训者还有"超时空"惩罚。"我"和哥哥姐姐都曾在超级市场偷食零食,但只有哥哥无视规训,在被母亲暴打后仍然前往窃食。为此哥哥在成年后变成了流浪汉,被排斥在权力的主导空间——主流社会之外,②验证了超级市场的"超时空"惩罚力。

一篇篇读下去,我们会陡然发现,开篇"火葬场"的别有意味。骆以军以生命终了的最后舞台作为故事铺展的起始空间,令故事一开始就带上终结、了断的意味,其意义与形式的悖反已经在故事的开头就暗示我们:很多"地点"事实上"并不是我们认为它是的那个东西"。

沿着一个个"异托邦"的"地点",骆以军不仅展示了故事发生的地点和背景,而且还揭示出"地理空间规训"的政治控制力和经济影响力——它们是时刻影响着我们身份归属的一个巨大的、不容忽视却又可能让我们"视而不见"的存在。我们的家族往事和身世故事,无一不在这些巨大的"地理空间"中上演,既相互孤立又相互渗透。而操控这些"地理空间"的,正是无所不在的权力运作。于是,如同舞台剧般,在一幕幕、一场场不知不觉的时间、地点的切换之间,"我们(是那样)被设定了身世"。③

---

① 骆以军:《月球姓氏》,台北:联合文学出版社股份有限公司2000年版,第124—125页。
② 骆以军:《月球姓氏》,台北:联合文学出版社股份有限公司2000年版,第55页。
③ 骆以军:《月球姓氏》,台北:联合文学出版社股份有限公司2000年版,第52页。

　　《月球姓氏》原定的书名是《家族游戏》，后来更作现名。如果我们细加分辨，从中不难看出骆以军对于姓氏乃至家族所持的矛盾态度——它们是自己身份的来源，但它们也是被权力操弄的身份表征，甚至被可笑地赋予了过多的象征意义。这些相互冲撞的观念错杂在骆以军的家族史认知中，困扰着他对于自己身份来源的确认，并最终缠绕成无可回避，又无路可寻的身份认同困境，让骆以军陷入不得不担负父系家族"月球般的姓氏"的惆怅与迷惘。随着全球化时代的到来，我们每个人都被裹挟着进入了更关心此在的感受，而不注重历史的后现代。置身于"空间优位"的当下，存在的时间连续性被忽视，个体存在的历史感进一步消失。但是我们真的理解"此在"，真的认识我们所置身的这个家园吗？"月球"最终成了骆以军对自己所置身的台湾岛的讽喻：它只是全球化版图上的一个"异托邦"，它深藏的、不为人知的另一面其实是"月球"——以荒芜冰冷和稀薄到无法自主呼吸的空气压榨着我们，胁迫着我们，剥夺着我们确立自我身份的自尊与自信。

　　相较其他记忆外省父亲的家族史小说，《月球姓氏》显然更有企图，骆以军在姓氏、籍贯和"异托邦"的交错叙述中，揭示现代政治与资本在历史发展与身份认同中的种种操弄，使故事的叙述呈现出与众不同的景深和惊谬，令人慑服。

第二节　失怙的恐惧和家国的矛盾

　　那个光弧和跪倒泣不成声的母亲相拥抱着。我亦自后方抱住它，用这生不曾对父亲那般说话的痛切思慕声音，委屈地哭喊："爸爸，我好想念你啊！"

　　这样从梦中惊醒。在孤自一人的黑暗床铺上（妻带着孩子回娘家了），泪流不止，但仍抽噎地低念：

我好想好想你啊……

——骆以军《远方》①

2001 年夏天，骆以军的父亲在一趟前往大陆江西的探亲旅游中突发中风，骆以军不得不偕母亲赶赴大陆照顾父亲。这段仓皇失措的经历，令骆以军百感交集，终于以此为题材写成小说《远方》。

骆以军的父亲是 1949 年逃亡到台湾的国民党老兵，一住四十年，直到暮年才有机会回到大陆探亲，但在 2001 年夏的行程中，却因中风病倒在九江的医院里。骆以军偕母自台湾匆匆来到九江，与大陆的同父异母哥哥们一起照顾父亲，忙乱不堪，最终在父亲情况稍有好转后，才将父亲运上飞机，回到台湾。《远方》2003 年出版，这部作品在血脉溯源的企图上与《月球姓氏》相一致，但它近乎自传的纪实风格则明显有别于《月球姓氏》。以至王德威和王安忆因此认为《远方》"不够小说"②。然而，笔者却认为，《远方》中的"我"（即骆以军本人）身处"应该是"故乡的大陆，却在即将失怙的哀伤与惶恐中陷入更为纠结的身份认同之困境，其焦虑忧惧甚至在父亲回台救治期间，祖孙三代舐犊融融之际也未能得到纾解，小说在"我"身心俱疲的姿态中传递出诚恳而深切哀思的，完全迥异于《月球姓氏》的笑谑嘲弄。这也正是因为《远方》以粗粝得近乎纪实的手法展现身份认同中的难堪、困顿，这部"不够小说"的小说才具有了另一种逼近真实的力量，比《月球姓氏》更切实地触及了家国矛盾中的身份认同问题。

---

① 骆以军：《远方》，台北：INK 印刻出版有限公司 2003 年版，第 245 页。

② 王德威在《父亲的病》（刊于《联合报》2003 年 8 月 6 日，副刊 E7）中提到，他认为《远方》无法超越之前小说的水准，因为太过巨细靡遗的报道文字，令其不够"小说"。而王安忆在《纪实与虚构——读骆以军〈远方〉》（刊于《印刻文学生活志》第三期，2003 年 7 月）中则认为小说中的非现实段落有很多对事实的不信赖，对于写实的评估不足。

"返乡"旅行的书写，在 20 世纪的中国文学中并不少见，可以说是中国知识分子写作的一个"传统"。陈平原认为：

> 旅行成了改变命运和生存方式的重要契机，漫长的旅途成了人物心灵的历程。旅行者置身于一个陌生的世界里，得以观察、思考、分析那些前所未有的新鲜事物，进而获得一种新的人生感悟。……对于旅行者来说，正是这种新的刺激，逼得他抛弃或暂时搁下旧的思维框架，得以从一新的角度来思考存在的价值和意义。①

回顾中国现当代文学的发展，较早把还乡处理成"还乡之旅中的启悟"的是鲁迅的《故乡》。接续这一传统，作为一种写作策略，"返乡"往往成为对比先进与落后、文明与蒙昧、朴实自然与冷漠变异的一种书写。21 世纪初，两岸关系缓和，台湾有许多离乡几十年的外省第一代，包括他们的子女——外省第二代返大陆探亲。对于外省第一代而言，返乡是回到家乡，见到亲朋；而对于外省第二代而言，他们的"返乡之旅"则不可避免地会成为一次印证之旅。在自觉与不自觉间，他们会以眼前"现实的中国"去印证以往通过父辈叙述、文学描写而"想象的中国"。这时，回忆的美化与时过境迁的现实之间的必然断裂难免会冲击他们对于"故园"，乃至"中国"的认同感。如何处理这种"断裂"，如何在现实与想象的落差间安置自己的身份，又跟每个人的性情、经历、书写位置以及对人生和世界的看法有关。

比如，在台湾的外省第二代作家中，"四年级生"的朱家姐妹的身份认同书写，是刻意回避现实中的祖国大陆，并不把曾被修辞化的"中国"作为她们"离开/归返"的家园和书写核心，她们将关注的焦

---

① 陈平原：《二十世纪中国小说史》（第一卷），北京大学出版社 1989 年版，第 275—276 页。

点移往台北，更深入地挖掘外省籍后代在台湾本土的成长经验。与骆以军同属"五年级生"的郝誉翔，则因为从小与外省父亲疏离——她的父亲在她很小时即与她母亲离婚，另组织了新家庭。而且她在身份认同上自认"叛离"，对于前辈们叙述的"过往"或即将到来的"未来"没有沉重的焦灼，"事实上我也不觉得过去有好到哪里去，其实那是你对青春的美化或者其他什么的"，"我也相信现在我们所坚持的东西不见得十年后依然有效"。[①] 因此她在返乡书写中表现出一种"不坚持认同"的态度，自承这只不过是一次"逆旅"[②]——取"人生如逆旅，我亦是行人"之意。相较于她们的返乡之旅书写，骆以军的返乡之旅呈现出完全不同的面貌。这其中，除了性情、经历的因素外，最重要的原因就在于他这次返乡的特殊性质——这不仅是一次返乡之旅，更是一次救父之旅！在这次旅程中，骆以军被动地回到人生地不熟的故乡，不但要花费大量精力照顾病危的父亲，而且还要为父亲的就医奔走求告。为此，他不得不节制自己内向的性格，在一个不熟悉的环境里出面处理由于"父亲的病"所衍生的一系列社会人际关系与事件。本来，这应该是由大哥承担的重任，却因为大哥找不到旅行证件而落在了骆以军身上。它让骆以军不得不抛下即将临盆的妻子和两岁的小儿，匆匆与母亲同赴大陆，完全陷于顾此失彼的境地——在失怙的焦虑之中，更添失妻儿的忧虑。其间莫名的巨大惊恐，令骆以军日后回想起这段经历仍不免悚然：

> 每次要出一本书时，我就会想到上天是不是要从我这里抢走什么去交换我写出这么残忍或是变态的故事？那对我来讲是巨大

---

① 陈建忠、郝誉翔：《流动的认同——从情欲到国族书写》，"国立"台湾文学馆《犹疑的座标》，台南："国立"台湾文学馆 2007 年版，第 163 页。
② 郝誉翔以自己的返乡之旅为题材，写成小说《逆旅》。她在许多公开讲演中谈及自己的身份认同及这本返乡小说，并且自认，虽然她会说自己是山东人（籍贯），但是本土化并没有让她觉得不舒服，因为她也完全认为自己就是台湾人。

的冲击……父亲出事对我而言就像是捶扁了一样。①

庞大的恐惧笼罩着在九江医院看护父亲的骆以军，令他时时恍惚迷惑，甚至觉得自己被父亲的死亡吸进了"无重力世界"，开始有了衰老的生理反应：

> 我发现我的唾液分泌变少，头发大量脱落，呼吸变浅，常一坐下就打盹，洗澡时检视自己的阴囊，像隐睾症那样缩进腔内，以往一天得刮一次的胡髭竟然在那一个月内仅刮过一次……②

进而常常陷入各种无妄的疑惧中，想象远在台北的妻子和小儿遭遇了危险：

> 她会不会就在某一个街口，因为恍惚被另一辆车拦腰撞上？会不会她那样像母恐龙牵着小恐龙艰难地过马路时，我们的孩子突然摔开她的手，跑上马路……③

父亲即将死去，妻儿也身处危险中——就要失去"家庭"的骆以军身心俱疲，内心深处那仿佛与生俱来的被遗弃感也因这困境而愈加强烈。

　　然而，骆以军在《远方》中遭遇的困厄还不只限于此，在抵御不断侵蚀的被遗弃感的同时，他还陷入了"家"与"国"难以两分却又矛盾互攻的荒谬之中。当他不再单纯以观光旅游的超然姿态观看这个

---

① 朱嘉雯、骆以军：《爱与死合谋——"黑"小说的怪异美学》，"国立"台湾文学馆《徬徨的战斗——十场台湾当代小说的心灵飨宴》，台南："国立"台湾文学馆2007年版，第161页。
② 骆以军：《远方》，台北：INK印刻出版有限公司2003年版，第187页。
③ 骆以军：《远方》，台北：INK印刻出版有限公司2003年版，第195页。

"父亲的国度"，而是陷身在实实在在的生活俗事和人群中，必须应对因父亲病危而来的各种陌生的亲戚关系和医患关系时，他亦不得不真实地去面对"历史遗留问题"。比如在九江的医院里，面对人人关心的"台独"问题，他每每只是笑而不答，态度暧昧而犹疑，其原因正是身份尴尬而致的迟疑与谨慎。在骆以军生活的台湾，他因为是外省人而遭到排斥。对他而言，"台独"是个梦魇，甚至是莫名所以的威胁。何况台湾，从来就不是一个"国"——无论是其本身的国际地位，还是在父亲多年的教诲当中。反而是"大陆中国"，因为是"父亲的国度"，在他的认知里，应是自己血脉的原乡，是自己的祖国。但是，这里真实的一切又让他强烈地感觉到：

> 我属于他们每一个面貌中的每一部分，但又不是全部。
> 我总是满嘴酸苦，像一个遭诅咒无法将血滤净的变色龙后裔，艰难地选择两边皆唾弃的身份。①

因为历史的隔阂、地域的差异、制度的不同等原因，自己身在祖国却不能快速地、自然地、完全地融入"父亲的国度"，反而时时处处敏感觉察"我们与你们是不同的人"；② 而且日常接触的代表祖国的人，包括他同父异母的哥哥们亦不认同自己是具有同样身份的"自己人"——"在我们那儿我们不被称为台湾人被称为外省人"！③ 在这里，自己又成了身份特殊的"台湾同胞"。自己宛如"不鸟不兽的蝙蝠"④，这不啻是骆以军在"父亲的国度"和台湾俱不被认同的最真切处境和最真实感受。

---

① 骆以军：《远方》，台北：INK 印刻出版有限公司 2003 年版，第 62 页。
② 骆以军：《远方》，台北：INK 印刻出版有限公司 2003 年版，第 54 页。
③ 骆以军：《远方》，台北：INK 印刻出版有限公司 2003 年版，第 61 页。
④ 骆以军：《远方》，台北：INK 印刻出版有限公司 2003 年版，第 59 页。

骆以军与"大陆中国"的联系本来是靠父亲维系的，父亲就像是牵在血脉原乡和骆以军之间的脐带，虽然脆弱，但毕竟维系住了一些骆以军内心想要的身份之确证。现在父亲病危，这单薄的联系和确证即将失去——这是比"失家"更为巨大的"失国"的恐惧，它几乎超出骆以军的承受极限，以致令他莫名愤怒：

> 父亲变得非常之小，主要是他变得如此柔软。……我坐在他的身边，感受到自己甚至懒得去遮掩的，属于成年人的浮躁和不耐。……那时我有许多疑惑和委屈想对父亲倾吐。但他已变得太小太柔弱，似乎若不是我这样用身体顶着他，他会像冰块那样持续溶化，最后变成冰冷地砖上一尾湿答答的鳝鱼或泥鳅之类的小家伙。我不理解为何"正在"直面死亡的人明明是他，为何他甜美笑靥一如未经世事的姑娘？而我一脸杀气怒意腾腾？[1]

事实上，骆以军在家国认同中的怀疑与困惑，终究要回归到父亲身上。[2] 在《月球姓氏》中，骆以军就曾明确地将父亲放置在故事的源头，"父亲是一切谜底线头"；"（父亲）是关于'我……'这一切相关字源最初的那个空缺"。这里，"线头"和"空缺"是理解父亲形象的两个关键词。纵观骆以军的多部作品，在其生理和心理转变的关键时期，父亲或父爱既是他各种观念养成的源头，又往往是在具体生活中缺位，其父或者沉湎在自己的世界里，或者摆出一副严厉的面孔让他亲近不得。这既造成父子关系的紧张，又从另一个侧面证明，父亲在骆以军生命中举足轻重的地位。《远方》中有大量关于两岸问题的

---

① 骆以军：《远方》，台北：INK 印刻出版有限公司 2003 年版，第 248—255 页。
② 徐宗洁：《我们是那样被设定了身世——论骆以军〈月球姓氏〉与郝誉翔〈逆旅〉中的姓名、身世与认同》，《第七届青年文学会议论文集》2003 年第 11 期。

联想——就像一个儿子在注视不易亲近或从未亲近的父亲一样，"距离"让儿子看到了父亲身上的种种不是或是不合时宜，但是"血脉"的联系又让儿子无法弃离这一切，反而越是痛之切，越是爱之深。只是，其中确凿存在的情感落差和认知差异却也不容忽视，它们经由不同的生活经历、政治环境、价值观念、文化理念等复杂原因造成，在文化空间转换时就会凸显出来。骆以军的勇毅也正表现在这里，他在书中没有回避这些距离和差异，反而以此凸显"现实的中国"与"想象的中国"之间的差距，强调自己在家国认同上的困惑。这是此书最深刻，也最坦白的地方，它令该书的返乡书写进入了更现实，也更深切的反思——认同自己没有实体体验的原乡并不是一蹴而就的事。那些和自己一样的外省第二代，当他们踏上故土的时候，也会以想象叠印当前的现实，而所有的不一致不免令两者产生紧张的对峙。这一境况可能让人难以接受，但却不能否定，更不能忽视，因为它是每个外省第二代在身份认同的探寻中可能都会遭遇的境况。

救护父亲的"返乡之旅"最终成了一次陷入"失怙"之巨大惊恐的旅行。骆以军在渺茫的"月球姓氏"里寻不到确实的身份认同感，在"父亲的国度"里依然得不到身份的认同，甚至连唯一的"家""国"都差点失去！"远方"因而成了无奈的隐喻——认同自己，同时也被自己认同的家和国可能仍然遥远。

第三节　跨越时空的身份审视

某部分我也透过这个次子的角色，极放松地，忘掉那些我在小说泥沼或深海底下扎实得刺入琵琶骨的，沉重的叙事负担。某些像钢筋水泥团块郁结在我内心的，我的暗伤，我的痛点，我的现代主义性格，可以借他（次子）的远距测量，不必耗尽灵魂之重量即可以轻盈、魔术地完成一个有趣的素描。

——骆以军[1]

在中国大陆展开的救护父亲之旅，交织在失怙惊恐中的父亲与儿子、原乡与异乡的矛盾，引发了骆以军深切的省思，他开始审视父亲以及中国大陆于自己的意义，也开始重新思索自己已然身负的父亲身份。现在正被妻怀着、即将出生的"我的次子"将来会怎样看待自己？看待今天的自己所置身的这个现实？将来的他应该不再承受这种被遗弃和被伤害的痛苦了吧？循着这些思考，骆以军选取了"我未来次子"的视角，尝试以未来的次子的眼光审视今天发生的一切。让书中的次子"我"犹如一个"饥饿的食梦兽"一样，于纷乱的时间流中，打捞拼合散乱的记忆碎片，拼接出以父亲——也即作者本人为主角的家族史续集。

对于骆以军来说，在家族史叙事的书写中，"成为父亲"是一个相当具有标志性的身份转折。如果说，《月球姓氏》让他对父亲家族史的虚妄暗自羞惭，那么到了《远方》，失怙的惊恐、次子的降生，生命轮回中混同着悲伤的喜悦则令他开启了一连串重新看待父亲、父子关系，以及重新建构自我身份的契机，并因此促成了《我未来次子关于我的回忆》。同样是延续"父子"关系的主题，此书有了不一样的表现——《我未来次子关于我的回忆》是一本以未来回望现在的角度写成的家族史。在书中，骆以军站在未来，透过次子的视角，仿拟次子的声调，回顾属于自己的这一世代，在记忆与遗忘交织的未来之旅中，审视自己身为父亲的身份。骆以军自言，这本书是他的一本祝

---

[1]　骆以军：《从〈红字团〉到〈西夏旅馆〉——答总编辑初安民》，《印刻文学生活志》2005 年第 2 卷第 4 期。

福之书、疗愈之书。① 虽然"我可以在自己的小说里让自己变成流浪汉、恶汉、吸毒者、阉人、杀人狂、A 片狂……但在伪造自己孩子未来之记忆时，却希望他能好好的，不受我所受过的扭曲伤害的活在这个世界上"。② 这是继《远方》所遭遇的巨大冲击后的一次祈福——我躲避不了的伤害，让我的孩子避开吧。而且这种拉开距离的书写立场，也让骆以军自己成为故事中的一个"他者"，在一定程度上舒缓了他因过于沉溺身份追寻而产生的焦虑。

一方面，在《我未来次子关于我的回忆》中，骆以军假借"次子"的审视，从一个全新的角度对自己身份中的现实处境、责任、使命等进行了思考。在书中，骆以军借由次子的眼睛，细细检视自己在当前现实中的荒诞处境，自哀中有一种自怜自爱的温暖。在次子眼中，原来身为父亲的自己是一个滑稽兼倒霉蛋的角色，总是遭逢生命中莫名其妙降临的荒谬处境。比如到朋友家做客，不但胡吃海喝，把主人一个星期的存粮吃光，还在上厕所时将马桶踩塌，导致污水四溢；比如去高雄看望许久未见的同学，居然搞丢全部的地址和手机号码，只好在大街上游荡了四个小时；又比如在快餐店吃饭时羞于吐出脱落的假牙，便将假牙吞了，然后又惊恐万状地连吃四五个韭菜盒子；还有，为了在电梯间抓捕宠物枫叶鼠，大喊大叫，吓坏乘坐电梯客，等等。原来身为父亲的自己实在是一个现实生活中的低能者——遇到问题完全无法自处，只会以虚张声势掩饰自己的手足无措。而这些尴尬失措的反应进一步表明，身为父亲的自己其实不能适应自己所承担的社会角色，自己仿佛跑错了片场，在错置的人生里苦撑。此外，还有一些颇有意味的事物，如任意门、小叮当、七个陶瓷矮人、飞天鞋、抽烟

① 骆以军：《从〈红字团〉到〈西夏旅馆〉——答总编辑初安民》，《印刻文学生活志》2005 年第 2 卷第 4 期。
② 骆以军：《从〈红字团〉到〈西夏旅馆〉——答总编辑初安民》，《印刻文学生活志》2005 年第 2 卷第 4 期。

的女人、小提琴盒里装着的男孩玩偶、欢乐屋等，也出现在次子的回忆中。它们仿佛一个个令人不解，却带着启示意味的符号，比况着身为父亲的自己以及自己当年的生活。比如"小叮当"，是未来次子"我"的童年回忆中的一只实物玩偶，它是父亲讲述各式枕边故事的重要临时演员。"武松打虎"中，它是老虎；"哪吒闹海"中，转为龙王太子；"温酒斩华雄"中，又扮演华雄……"它总是那个被捶被剐被剥皮抽筋砍头的角色"①。这些比况褪落了骆以军先前作品中惯有的"自弃"色彩，增加了一些自嘲，一些对自身的状态和处境的自怜与谅解——"因为害羞。那或是他这一生总为一些极小之事困顿颠簸，走得较别人辛苦许多之原因。"②

另一方面，借由《我未来次子关于我的回忆》的审视检讨，骆以军重新评价了自己的父亲，在内心深处与父亲达成了谅解。在传统文化里，父亲代表家庭的权威、中心，这往往使父亲成为严肃、不近人情的代名词，父子之间的情感交流压抑而拙劣。在骆以军的记忆中，他对于自己与父亲关系的描述总是以"客厅"为背景：

> 我这一代人在离开我父亲的客厅，我父亲是权威，我成长私密空间，不讲爱，是讲人际关系，他们通常是非常压抑、不会表达自己的感情……③

以"客厅"来比喻父子相处的空间，喻示这里只存在交际的、寒暄式的公关语言，不存在私密的情感交流。这种父子间的交流方式在骆以军的父亲一辈看来，显然是为了增强自己为父的身份合理性和权威性。

---

① 骆以军：《我未来次子关于我的回忆》，台北：INK 印刻出版有限公司 2005 年版，第 36 页。
② 骆以军：《我未来次子关于我的回忆》，台北：INK 印刻出版有限公司 2005 年版，第 81 页。
③ 朱嘉雯、骆以军：《爱与死合谋——"黑"小说的怪异美学》，"国立"台湾文学馆《徬徨的战斗——十场台湾当代小说的心灵飨宴》，台南："国立"台湾文学馆 2007 年版，第 161 页。

但是，在骆以军看来显然并不如此。从《红字团》到《月球姓氏》，"父亲"在骆以军的小说中一直都是一个矛盾的存在，他既震慑于父亲的权威，又暗自鄙视父亲的迂腐、自大、猥琐、可笑。但是，在《我未来次子关于我的回忆》中，当他借"次子"的眼光从另一个时空回视自己时，发现自己与父亲"不遑多让"。这是人到中年的骆以军在经历了人世的种种不易后，渐渐通过自己了解了父亲的失落、挣扎、无奈与无力，并借由未来次子的目光，在自我体谅的同时，谅解了父亲。

借助《我未来次子关于我的回忆》中"次子"的审视，骆以军开始寻求重塑父亲身份的可能，在他的笨拙执拗中表现出令人感动的、自我救赎的力量。在《远方》里，骆以军审视自己的成长过程，发现自己曾因父爱的匮乏而产生恐惧和愤怒，因而对自己爱的能力产生了质疑和焦虑，怕自己最终也变得"像个失去脚本而进退失据的父亲"。① 这种焦灼，在父亲的病情纾解时亦未得到改善。及至《我未来次子关于我的回忆》，骆以军开始很笨拙，也很努力地去弥合父亲给自己留下的创伤，以免带着创伤的自己将伤害"传给"儿子。但是，"内心那个'陨石坑累累'的月球表面却不是那么容易平复的"，② 以致在次子的眼中，"似乎他将自己曾受过的'某些伤害'，经过内在一些逻辑错误的折射和自省，把它转嫁成对于我的，不可思议的戒律"③。于是，以"未来次子"的视角和口吻讲述的、作为父亲的骆以军便有了两种截然不同的面貌：一个是勃然大怒下无比暴力的父亲，"他从驾驶座回头往我腿上啪啪啪啪狠狠掸了两个大巴掌，用让整个车体震动摇晃的巨大音量咆哮"；④ 另一个则是会对着两只绒毛熊说话的、大男

---

① 骆以军：《远方》，台北：INK 印刻出版有限公司 2003 年版，第 278 页。
② 骆以军：《我未来次子关于我的回忆》，台北：INK 印刻出版有限公司 2005 年版，第 43 页。
③ 骆以军：《我未来次子关于我的回忆》，台北：INK 印刻出版有限公司 2005 年版，第 42 页。
④ 骆以军：《我未来次子关于我的回忆》，台北：INK 印刻出版有限公司 2005 年版，第 165 页。

孩般无比温柔的父亲。后一个父亲让未来的次子怀疑，"也许是个家庭暴力的创伤者，把自己的角色和父亲置换了，他重演了一次'好父亲'，去抚慰疼爱变成那两只绒毛动物的他自己？"① 显然，因为幼子出生强化了父亲身份的骆以军，对于自己身为父亲，却拙于父子情感交流，不免时常忧虑与羞惭。骆以军在一次访谈时说："为人父母者，常惘惘担忧，被挂心所折磨，但，有时我们错了，不是强大才能柔慈，孩子自有其神性，有时候他们会反过来传习我们。"② 而《我未来次子关于我的回忆》正是借由以"未来次子"审视父亲的叙事，以及角色互换对其内心渴望的揭示，为他打开了梳理父子关系的机会之门。

　　总而言之，在《我未来次子关于我的回忆》中，骆以军借"未来次子"的眼光中的"神性"打量当下的自我，以纯真无邪的儿童视角逼视自我的内在世界和外在表现。这是他试图通过次子的视角找寻建构自己父亲身份的新可能而展开的一次自我救赎。无论是自己的暴怒还是困窘、忧郁还是仓皇失措，也无论是自己的创作焦虑还是生活中的低能可笑，抑或是自己因为缺乏教养和对人情世故之美的细微洞察力，从而导致的小说书写永远只能是"封闭内向的故事"的坦陈。凡此种种，都使这部骆以军自诩为科幻的小说中充满了自觉、自白和自我救赎的诚恳，同时也暴露了他内心对于自我身份认同的不安与焦灼，这也将促使他开启新一轮的认同书写旅程。

---

① 骆以军：《我未来次子关于我的回忆》，台北：INK 印刻出版有限公司 2005 年版，第 170 页。
② 《台湾作家骆以军畅谈"为父之道"》，《扬子晚报》2015 年 8 月 8 日。

第四章　在历史的悖谬中重塑身份

　　《西夏旅馆》动笔于 2005 年，但最早的构思始于 1997 年。当时，骆以军参加其妻与学姐们的一个旅行团，在宁夏待了三天，跑了宁夏南部的沙漠，第一次见到贺兰山下的李元昊陵。在尚未开发的观光区里，骆以军看到荒漠中一个白色的蜂窝般的夯土巨型坟，后来在旅途中读了《西夏简史》和《元昊传》，当时即大受震动，"觉得它留给地球的文明遗迹比成吉思汗和他的儿子们留下的要诡丽迷人许多"。①

　　在中国历史上，西夏（1038—1227）是由党项族在西北地区建立的封建王朝，其国号为"大夏"，自称邦泥定国（此属西夏语音译，按西夏语意译，则为"大白高国"）。西夏因地理位置居于中原的西部，宋朝时称之为"西夏"，以后均沿用此称。西夏强盛时，与宋辽对峙，形成辽、宋、西夏三国鼎立局面。后来金朝兴起，辽朝和北宋先后为金所灭，西夏经济也被金朝掌控。此后蒙古帝国崛起，六次侵入西夏，拆散金夏同盟。同时，由于西夏内部多次发生弑君内乱，以致经济趋于崩溃。公元 1227 年，西夏亡于蒙古。但蒙古铁骑侵入西夏时，大批西夏国民逃走，其中大部分朝中原而来，经过数千里跋涉，

---

　　① 印刻文学编辑部：《"我们"年代的命名者——骆以军〈西夏旅馆〉》，《印刻文学生活志》2008 年第 59 卷第 7 期。

曾在如今四川省甘孜地区建立过一个小政权，首领叫作"西吴王"，实际也就是"西夏王"的称号，清朝康熙年间这个小政权被彻底消灭。至今，当地藏族居民中仍有相关的传说。

骆以军自陈，"西夏"打动他的地方在于，这样一个历史上强盛如斯的国家和民族——"拥有谜一般幻丽的西夏文字（像披毛发覆发的汉字）。拥有奇异的骑兵奇袭能力，可以把宋朝这个大国消耗拖垮；有自己的帝国规模（有三十万人的都城兴庆府、有自己的官制朝仪、有自己的瓷窑和窑工）"，却如烟消逝，令他禁不住以此历史情境类比自己乃至台湾的处境，并为此"颠倒迷离"。① 但是，骆以军的《西夏旅馆》并不是一本西夏国的史传小说，而是他以"乱针刺绣"之法编织身份去追寻的一个虚构的自由时空。在《西夏旅馆》中，骆以军以西夏王朝的灭亡和杀妻者李元昊的寻妻之旅作为小说的起始，透过小说主角图尼克追寻自己身世的奇诡经历，将不同历史时空中的人、事、物，以及大量的新闻事件、八卦和史料，等等，拼贴交织在一起，力图在"旅馆"中拼搭起某个王朝在历史长河中"遗留"的踪迹，并从中构筑其自身身份认同的历史时空，实现其身份认同书写的突围。他自承：

> 认同是个大命题，某些时候好像也想避它的时髦性。这些年也拜读不少以"外省裔小说家作品中的认同困境"为题的论文，有许多我自己讶异在书写时的意识成分被精密地解析，我想仔细检视《西夏旅馆》背后的认同错乱、认同焦虑、灭种恐惧……或许仍有效。②

---

① 印刻文学编辑部：《"我们"年代的命名者——骆以军〈西夏旅馆〉》，《印刻文学生活志》2008 年第 59 卷第 7 期。

② 印刻文学编辑部：《"我们"年代的命名者——骆以军〈西夏旅馆〉》，《印刻文学生活志》2008 年第 59 卷第 7 期。

如果说，《月球姓氏》里，骆以军以父亲残存之记忆线索构建父辈乃至祖上的迁徙逃亡史，以母亲养女的模糊身世肆意编造母系的荒诞家族史，同时，又困惑于妻子庞大的家族谱系，在一张张刻意编织的家族谱系巨网里扑腾挣扎，无处突围的话，那么在《西夏旅馆》里，骆以军则是以更大的企图心，建构起了一个吸纳所有人事的、超时空的"西夏旅馆"——

> 西夏就是一个时间上不存在的历史，西夏早就不存在了。旅馆就是一个在空间上的不存在。明明不存在，但它又存在，它是因为这个人存在，这个空间才存在，就是旅馆的记忆。如果旅馆是一个极域之梦的话，旅馆是由所有这些，来来去去的住客的集体的梦（组成的）。①

历史上由李元昊缔造的、曾经强悍无比、最终湮灭无痕的西夏帝国，仿佛是如今台湾的镜像，骆以军在书里以之隐喻台湾，毫不留情地指出，这个岛就像是一座历史梦境里的迷宫，人人迷失于其中，挣脱不得。而他正是"想要让这本书成为伪历史百科，旅馆是空间走廊，给予每个上场的人物一个发挥他自己的舞台，西夏历史则穿越时间的走廊，让过去与现在能够融为一体"。② 所以，书中的"西夏"既是历史上的西夏，又是历史上的任何一个曾经存在，但最终湮灭的王朝或政权。而"旅馆"，则是一个无中生有的空间，它包含了所有时间的歧岔，每一个房间，都仿佛一个小型的时光剧场，上演着惊世骇俗的人间戏剧。

---

① 见文后附录《温州街的下午——骆以军访谈》。
② 周芬伶、石欣桦：《专访骆以军〈西夏旅馆〉的伪历史》，《幼狮文艺》2009 年第 2 期。

第一节 "西夏"：历史裂变的演绎

因为这个族类花了一代又一代被灭绝的代价，痛苦地体会到一个真相：他们永远在歃血为盟的誓咒后被背叛；他们永远在历史的毁灭前夕作出错误的狂赌下注；他们永远颠三倒四，背叛这个投奔那个，然后被背叛者的仇家再一次出卖；他们永远看不到历史如泥潭群鳄互咬的混乱全图，需要以乐曲赋格的理性对位，或高段棋手无有任何意义承受时间空耗之重量的意志，才得以幸存。

——骆以军《西夏旅馆》①

《西夏旅馆》以图尼克杀妻作为故事的主轴，依循现实中图尼克的视角，展开了一个失去身份依托的现代人寻找自己的身世与族群的故事。这个故事又在无数的时间岔口上"分枝"，通向众多的"时间停格"，铺开内中的荒谬与伤害。主要有三条"分枝"。其一，图尼克，一个在各个历史时空进出的、寻妻的胡人。在各个岔出的"历史时刻"，小说以图尼克恍如前世的记忆呈现历史上西夏王李元昊"杀妻"、诈敌的暴虐场景，揭露其残忍诡诈的真实性情。其二，一个生活在韩国的中国父亲的儿子。这个人物以第三人称"他"出现。"他"从异乡回到中国原乡，遇见图尼克，开始透过文字、故事去思索、经验"他"在世界各国的生活以及其间的身份。其三，一个以第一人称"我"出现的叙述者。这是一个生活在现代社会的孤独者。"我"与来到旅馆中的各类人物牵扯，从旁观的角度串联起小说中关于寻妻、身份、伤害、遗弃等种种谜题。各个"分枝"慢慢铺开，最后重回图尼

---

① 骆以军：《西夏旅馆》，台北：INK 印刻出版有限公司 2008 年版，第 76 页。

克的故事，将西夏旅馆中包裹着各种记忆、经验的"时间停格""历史时刻"以"故事文字"的方式记录下来。

一 杀妻—寻妻：弥合身份的企图

小说的故事开始时，不知名的"他"和图尼克，并行在城市入夜的街道。图尼克突然泪流满面，说自己杀了老婆，但不记得用的是什么方式杀的，而且找不到凶器和老婆的身体，而老婆的头，就摆在西夏旅馆的房间里。"他"自然不相信，并试图教导图尼克——"你不可能搭建一座改变自己血液的神秘基因图谱的旅馆。你不可能用别人故事里的破碎材料（像废弃车厂里的零件）去拼装一个独一无二无法繁衍后代的你自己。"[1] 但图尼克依然坚持着，"走进那座他自己一手搭建的虚妄世界"[2]。至此，历史和现实裂解，关于"寻找"的故事开始在多维时空中铺开——

> 那时他已知道：他和图尼克正站在两个世界裂开的最后连接之瞬，一座仿拟之城将载着图尼克漂浮远去，那里所有时钟钟面的指针都停在不同的刻度，除非他在那一瞬痛下决定跳进他的结界。……他知道那即是他的启程之始，他必须（比少年时在夜行列车上承诺那个杀人犯陌生人要艰难一万倍）去找寻那座旅馆。[3]

图尼克故事的起始架设在"杀妻"事件上，随着故事的逐步展开，图尼克开始寄望于透过"妻"的线索来寻绎身世的渊源。这是一

---

[1] 骆以军：《西夏旅馆》，台北：INK 印刻出版有限公司 2008 年版，第 32 页。
[2] 骆以军：《西夏旅馆》，台北：INK 印刻出版有限公司 2008 年版，第 33 页。
[3] 骆以军：《西夏旅馆》，台北：INK 印刻出版有限公司 2008 年版，第 33 页。

个追溯身世的非常规角度，它不是从"父亲"的记忆中追寻"血脉"
线索，而是循着一个咒语般的印记，追寻一个族类于冥冥中被操弄的
身世（这里不难看出《百年孤独》的影子）。图尼克，一个"穿越"
到现代的、失去前世记忆的西夏王朝后裔，莫名其妙地在西夏旅馆中
发现妻的头颅，却遍寻不见妻的身体。由此，"寻找妻的身体之旅"
便成为其故事的主线。与此相对应的，则是西夏王朝的历史时空，李
元昊因其残酷的本性不断杀妻。从历史上的李元昊杀妻到现实中的图
尼克"寻妻"，"妻"的内涵也渐渐铺陈出来。历史上，李元昊的两个
儿子，在国之将亡的时刻进行了一场对决。这场对决"必须为母系的
部族姓氏而屠灭对方，只为了篡夺父之名。披上父亲的人皮龙袍。变
成父亲"。① 可见，对于儿子而言，"母系"代表了"自己所从出"的
意义。但对于丈夫而言，这个"母系"，也即"妻"或"妻系"，所代
表的却是某种篡夺其名的潜在威胁。当两个人（或两个部族）以婚姻
的形式联结在一起的时候，他们的血脉自然也融合为一。但是，当
"妻"的角色发生变动时，"种的延续"问题就会引发争端。当儿子
们，特别是不同母亲的儿子们争夺王位时，都会为自己的行为冠以母
姓的名义——这时的父亲只是一个被争夺的"名（份）"。这在父亲看
来，却不啻代表妻系出手篡夺其名。因此，身为王的父亲"杀妻"，
实际上是在解除王权，乃至血统被妻族篡夺的威胁。在中国历史上，
"荣其子杀其母"的做法可以说相当常见，比如汉武帝处斩钩弋夫人，
还有西魏和北周时号称"八柱国"的八大家族，为了防止一家独大，
约定哪个妃子生的儿子被立为太子，哪个妃子就要被处死。因此，
《西夏旅馆》里，李元昊"杀妻"，既是一个史实，更是一个隐喻，它
指涉历史上为了保证自己部族姓氏身份的纯正，解除被篡夺的可能而
进行的种种骨肉相逼，暴力相残。夫—妻、父—母本是一个人身份由

---

① 骆以军：《西夏旅馆》，台北：INK 印刻出版有限公司 2008 年版，第 62 页。

来所不可分割的两部分，但在父系的威权下，母系（或妻系）往往是失语的一方。"杀妻"无疑是父系的暴力压制下，母亲—妻子的身份经验被刻意回避，甚至拒绝的隐喻。如果说《月球姓氏》中，母系身份经验的失语是因为自身表达力的欠缺，那么在《西夏旅馆》中，母系的失语则是因为父系下意识的恐惧，以致动用暴力粗暴地抹杀她们在后代生命中的踪迹。这种暴力，表面看是为了维护血统的纯正，但实际上，只是为了维持对权力的绝对掌控。所以，"杀妻"最令人齿冷的，甚至不是对女性的践踏，而是人对他人、对生命的蔑视——为了把持住权力，就要除去所有分割权力的可能性，包括爱情、亲情，都要为权力让路，成为献给权力的祭品。

从"月球"到"西夏"，骆以军对历史的思考有了更积极、更强有力的态度，其中的哀切之意已经突破一家一族的苑围，而有了更深广的历史内涵。当我们跟随图尼克的寻妻之旅，在历史与现实两个时空场景之间穿梭，就会赫然发现，"杀妻"之举一直存在于图尼克的族群中——现实中，"杀妻"新闻层出不穷。时空的无缝对接，让人惊诧，莫非这是这个族群携带在基因中的、咒语般的印记？而联系台湾被裹挟进政治纷争中的族群矛盾，"杀妻"更有一层现实的隐喻：台湾各政党争权夺利时，让大陆文化与台湾本地文化变成民众"选边站队"的标签，实际上正如"杀妻"一样，也是要从文化、历史上割除来自"另一族群"的影响力，维护自己"这一系"政权的所谓纯正。原来台湾自诩的所谓"文明进程"并不能让人确信，因为在这个孤岛上，历史一直在以不同的形式不断重演。

《西夏旅馆》里，记录族群信息的时间被冻结在西夏帝国灭亡的时刻，但是其所有遗民的"现实时间"却仍在持续向前。年复一年，"种的延续"并未间断，只是这期间，"记忆"已经被慢慢磨损，乃至丢失。正如小说中的老人在回忆城破之日的景象时所说的，"我却无论如何也想不起一具实像的尸体"。① 在尸横遍野的战争中，尚有遗民留存，但这些躯体里的族群记忆还在吗？实际上，真正令人焦虑的，不是作为生命实体的身躯的死亡，而是那些已经射进丢失的妻子身体里的精子——既是传宗接代的种子，也是族群记忆的种子。妻子身体的消失意味着负载着"种的延续"和"记忆的延续"的空间消失了，同时，附着于这一空间的身份信息——民族、文化以及历史的记忆也将随之灰飞烟灭。往事即将如烟，这一代人，以及下一代人的身份将无从认同，也无由认同，这难道不是更为巨大的灭亡？这是我们的宿命么？是人类必然的、不可挣脱的荒谬处境么？不！

《西夏旅馆》里，从图尼克毅然启程寻找"旅馆"，为妻子的头颅找寻失落的身体开始，骆以军吹响了抵抗命运拨弄的冲锋号。如果说，失落在错杂的历史时空中的"妻子的身体"，具备多重隐喻：它是献在王权祭坛上的牺牲；它是我们身份血脉密码的载体；它是历史中被遮蔽、被割离的民族与文化元素。那么，历经《月球姓氏》和《远方》的身份探寻，在父系的家族史断灭或不可取信之时，《西夏旅馆》的"寻妻"，也即寻找"妻子的身体"，也就具备了多重的象征性意义：它是在寻找血脉的另一半原乡，弥合身份中已然断裂的另一半，也是在寻找延续后代的生存空间——重续惨遭割裂、已然中断的文化与历史。对于骆以军而言，所有的这些努力，都是为了弥合身份缺失的"黑洞"，让如自己一样的外省第二代，还有自己的下一代渡过历史的无常之河，避免成为飘散在历史长河中的无根烟尘。

二　西夏—台湾：逃亡中的身份迷失

对自我身份的寻求与确认是人类主体性的重要体现。自我认同的

---

① 骆以军：《西夏旅馆》，台北：INK 印刻出版有限公司 2008 年版，第 138 页。

过程，实际上是对自己在某个价值体系和文化体系中的价值选择和精神追求的确认。所以，身份认同总是要有相应的历史或文化参照，当这些参照失去其稳固性和权威性时，从中孕育成长起来的个体就会感受到一种身份的焦虑——因为身份没有了依凭，个体失去了滋养。其结果必然是渐渐迷失自我，跌进历史的虚无中，并开始自我怪物化。正如骆以军在《西夏旅馆》获得第三届红楼梦奖时所言："在我所承接的小说时光，另有一条不同时间钟面的'梦的甬道'，因为百年来的战乱、大迁移与离散，有另一群人被历史的错谬，脱锚离开了'中国'这个故事原乡（这其中包括我的父亲），他们在一个异乡、异境，一个再也回不去的抛离处境中，慢慢变貌、异化，在他们的追忆故事中长出兽毛和鳞片，形成另一种'歪斜之梦'的孵梦蜂巢。"[1]

在《西夏旅馆》中，描述了一支"最后逃亡的西夏骑兵队"。他们跌落在时间的缝隙里，奔突困斗，没有出路，最后成了怪物。在书中，这支最后逃亡的西夏骑兵队与1949年国民党的溃败，以及当年的外省人大逃亡相互喻指，暗示了流亡离散所导致的身份迷失：

> 那个独立建国而致毁灭的西夏，在几个大国间有狡计、变貌，移形换位，挑拨离间，忽称臣忽寻衅的阿米巴草原部落，我隐约看出它像台湾。好，在这个模型里，大宋朝是中华人民共和国吧？辽是美国？女真是日本吧？[2]

> 你那支"最后一支逃亡的西夏骑兵队"，怎么那么像（根本就是）一九四九年国民党军溃败，外省人的大逃亡？那么，这时

---

① 骆以军：《骆以军于颁奖典礼上发表之得奖感言全文》，香港浸会大学文学院编《红楼梦奖 2010 得奖作品专辑：论骆以军〈西夏旅馆〉》，香港：天地图书有限公司 2012 年版，第237—238 页。

② 骆以军：《西夏旅馆》，台北：INK 印刻出版有限公司 2008 年版，第 420 页。

的"西夏"反而不是台湾，而是"外省人及其后裔"，那么，台湾人在此又成为它们之后混迹隐身其中的"汉人社会"？这里的汉人反而是台湾人，而外省人是西夏人。但改繁体字为简体字的是当今大陆吧？①

将西夏比作台湾，点出其处境的隐忧——"它成了它本来所是的相反。"② 而以"最后一支逃亡的西夏骑兵队"喻指 1949 年国民党溃败时的外省人大逃亡，则隐喻了历史错综中的台湾及其本省人，实际是一个"汉人社会"的历史真相。

在《西夏旅馆》里，古代西夏跨越时空与 1949 年交错，两者互相映照。西夏被蒙古人驱离家园，国民党军溃败来台湾，二者的共同点在于：都处于政权快速更迭、权势此消彼长的斗争旋涡中，而且都选了一个陌生偏远的地方暂时居住。不同的只是，离散在中原各地的党项人，散落在当地人中，渐渐"消失"了，而随国民党溃逃至台湾的外省人，却将这场以逃亡开始的苟且和短暂的栖息拉长到了几十年。特别是其中的外省老兵，孤身只影，没有家眷，甚至没有朋友，在这个岛上，心里没有笃定踏实的感觉，始终觉得自己是异乡客，许多人甚至连包袱都没有解开，一心还想着回"老家"。但是，一晃几十年，如今他们已经"回不去了"。归也归不得，栖也栖不得，两下里困厄为难，仿佛被神遗弃在时间的缝隙间，永远没有出路。在《西夏旅馆》里，对于那支最后的骑兵队而言，最大的恐怖是，无论怎样逃亡，总有更恐怖的在前方。面对神煞、天尊、怪鸟，这些有形的阻击，他们可以派出巫师，与之战斗。但是，如果发现自己甚至已经不在一个固有的秩序里头了，他们又将凭借什么去战斗呢？或者，当他们发现历史的

---

① 骆以军：《西夏旅馆》，台北：INK 印刻出版有限公司 2008 年版，第 421 页。
② 骆以军：《西夏旅馆》，台北：INK 印刻出版有限公司 2008 年版，第 419 页。

真相，自己不过是李元昊祖孙三代权谋野心拨弄下的牺牲品，仿佛一次无效受精的精虫，正面临着灭种的结局，他们又将如何自处呢？

我们这一支西夏最后的骑兵，在披星戴月、着魔嗫默、恍如魔咒的逃亡途中，看见眼前的世界开始如沙漠热浪扭曲了空气而开始变形，我们便哀愁地知道我们已走到了命运的尽头。不，我们走到了恐惧所能感受的真实的边境。①

原来，付出了那么惨烈的代价，我们仓皇辞庙，一路逃亡，跑得目眦尽裂，灵魂哀愁地下降到肠子里，不，膀胱的位置，灵魂惊吓得像膀胱里前摇后晃的一袋金黄尿液，搞了半天，我们大腿内侧被马鞍磨得血肉模糊，再连失禁尿液、精液、汗水混合马毛和皮革皱突，浆结成永远的硬痂，原来，原来，我们只是在一个别人的梦境里，像虱子或虫蚁那样跑着。②

小说中，那位来自那支被神遗弃的"最后一支逃亡的西夏骑兵队"的老人，正是台湾老兵的一个缩影。台湾的政党纷争，割裂了社会的整体性，剥夺了人们的归属感，特别是随着国民党逃亡的大批军人曾经赖以维系身份的社会体系和精神信仰。在历史的剧烈变动中，这些老兵无所适从，就算洞悉了真相，亦无力回天。当年从大陆逃到台湾，今天又从台湾的社会发展中被脱轨，被一个旧的秩序甩了出来，又不见容于新的秩序，于是只能重温昔日，自我欺骗。喃喃讲述往昔的老人，忆起"我们曾经是人的时光"时，"似乎被那梦中旷野所展列眼前的一片繁华盛景所感动"，"一脸迷离，似笑非笑，泪珠挂在唇

---

① 骆以军：《西夏旅馆》，台北：INK 印刻出版有限公司 2008 年版，第 628 页。
② 骆以军：《西夏旅馆》，台北：INK 印刻出版有限公司 2008 年版，第 624 页。

上胶硬的粗白胡毛上，闪闪发光"。① 小说以当年虚妄的幸福映衬他当下非人的处境，悲凉陡增。一旦丧失历史感，一切都会变得虚幻，而时间就会无情地磨损无所依凭的回忆。那些被掷于时间之流以外的老兵，身份在逃亡中遗失，在剧变中跌落，终将如神弃的老人一般，变成无所归依的怪物。老人对于"曾经是人的时光"的幸福追忆，呼唤出骆以军内心无根的焦虑，迫使他进一步逼向历史与现实的深处，在纷然乱变的时空中辨析，如果身份无从认同，自身无法定位，被弃于时间缝隙的命运是否也将在外省第二代身上重演，那将会是怎样一种灾难？

三　外省—本省：是"扮演"还是"变成"

骆以军写作《西夏旅馆》时，正值台湾族群矛盾最激烈的时期。谈到当时的社会动荡和自己内心的忧虑，他有些自嘲，但也很坚决——

> 当时我的情感就是说，如果到那么激烈的情感层次，如果到了这个程度，那我来讲的话——我不是你们汉人，对不起，我姓骆，我绝对是胡人。如果你们要独立的话，我还更不是你们赶得回去的，我不是，我赶不回去，其实我是一个梦中的怪物。②

骆以军自诩是个"胡人"，由其父上溯的骆家祖先，也许正是当年西夏逃亡的军队在中原繁衍生息的一支。"胡"这个身份在创作中给了他一个极具创造力的视野。通过这个自我设定的身份，他得以进入一个"想象群体及其文明"，以全新的视角视察历史与现实社会中的身

---

① 骆以军：《西夏旅馆》，台北：INK 印刻出版有限公司 2008 年版，第 637—638 页。
② 见文后附录《温州街的下午——骆以军访谈》。

份流变，揭露各种势力在其中的操纵、撕扯。

> 所有为我们准备的故事，全部不是关于"扮演"的故事，而是"变成"的故事。①

> 在我们这个旅馆里，几乎每一个房间都有一个"变成"的故事："我是如何变成现在的这副模样。"②

历史的进程从来没有预演，一旦发生，即是命定的开始。如果一定要追寻所谓"正统"，或是一定要区分所谓的"本省人"和"外省人"，其结果可能正与预想的相反。因为无论是在哪一个时空剧场（即旅馆房间），一旦穿上戏服，我们就成了角色本身——"弄假成真"。正如台湾的本省人，不得不在党争的操弄和摆布之下，在人为划分的所谓族群中，被迫"站队"，穿上戏服，自觉或不自觉地让自己"扮演"政权需要的那个身份，而自觉或不自觉地忘记自己原本该是的那个人。当他们口口声声喊着"中国猪滚回去！"的时候，似乎并不自觉，他们早已从祖先那里承继了一个最古典的中国，他们有一整套最中国的祭拜仪式，他们会背诵最古雅的《论语》，他们会修家谱……他们其实就是汉人（中国人）。③ 而 1949 年从大陆迁徙到台湾的外省人及其第二代，原本没有久居台湾的打算，20 世纪台湾本土文化兴起时，被边缘化的处境自然又增强了他们内心对台湾的格格不入感。这种自我归属的不确定和无望使他们将身份认同的希望寄托于寻根。

小说中，图尼克对自己的身份归属一直犹疑不定，而他身边的两

---

① 骆以军：《西夏旅馆》，台北：INK 印刻出版有限公司 2008 年版，第 423 页。
② 骆以军：《西夏旅馆》，台北：INK 印刻出版有限公司 2008 年版，第 424 页。
③ 见文后附录《温州街的下午——骆以军访谈》。

位劝导者："老范"和"安金藏"，则不断给出让他归汉或归胡的理由。其中"老范"的原型取自范仲淹。历史上，范仲淹曾数次写信给李元昊，如父辈般苦口婆心地劝诫其"当一个好汉人"。而"安金藏"的原型，则取自唐代官吏安金藏，一位唐代时来自中亚的安国胡人，原为太常寺乐工，在查处被废太子李旦的谋反案时，不说假话，不作伪证，愤然自剖其心证明李旦的清白。① 这两个人物的设置，形象地展示了汉、胡错综的历史渊源。在书中，一汉一胡，拉扯着图尼克，一边教导他"如何融入汉人之人际"，另一边则不断召唤他"身为一个胡人的动物之脸"。他们都是图尼克信任的人，对于图尼克而言，如父如兄，而"基本信任的建立是自我认同的精致化，同样也是与他人和客体认同的精致化之条件"。② 所以，要认同"老范"或者"安金藏"并不困难。困难在于，被图尼克信任的"老范"和"安金藏"是"水火不相容"的。因此，作为对双方及他们所代表的文化、制度都有亲近感的图尼克才会感到困惑。这显然是在隐喻外省第二代的处境：台湾和大陆都是他们的血脉和爱恋，都会"拉扯"他们，而他们则对两边都有不舍和怨念。书中"老范"和"安金藏"说服图尼克的理由，其实正是骆以军，也是台湾的外省第二代说服自己的理由。"扮演"终将会"变成"，那么，"变成"什么呢？

第二节　"旅馆"：极域之梦的想象

关于"旅馆"，在我初始的朦胧想望，想打造一座像《霍尔

---

① 当时，有人告李旦谋反，武则天下令查处，审讯中许多人因惧怕酷刑胡乱作证，只有安金藏不说假话，被逼无奈时，他拉过旁人的佩刀，称"愿剖心以明皇嗣不反"，旋即自剖其胸，一时鲜血迸流，肠子也流了出来。武则天听说后，命人将安金藏抬进宫中，让御医施行急救。后来，又下令不再追究这个案子，并将有关的人释放。

② ［英］安东尼·吉登斯：《现代性与自我认同——现代晚期的自我与社会》，赵旭东、方文译，王铭铭校，生活·读书·新知三联书店1998年版，第46页。

的移动城堡》或《神隐少女》那个"神鬼之汤屋"的极域之梦：里头的每一个住客、每一个服务生、经理、走廊推车打扫房间的阿婆，他们各自的回忆在填塞、修改、变形着这整座旅馆的边界。

——骆以军①

骆以军说，在《西夏旅馆》里，"西夏就是一个时间上不存在的历史，西夏早就不存在了。旅馆就是一个在空间上的不存在。明明不存在，但它又存在，它是因为这个人存在，这个空间才存在，就是旅馆的记忆。如果旅馆是一个极域之梦的话，旅馆是由所有这些，来来去去的住客的集体的梦（组成的）"。② 对此，梁文道在凤凰卫视的"开卷八分钟"中是这样解读的："历史上不同时期曾经出现过的各种不同的人，他们怎么样逐一地出现，华丽地登场，然后又突然之间就进入虚空之中，留下来一些很破碎的记忆。你没办法用个完整的故事把他们装起来。你只能够像住旅馆一样，一间一间房间随机地、任意地去打开，装进他们。而你打开一个房门你会发现这边有一个世界，打开另一个房门有另一个世界，而他们彼此可能毫无关联。"③

在书中，骆以军把西夏一族的大迁移和1949年的国民党大溃逃相互映照，"分装"进不同的旅馆房间，让它们互为"隔壁"，同时展开不同时空中的历史叙事，弥散出时光侵蚀的气息。同时，在另外的房间里，不同时间序列的一个个故事也开始堆叠、拼贴、穿插、自我增殖，西夏的历史之谜和时间之谜不断布下的同时，又不断解谜。这些故事歧岔纷出，在一个个意想不到的分岔上，跌落时间的褶皱，在历史的重复与差异中流动、变幻，仿佛不断生成，绵延不止。

---

① 《骆以军于颁奖典礼上发表之得奖感言全文》，香港浸会大学文学院编《红楼梦奖2010得奖作品专辑：论骆以军〈西夏旅馆〉》，香港：天地图书有限公司2012年版，第238页。
② 见文后附录《温州街的下午——骆以军访谈》。
③ 钟瑜婷、廖伟棠（摄影）：《骆以军：偷故事的人》，《南都周刊》2011年第37期。

一　"旅馆"：多重变身的"时光胶囊"

《西夏旅馆》中的"旅馆"具有多重内涵。其一，取其作为停歇、聚集场所的物理意义。"旅馆"意味着一个人人皆可入住的地方，许多不同过去、身世各异的异乡人在这里停留、暂歇，然后离去。这里只是他们旅途中一个暂时的落脚点、歇息地。其二，侧重取其"包容"的意味，"旅馆"仿佛是"时光胶囊"，收容着各色各样的人，进入旅馆，没有身世、族群、国家、性别等任何限制，这些人身携不同的往事与记忆，在这胶囊中作瞬间的停格，然后再继续生命的旅程。其三，取其作为时空存在的意义，将"旅馆"作为一个收纳时光故事的空间，其众多的房间正是一个个小型的时光剧场，它们同时上演着不同时间序列里的故事。这些丰富的内涵令书中的"旅馆"同时兼具了诸多"变身"。

"变身"之一，"旅馆"是一个网站，小说中的人物成了网络上人们使用的昵称，而这些人物正在讨论着另一些人物的故事：

> 后来他意外闯入一个叫"西夏旅馆"的秘密网站。他们正在上头讨论"杀妻"，他晕眩迷惑地看着他们讨论的项目、话语……当然他们都是用昵称：安金城、图尼克一号。有时他们会用第三人称聊起一些似乎和他们关系密切但从未在网上出现的人物：美兰嬷嬷、小芬、小芳、老范。有时他们还会变成一组卡通人物：噜噜米、阿金、小不点、大耳……①

"变身"之二，"旅馆"是一座故事坟场，堆放着被时代遗弃的边

---

① 骆以军：《西夏旅馆》，台北：INK 印刻出版有限公司 2008 年版，第 160—161 页。

缘族群的悲伤故事：

> 在这个旅馆里，来来去去进出我们店里的客人，可以说什么
> 稀奇古怪的人都有：有日本黑帮老大和台湾小歌女一夜情的私生
> 子；有华青帮的 ABC；有台巴（巴西）混血；有从母姓的外省老
> 兵和年龄小五十岁的原住民小母亲的第二代……我的意思是说，
> 在这个店里，不乏这些不同年代不同原因胡乱迁徙东突西窜的
> 人们……我们这里多得是他们生下来就和这个世界格格不入的
> 悲伤故事，像好莱坞电影里那些乱组合废弃零件的拼装机器人
> 坟场。①

"变身"之三，"旅馆"是一趟没有终点的流浪旅途。一个人如果
失去了自己的身份，此身无寄，就会迷失在时间中，在时光里随波逐
流，浪迹在"西夏旅馆"无数的时光停格中，持续一趟没有终点的
旅程：

> 图尼克说：人无论如何都不可能变成另一种人。记忆修改术。
> 口语模仿术。阳奉阴违术。宣示爱对方之术。遵照对方婚丧古礼
> 之术。比对方深谙其所祭祀神祇、亡灵醮祭、阴鬼传说之术。所
> 有的术到头来仍是一场幻灭之梦。西夏旅馆并非一间旅馆。而是
> 一趟永无终点的流浪之途。②

"变身"之四，"旅馆"是幽闭死于客途的旅者之梦的老建筑，那
些旧梦时时侵蚀着新旅客的梦境：

---

① 骆以军：《西夏旅馆》，台北：INK 印刻出版有限公司 2008 年版，第 93 页。
② 骆以军：《西夏旅馆》，台北：INK 印刻出版有限公司 2008 年版，第 94 页。

　　那些旅馆幽闭关禁了太多之前困住于里面而死于客途的旅者之梦，便像那些管线蚀渗墙土剥落屋顶漏水的老建筑，把不属于他的梦境——那些脏兮兮，因年代久远而发霉的梦——破碎片段地侵蚀进他的梦境里。①

　　"这是一座没有人能走出去的旅馆"，② 它实际就是骆以军生活在其中的台湾社会的隐喻。这里，有过繁华盛景，有过杀戮背叛，也有过暴力死亡。在这个旅馆里，除了行李，没有任何东西能够被打包带走。一旦进入旅馆，各样的旅人即身处在不同的"房间"里，各自在被区隔的不同时空中自以为是地"扮演"，实则已经开始"变成"——变成适应所在的时空的人，变成被所在的时空里的他人接受的人，变成认同所在的时空为其设定的身份的人，等等——只除了变成自己——

　　　　这幢旅馆的每一个房间里的住客，都以为自己有一段离奇罕异的身世，其实他们全只是那其中一条螺旋体上寄宿的一小格基因密码，一颗记忆复制时活版印刷的铅字。③

　　这个多重变身的，仿佛一个个封印时间的"时光胶囊"，里面所有存在的一切都是"生成生命"之流中的一个瞬间。旅馆的容纳力让生命的故事不断在其中上演，但它的封闭和压制——比如像台湾岛一样，又让它宛如一个结界，禁锢了里面的每一个人，让他们被迫接受停滞的、残缺的身份设定。

　① 骆以军：《西夏旅馆》，台北：INK 印刻出版有限公司 2008 年版，第 671—672 页。
　② 骆以军：《西夏旅馆》，台北：INK 印刻出版有限公司 2008 年版，第 218 页。
　③ 骆以军：《西夏旅馆》，台北：INK 印刻出版有限公司 2008 年版，第 216 页。

二 "旅馆"：藏匿时间谜底的违建

把《西夏旅馆》打造成一个时光的违建，这是骆以军的一个野心。他也确实在小说中实现了这个野心。

> 我觉得我可以在这个小说里……就像博尔赫斯的《歧路花园》，他（注：应是指余准的祖父彭崔）就说我要造一个花园，一个迷宫，其实他不知道，那个关键字里面不存在的东西就是时间。时间就是谜底。那什么意思呢？他后来才知道，他要造的那个歧路花园，那其实是一本小说，是不存在的，在博尔赫斯的这本小说里面，他没有写出来，那本小说是一本像红楼梦一样的小说，他只是把它藏在后面了。那我会觉得说，如果我可以造一个西夏旅馆——这本来就是一个违建嘛。①

在《西夏旅馆》中，有岔路歧出的旅人故事，有西夏老人时光倒流般的历史回忆，它们在旅馆的不同房间里上演，以至于——

> 后来住进来的故事无法将原先占据房间的故事赶走，永远不会有让空出来的旧房间，这也是这间旅店得像蜂巢一般持续增殖长大的原因。它被它吞食的故事撑着胀着。②

线性的时间在旅馆里被分割进一个个房间中。于是，西夏王李元昊杀妻的残暴并没有在历史的进程中消逝，它仍在旅馆的某一房间中上演

---

① 见文后附录《温州街的下午——骆以军访谈》。
② 骆以军：《西夏旅馆》，台北：INK 印刻出版有限公司 2008 年版，第 67 页。

着；而同时，"隔壁的房间"正在进行着一出现代"铁道怪客"杀妻的变态惨剧；那个叫"西夏旅馆"的私密网站上，则正在讨论"杀妻"，帖文里描述的，是在美国遭遇"荣誉谋杀"的巴基斯坦女性……无论时间的间离，还是空间的区隔，在这个旅馆里仿佛都消失了，这些看似不相关的事件从一个房间"蔓延"到另一个房间：人们穿着不同时代的服饰，说着不同的话语，但是干着同样暴力的事！这真是莫大的嘲讽啊。这些无缝拼接的时光故事，不正是我们人类历史发展的一个隐喻么？跨越了千百年，飞越了万水千山（从巴基斯坦到美国），但我们似乎并没有在文明的路上前进，我们背负的暴力基因，从来没有消失。这是一个残忍的真相，也是骆以军通过"旅馆"揭示的时光谜底。现在，这个藏匿在历史长河中的谜底，被骆以军以绝大的勇气打捞上来，并置在这违建的旅馆房间中，逼迫我们注视它们，直面历史荒谬无序的本相。

这个时光谜底，就是我们身份的底色么？我们还能做什么？还应该做什么？就算已经洞悉这个残忍的真相，骆以军仍未终结他的探寻。

旅馆老人们在咽气之前，必有一次自问自答，而问的总是那一句：

如果时光倒流，生命重来一次，你还会做出当初那个决定吗？[1]

时光倒流固然不可能，但反省自己的生命却是可能的。如果在这个时光违建中，在这些违背时间流向，聚合在一起的生命故事中，每个人都能有所警醒，在"时间的秤盘"上，我们每个人都能正视，自己为那些"变形扭曲覆满藤壶的海底沉船舱底的禁锢妖魔"[2]付出了多么沉重的代价，那么，我们的世界是不是会变得美好一些，不再有那么

---

① 骆以军：《西夏旅馆》，台北：INK印刻出版有限公司2008年版，第231页。
② 骆以军：《西夏旅馆》，台北：INK印刻出版有限公司2008年版，第231页。

多的背叛、冤恨、乖谬，我们的身世记忆也不再会光影颠倒，不可捉摸？"时间的秤盘"锱铢必较，毫厘不爽。生命中的每一个瞬间，都镌刻进了我们的身世，每一个决定，都是一次身世的塑形，这个执拗的自问，不只是旅馆老人的临终自省，也应该是每个灵魂对自己身份的最后确认。

三 "旅馆"：不断"生成"的生命之流

在《西夏旅馆》中，骆以军将"旅馆"打造成一个多重空间并置的结界，旅馆中一个个独立的房间，里面却是类似的陈设——"尘螨满布的寒酸小闭室"里，① 薄被、热水瓶、小几、小电视、中央空调或歌林冷气……这些简陋的设施，仿佛是时光蚀刻下岁月斑驳的记录，又喻指了我们——无论何种身份，属于哪个族群，生活在怎样不同的空间区隔里，却都拥有近似的生命背景——处身现代社会，在全球化浪潮下，世界正由多元逐渐变得一元，差异正在一步步消弭，在我们的身份印记中，难以再拥有属于个体的、独特的经历。正如全世界的少年都在看哈利·波特，而几乎世界上所有的城市里都有麦当劳。

但是，我们每个人仍然是不同的。在近似的生命背景和看似"复制"的生命历程中，我们会有各自不同的生命体验，这些体验会成为每个独立自我的"身份印记"。我们将背负着这个"身份印记"，在自己的生命旅程中跋涉、流亡，书写属于自己的身世故事。比如图尼克，西夏旅馆是他"在那个群鼠淹流、黑不见光的地底世界开始打下的第一根基桩"。②

---

① 骆以军：《西夏旅馆》，台北：INK 印刻出版有限公司 2008 年版，第 6 页。
② 骆以军：《西夏旅馆》，台北：INK 印刻出版有限公司 2008 年版，第 319 页。

　　　　他将背着那座被诅咒的旅馆迁徙流浪，背着整座旅馆冰冷、哆嗦、嗫切私语的混乱梦境不断在异乡、他人的国度投石问路，看不懂地图和路标，然后带着伤害的记忆离开。①

而美兰嬷嬷，"她是这个世界（在旅馆外活跳跳仍在发生、进行的）和那些墓穴棺椁般的故事之间交叉隐喻的神秘中介"。②"没有人能理清美兰嬷嬷和这栋旅馆之间的交互累聚身世或关系"③——

　　　　美兰嬷嬷久待室内而晕白的身体，至少替旅馆留下了一句一句像备忘录般的简短故事。当然后来她也在这间旅馆里慢慢老去。④

还有老人、少年、拍 AV 的女伶，等等，每个人在这个陈设雷同的"旅馆"里的生命痕迹都是不一样的，也就是说，每个人都在这个周而复始的世界里活出了不同的样子。而这个不同，就是每个人自己朝向的身份归属，以及自己赋予的身份内涵。

　　对"现实"的认知决定了每个人要追寻的"根"是什么，而现实的"寻根"则决定了我们所认识的"历史"是什么。在变动不居的现代社会中，身份的归属与认同俨然一场现实与想象的拔河比赛，注定在真实与虚幻间撕扯。人生如逆旅，此身如寄。在快速变化的现代都市里，个体的存在状态更是如此——此身永远都在途中，安放只是暂时的状态。身份认同的归属感有时是将"他者"变成自我的一部分，有时则借着不能"归化"的他者，来划定自身的边界。其间，历史的

____

① 骆以军：《西夏旅馆》，台北：INK 印刻出版有限公司 2008 年版，第 319 页。
② 骆以军：《西夏旅馆》，台北：INK 印刻出版有限公司 2008 年版，第 70 页。
③ 骆以军：《西夏旅馆》，台北：INK 印刻出版有限公司 2008 年版，第 68 页。
④ 骆以军：《西夏旅馆》，台北：INK 印刻出版有限公司 2008 年版，第 69 页。

无常和政治的拨弄常令"身份"的面目，特别是国族身份的面目变得暧昧不清，就像是时间褶皱里的遗民，充满了不确定性。在台岛的政党纷争中，每个置身其间的个体都负载着历史和现实的伤害。在骆以军看来，每一个处身台湾的人，无论他（她）是本省人还是外省人，都未停歇过身份的追寻，他们拖曳着伤痕累累的自身，却仍然在不断建构着自己的身份，在与历史的流逝和威权的压逼的抗争中，不断生成自己的生命之流。正因为如此，"旅馆"同时更是骆以军创造的一个极域之梦，它正如德勒兹的"生成"之域：在边界不断生成的极域——身份追寻的生命之旅中，或许根本不存在归来的原点或者离去的终点。

> 这里的人全是过路客、侵入他人土地者、无主之鬼、在时空暂时抛锚的漂浮感恓惶地寻求庇护。我觉得旅馆和土地的关系就如同我这样迁移者第二代面对严格检查认同之主体形貌的困惑：注定缺乏足够的时光资产。父亲（或他的那一批流亡者）带着大箱小箱的流浪汉传奇，但我们是在片场般的空间聆听他的幻丽唬烂……但这一切其实是绝后的——如果你设定为"往事并不如烟"、"追忆逝水年代"的故事传递人，那就注定是一无性生殖、单套染色体，如麒麟、骡子、狮虎……这些"一夜之恩"的无后。[①]

现代人注定是一个纠缠在不确定感、不安定感里的流亡者，生命只是一段旅程，无论是在爱与背叛，遗弃与追寻的种种遭遇中去触探父辈的情怀，还是透过下一代的眼睛来遥望现实的自我与世界；无论是挖掘身世的族谱，还是溯源家族的历史，我们总在客途中，身世的

---

① 《骆以军于颁奖典礼上发表之得奖感言全文》，香港浸会大学文学院编《红楼梦奖 2010 得奖作品专辑：论骆以军〈西夏旅馆〉》，香港：天地图书有限公司 2012 年版，第 239—240 页。

故事只能是在他人的叙述上加上自己的叙述，如同古老文书上的批注或印鉴，不停地添加注释。旅馆里，每个旅人的故事，都携带着自己族群的印记，镌刻着人生细枝末节的记忆。不断地述说，只是为了重申自己精神寄托的明证，而身份认同的追寻从来不会，也不曾终止。

第三节　在时空交叠中勘破命运的转轮

　　……很多人在讲外省的一个认同关系，其实那已经不是认同，而是一种遗弃，因为外省在政治的版块好像就是牵扯到台湾半世纪的统治时间，可是当时它有非常多超出现实之外的遐想，它夹带着一个很庞大的人文景观、教养，像是我父亲传递下来的想像与要求，它是一个很奇怪的传递方式，就连在大陆也都灭绝了的，如今它大部分的这些教养早已经灭绝了。像是朱天文、朱天心、白先勇他们那些人的教养一样，我的感受是说，他们有一个非常宽阔的宇宙想像，可是它没有降生好在这个岛国的轮廓里面，它是错字，它就是注定像麒麟一样，会灭种的。它本来就是一个在世代里注定灭绝的。

——骆以军[1]

　　骆以军在《西夏旅馆》里坚持描述一种个体被抛离、被弃置于时间洪荒里的情状，强调其中不能忽视的原因就在于父辈错谬的历史。"其关键还是老话题：经验的贫薄、教养的匮缺。我不仅如默片般并不能真正理解上一代本省长辈内心的哀愁、繁华、灰暗和幽默；事实

---

　　[1]　严婕瑜：《访谈骆以军——从〈西夏旅馆〉讨论自我主体建构》，《骆以军小说的自我主体建构》，台北："国立"台北教育大学 2009 年版，第 126 页。

上我对老外省的内心景观不也总是印象画式的摹拟?"① 与《远方》和《月球姓氏》不同的是,《西夏旅馆》中的认同焦虑显然并不仅仅是个体的,它已经扩散至族群,其视野突破了个体的局限,拓展至历史融合与裂变的时空,具有更厚重的历史感和更深沉的宿命感。

在《西夏旅馆》中,历史荒谬虚无的本相呈现出各不相同的样貌。

在现代孤独者"我"的眼中,那些栖息在旅馆房间中的孤独肉身与流亡心灵,就像从现代"大屠杀现场"幸存的逃亡者,现代社会摧毁了他们在精神上依赖的"一切坚固的东西"。他们无法在混乱的、社会现存的秩序中找到规范与和谐,没有信仰,没有身世,只能躲藏在时间停驻的旅馆房间里,接受威权以"粗俗和狂欢的形式"所给予的集体催眠——

> 他们把那些被"活在现在时刻"这件事深沉挫折的人群,催眠成一口充满沸腾与兴奋感的大锅子,然后他们这些大巫师,再以狂欢和粗俗的形式从他们集体变成的这口大锅子里蹦出来……②

在图尼克和西夏老人看来,历史却永远停留在西夏城破的灭绝时刻,那个屠城的"大屠杀现场"——

> 当我想向你回溯那灭绝时刻,那一切流亡离散的起点,那座如地狱鬼蜮上百万人同时在着魔迷离梦境中集体被屠杀的城池,那死去的亡灵挤满城市半空使得每个驾马斩杀我族的蒙古骑兵,眼中所见的同僚身形,全像被吞没在浓稠光雾中一般摇曳模糊的

---

① 《骆以军于颁奖典礼上发表之得奖感言全文》,香港浸会大学文学院编《红楼梦奖2010得奖作品专辑:论骆以军〈西夏旅馆〉》,香港:天地图书有限公司2012年版,第239页。

② 骆以军:《西夏旅馆》,台北:INK印刻出版有限公司2008年版,第433页。

大屠杀现场，我却无论如何也想不起一具实像的尸体。①

班雅明认为，"废墟寓言"式描写的大破坏、毁灭、横死等，是为了打破虚拟的美好幻象，用以凸显真理的内涵，追求心灵视野的极限，最终发出悲天悯人的呐喊，从而得到自我救赎。图尼克和西夏老人在回忆里不断重播城破的灭绝时刻，正是一种打破历史幻象的努力，是在追求真相与真理。可惜的是，他们"无论如何也想不起一具实像的尸体"——这里暗示的正是这段历史的虚无。

即使已经洞穿历史荒谬虚无的本相，却仍然无力逃脱被裹挟进"政治幻术"的命运。在这样的认知下，作为一整代人的流亡图像、国族寓言，《西夏旅馆》的视角是极为独特的。在书中，无论是西夏王国本身的历史想象的叙述与模拟，还是整个台湾岛的历史与地理的意象隐喻，或是后现代都市中孤独肉身与流亡心灵的图绘，以及那些已经幻化变形的骆以军自己的故事，都纷纷登场，交叠在《西夏旅馆》的"结界"中。② 书中的叙事元素包含了文史考据、八卦、A片、谶诗、神谕、幻术、怪物、现实生活的新闻事件、与妻子之间的私人回忆，甚至唐传奇、《牡丹亭》……这些元素既是塑形身份的力量，也是辨识身份的标签。它们喻示了家国之间的身世故事不再局限于父亲或母亲的家族史叙述，而是一种多信息、多渠道的讯息形成的身份认知过程。故此，小说的对焦快速转换，一会儿是西夏旅馆的场景；一会儿是叙事者所处的现实世界；一会儿是西夏最后一支骑兵队的高原大逃亡；一会儿是1949年的大迁移……借由不同的空间呈现时光流转中离散族群与孤独自我的故事，在现实与历史的时空裂解中营造家国想象，拼贴身世记忆：

---

① 骆以军：《西夏旅馆》，台北：INK印刻出版有限公司2008年版，第138页。
② 《迷走西夏的一幅心灵地图：骆以军与编辑对答》，《印刻文学生活志》2008年第7期。

这于我是一个乱针刺绣，一个南方的，离散的，因为彻底失去原乡而绝望妖幻长出的繁丽畸梦。像是宫崎骏《神隐少女》里，父母变成猪之形貌，而我的名字被神收走了，唯一救赎之路，便是凭空再创造一个梦的结界。①

正如王德威所言，骆以军的《西夏旅馆》"表述了一个我们所有人从未想象过的主题，尽管有历史空间背景，但却超越了空间本身的限制，这是一场不同寻常的创作实验"。② 这本书是"以异邦人之名。迷离旅程探测灵魂的器量。已逝的、将逝的，'我们'劫毁人生与时代的对镜猜疑秘戏"。③ 在《西夏旅馆》中，骆以军集合了他历年来在小说书写中念念不忘的、与认同相关的元素：父亲、妻子、家族、身份、记忆，等等。他将这些元素放在"西夏旅馆"的时空裂缝中，一步步抽丝剥茧，在这个冻结时光故事的"旅馆"里，昭告身为小说家的自己，经由不同形貌的故事，打磨、烤炼、熔铸出自己的身份故事的决心和勇毅。此间不停地反复回奏，同时呈现出身为小说家的自己心灵的多重面向。图尼克被胡汉撕扯的纠结情状，仿佛就是在历史叙述中拥有重影分身幻术的作者自己。在颠倒错结的历史里，如果只是随着时间沉浮，就会陷落、迷失在身处的空间，把早已被设计过的故事错认为可以依赖的记忆。反之，如果能看清时间的把戏，洞悉现代时空的"塑形术"，就能扎根于自己的故事里，不断谱写自己的生命之流。只有这样，才不会一味地企图同化对方或者要求对方认同自己；也只有这样，才能把不同族群的家国纷争导向和平。在小说的认同书

① 《骆以军于颁奖典礼上发表之得奖感言全文》，香港浸会大学文学院编《红楼梦奖2010得奖作品专辑：论骆以军〈西夏旅馆〉》，香港：天地图书有限公司2012年版，第238页。

② 亚洲周刊：《骆以军夺红楼梦长篇小说奖》，香港浸会大学文学院编《红楼梦奖2010得奖作品专辑：论骆以军〈西夏旅馆〉》，香港：天地图书有限公司2012年版，第194页。

③ 骆以军：《西夏旅馆》，台北：INK印刻出版有限公司2008年版，上册封底。

写中，骆以军对于自己的"视觉位置"有着异乎寻常的清醒，他并不回避自己和其他百姓市民一样，被现实政治操弄的无奈处境，但是他不惮于此：

> 有些观点我不想在小说之外发言，正在发生的事，我其实和那些被政客、媒体操弄而后恍然大悟一些是幻术一场空的无知百姓市民，常是相同的视觉位置。我关心且担心的反而是自己两边皆匮缺的教养……我这辈台湾的外省第二代的现代主义性格或无故事可说（如果父亲的流亡故事说完了），其实可能缘于自己不敢置信的经验缺乏纵深。①

正因为如此，《西夏旅馆》在"回不去了"的感伤情怀里，有"走下去"的坚强决心，纵使必须不断去挖掘那些曾经被伤害的一切，也要提供一个关注当前生活空间本体面貌与历史变局间千丝万缕联系的文本，以时时警醒人们，在身份认同的追寻中可能遭遇的困境，昭示人们，希望的永在。

---

① 《迷走西夏的一幅心灵地图：骆以军与编辑对答》，《印刻文学生活志》2008 年第 7 期。

第五章　折叠时空的小说幻术

　　骆以军的小说践行了博尔赫斯在《小径分岔的花园》中传达的一种小说追求，即小说应该像迷宫那样构成，里面充满了看似无逻辑的循环、重复、拼接、无序和陷阱，叙事的线索在任意的岔口歧出，或交叉分离，或平行断裂，令读者迷失于其中。在骆以军小说绵延不尽的故事场景中，追随的读者常常在时间的分岔或断面上陷入迷惑，不知此身何在。如果说，骆以军想以此警示，告谕大家在迷乱的时空中保持清醒的话，其小说不啻为一个绝佳的范本。其折叠时空的小说幻术，是作为现代主义者的骆以军以最敏感的神经深入时光深处，为我们布下的卦阵，它可以作为我们探知现代社会旋涡的触须，也可以成为我们防御现代性侵袭的预演训练。

第一节　叙事迷宫的倾力锻造

　　二百五十年前曾有一个天才写下了一本奇书，那本书赋予了"小说"一个全景：一种将时光冻结，让我们可以慢速微观人类黑暗之心的纹脉；对美的艳异惊叹；对超过单一个体的劫毁崩坏心生恐惧与哀戚；一个微物之神所照看的繁华文明。只有小说才可能演义的，迷宫般的圆满宇宙。

　　当然，那正是曹雪芹的《红楼梦》。

——骆以军[1]

　　"世界是个走不出的迷宫"，这是博尔赫斯所有作品的核心主题。对于奉博尔赫斯及其创作为圭臬的骆以军来说，迷宫的锻造更杂糅了其现实的痛感。在历史与现实的迷局中探寻身份的确证，是骆以军小说认同书写的主题。他在探寻过程中的困惑、迷茫，对现实错乱的洞悉，对历史悖谬的体察，都深刻地体现在其对叙事迷宫的倾力锻造上，而其归旨，则体现在他对《红楼梦》的解读上。

一　时间迷宫

　　交叠互映的梦境和没有出路的时间缝隙是骆以军时间迷宫的两种主要形式。

1. 交叠互映的梦境

　　梦是人类精神生活中一个难解的谜，也是透露我们心灵秘密的一个窗口。我们常说，日有所思，夜有所梦。梦是我们的经历留下的痕迹，也是我们对未来希望的投影，它承担着我们的经验、思想、欲望、痛苦，以及许多不为人所知，甚至不为自己所知的感受和体验。梦是非逻辑和非理性的，梦中的影像往往是无序的，相互间没有前因，也没有后果，仿佛电影中的蒙太奇手法，以连续拼接的视像镜头将影像一帧帧地推现在脑海中。这种梦境蒙太奇可以说正是我们头脑的一种特殊叙述行为，它推动着脑海中的视像进行组装拼接，努力呈现着我

---

　　① 《骆以军于颁奖典礼上发表之得奖感言全文》，香港浸会大学文学院编《红楼梦奖2010得奖作品专辑：论骆以军〈西夏旅馆〉》，香港：天地图书有限公司2012年版，第237页。

们有过的，或可能会有的时空体验。①

　　骆以军是一个热爱描述梦境的写作者，大学毕业后有几年，他写不出东西，就学习台湾文坛前辈雷骧，开始作"梦笔记"。在枕边放一个笔记本，一支笔，一旦从梦中醒来，就迅速用笔将梦记录下来。骆以军说这就像画家在做素描练习，而他的素描是梦境。②

　　　　《西夏旅馆》里面有一段叫《洗梦人》，那句话太棒了，它说"神，不愿意再到你的梦里来，是因为你的梦太脏了"。我觉得这特别棒，洗梦对我这个"外省第二代"，很像聚斯金德写《香水》里的格雷诺耶，我是没有故事的，我是一个没有身世的，就像那个家伙是一个没有气味的人，可是他可以透过他对于各种香水的专业技术，萃取的方式，最后可以伪造出一个让所有人疯掉的香水。对我来讲，这是一个变成说故事的人的过程。③

梦的素描练习让骆以军的梦境描写充满了剧场感，其间光影变幻、层次结构复杂、细节质地饱满。比如《西夏旅馆·少年》里的一个梦——

　　　　他记得在那个梦境里，确实有一个男孩在一幢像博物馆般的大建筑物里迷路了。那应该是一座豪华大旅馆，但年久失修：墙壁、梁柱、地砖，乃至大厅吊灯与酒吧舞池皆坏损，壁纸或深色硬木吸音墙面布满水霉。

类似的梦境在骆以军的小说场景中可谓比比皆是。它们以"真实"的

---

① 龙迪勇：《梦：时间与叙事》，《江西社会科学》2002 年第 8 期。
② 骆以军、木叶：《我要看到文学的极限》，《上海文学》2012 年第 6 期。
③ 叶莺整理：《〈西夏旅馆〉："外省第二代"的孤独隐喻?》，《全国总书目》2011 年第 7 期。

质感穿插在主人公混沌迷茫的生活中，毫不留情地挤占主人公的现实空间，在造成主人公时空迷乱的同时，也为读者打造了一个梦中时空与现实时空交叠的光影剧场。

在骆以军的光影剧场中，时间是无序的，它可以指向现在，也可以流向过去、未来。当小说主人公，以"我记得"开始描述自己的梦境时，一方面会给读者造成"梦（想）照进现实"的感受。因为骆以军从来不写美梦，这些梦在被描述时即开始渗进现实，与现实的不堪、破落掺杂在一起。在他笔下，那些充满剧场质感的梦境里总是充斥着污秽、血腥和暴力的"恶之花"。另一方面，从这些梦的来源看，它们可能正是日之现实或所思在夜之梦境中的反映。中外古今，人们都意欲通过占梦一窥最隐秘的精神世界。如果占卜骆以军小说中的梦境，会验证出怎样的期待与记忆呢？这些带着骆以军个人体验的梦境，它们既是现实的写照，也是历史的投影，更是对未来的担忧。它们在光影间、迷离间交织，营建独特的骆氏时间迷宫。在这个迷宫里，骆以军以梦境蒙太奇的方式搬演时间的碎片，并置一帧帧来自过去与未来的时间影像，它们碎片般罗列交叠，互相映射，消弭了过去、现在和未来的界限，包容今昔过往，像预言，又像谶语，无论是重演过去的今天，还是预演未来的过去，都在其中同时登场，让读者在立体的、多侧面的时间中深味历史的无稽，直面现代社会的本相。看似无序，却绝不虚无。

2. 没有出路的时间缝隙

历史是一座各种力量的角力场，时空在这里会发生扭曲，造成丫丫杈杈的缝隙。在这些缝隙里，交错着从上古到今天各个不同序列的时间断面，它们就像时间流里的结界，一旦陷落其中，再没有出路可以逃离。

《办公室》[①] 里爸爸的情妇，身上永远充溢着杏仁的香甜味，"我"

---

① 骆以军：《月球姓氏》，台北：联合文学出版社股份有限公司 2000 年版，第 19 页。

少年时见她，她已头发花白；待我成年后见她，她依然头发花白。这是一个与"不老的伊雪艳"相对的"恒老的情妇"，它反映出一种与白先勇式的、"向后看"的怀旧历史观不一样的历史观念。如果说，"不老的伊雪艳"代表白先勇对旧日上海永远不变的怀恋的话，"恒老的情妇"则代表了骆以军眼中外省第一代执着而颓败的人生理想——即使"她"仍然香甜美丽，毕竟也已经老去，"她"只是不合时宜地停留在当前这个时间缝隙里，欺骗性地光鲜亮丽着，抚慰着父亲这一代而已。

还有爸爸脑袋里那只滴答滴答作响的时钟（《钟面》），① 无疑喻指一个扭曲的时空，而拥有这个时钟的爸爸，仿佛一个活在时间齿轮的漏裂里的"怪物"——

> 我父亲走了八十岁的这一生，在他内心那个我们想当然耳以为仍在持续弥缝整合，在疾徐远近的记忆图档内精雕细琢着"他"（我父亲这个人）的完整时间景观。其实不是如我们想像的那样，仍是大大小小齿轮精准地衔接焊合着某种复合记忆……②

> 在我父亲的脑袋里，其实最后塞的是几只各自设定了不同时间的钟，它们急缓快慢各自滴答滴答地走着。你无意（或有意）碰了那一只钟的按键，我父亲就会极单纯而机械地进入那只钟的有效时间逻辑里。③

其实，父亲还有他的情妇，都被困在时间缝隙里了。他们的生命

---

① 骆以军：《月球姓氏》，台北：联合文学出版社股份有限公司 2000 年版，第 173 页。
② 骆以军：《月球姓氏》，台北：联合文学出版社股份有限公司 2000 年版，第 182 页。
③ 骆以军：《月球姓氏》，台北：联合文学出版社股份有限公司 2000 年版，第 182 页。

齿轮只衔接自己认可的记忆，仿佛进入了一个自己的时空。即便在越来越快的社会发展中，过去建构起来的一切已成为一无是处的废墟，他们仍然只固守自己的时间逻辑。

还有那支"最后逃亡的西夏骑兵队"，他们跌进充斥着怪力乱神的各个历史时期的黑暗时刻，一路逃亡，走过沙漠，闯入远古的神话世界，冲进四时星辰的躔度，卷入天刑和天德的屠杀秀……但是，始终找不到时间向前发展的出口，只得不停地在历史的时空中左奔右突，哀叹"连走投无路都这么辛苦"。

历史仿如一个巨大的时间迷宫，内中有无数的时间缝隙，它们就像时间另外的断面，埋伏着历史的其他可能。而骆以军的时间迷宫，仿佛时间的立体素描，掘出了这些暗藏的时间细节，让读者从中窥见历史发展中残酷的、被遮掩的一面。

二　空间迷宫

"空间迷宫，一般被理解为一种有着弯弯曲曲复杂通道的建筑物或神秘的空间形式，这种建筑物或空间形式中往往充斥着大量的无逻辑的循环、非正常的短路、死路、断头路和陷阱，令人难以找到中心和出口。"[①] 空间迷宫在小说中可以是本源形式的专门的迷宫，也可以是经由人物对建筑物的空间感知变形而"体验"到的迷宫。在现代及后现代的小说中，体验式的空间迷宫更为多见。它们往往作为一种被困囿的隐喻，借书中人物所体验的空间状态表现出来，传达作者对世界的迷惑、不解，以批判现实的不正常或反人性。

在骆以军营造的空间迷宫中，最为研究者乐道的，是《月球姓

---

① 王钦峰：《博尔赫斯小说迷宫意象群之意义透析》，《国外文学》2015 年第 1 期。

氏》中的《中正纪念堂》。"这是一个弄错地图的故事。"① 小说中，"我"在某天傍晚至深夜，困于中正纪念堂工地内，"完全没有办法走出去"，而"我"所体验、感知的中正纪念堂工地是"怪异"的——

> 在那一整片沟壑起伏，阵形难窥其秘的空阔旷野（我真的觉得自己被困在一个离那座城市好远好远的郊外）的中央，是一座搭盖到一半，钢梁裸露，巨石块堆叠而上的，像太空基地一样怪异、高耸的巨大建筑。②

这里有一种因为无法看清真相而致的迷惑，更有一种感知本质的直觉。本来这一象征威权的地理景观欲加之于民众的是"规训"和威慑，但是"我"却以孩童未受威权污染的眼睛，洞穿它"怪异"的本相，揭穿了它外强中干的本质。

还有一些空间迷宫，横亘在自我成长的路途中，仿佛亲情间的疏离与不了解转化成了空间形式。比如《我未来次子关于我的回忆》中，让"我"和哥哥迷失的欢乐屋：

> 我们咯咯笑着，不知道那些踮着肉掌，鼠逃至某一定点便会静蛰着用猫科动物特有警戒并困惑神情瞪着我们的神秘小生物，会带我们到迷宫的哪一边？我们不确知在每一个房间死角被我们盯住的是否原先追逐的那几只猫，一如我们不确知那个屋里究竟有几只猫？但大人们的声音似乎隔得很远。父亲的笑声混在其中，显得放松且有一种我不熟悉的青少年气氛。③

---

① 骆以军：《月球姓氏》，台北：联合文学出版社股份有限公司 2000 年版，第 122 页。
② 骆以军：《月球姓氏》，台北：联合文学出版社股份有限公司 2000 年版，第 124 页。
③ 骆以军：《我未来次子关于我的回忆》，台北：INK 印刻出版有限公司 2005 年版，第 74 页。

这是未来次子的回忆，透过他幼稚小儿的视角，这个欢乐屋的确有一种迷宫般的奇异，它不仅让幼小的次子迷乱其中，而且还让来到这里的父亲，沾染上某种次子不熟悉的气氛。这个欢乐屋甚至因此成为一个象征——它是父亲带着次子曾经置身其中的"某种幸福美好、烂漫温厚的稠状物事"。但是，仿佛一个忧伤的反讽，次子对"烂漫温厚的"幸福竟然感到生疏和迷惑，以致这一美好伴随着"迷宫"般的困惑不解留存在次子的记忆中，提示着一个并不美好的真相——"放松"、有着"青少年气氛"并不是父亲的常态。所以，当次子多年后提及，那一时刻甚至成为自己的"追忆似水年华"时，[1]"我该如何当父亲"的困惑又一次冲击了骆以军。对于欲借次子的眼光重塑自己父亲形象的骆以军来说，次子关于欢乐屋的"迷宫纪事"大概也成了一个让他迷惑于"如何做父亲"的"迷宫"。

三　文字迷宫

骆以军的小说常常在有意无意间互相交错，形成了包括小说、散文、新闻、书籍、词语、文字（特别是西夏文字）、传说等，一系列文本互相挪用交织的文字迷宫。他让类似的情景、"相同的"人物在书中交错纠缠，彼此支撑，又互相拆解，制造认知的迷局，以此隐喻历史书写的错漏、谎言和遮蔽。

比如《西夏旅馆》中，美兰嬷嬷给图尼克念了一篇元末唐兀（西夏）人余阙的小传，这篇小传揭示了历史上西夏人渐成汉人的身份建构历程，正与现实中台独叫嚣的本省人之起源映照，拆解了后者所谓的族群纯粹性谎言，以历史的真相明证：身份的建构是一个不断阻隔，却也不断吸收"他者"的过程，作为流亡者后裔的故事，并不像丝缎

---

[1]　骆以军：《我未来次子关于我的回忆》，台北：INK印刻出版有限公司2005年版，第75页。

那么平滑纯粹。①

如果历史的书写拆解了现实的谎言，那么书写本身是否确凿可信呢？在《我未来次子关于我的回忆》中，通过解构自己的创作，骆以军又表达出对书写的确定性的怀疑。在小说里，一位女士给次子寄来一篇论文，文中考据了这部作品：

> 我（注：指次子）曾接到一位女士辗转寄来的一篇论文，她考据出所有这一批我关于我父亲的回忆札记全出自我父亲手笔，她根据文体、修辞、隐喻的惯性，甚至不知如何到手的一份证明为我父亲手迹之手稿，推论出这些小说中所有属于"我"这个人的记忆，全是我父亲编织拟造的。甚至于这个世界其实并没有我这样一个人的存在！

这个类似自证虚构的情节，以所谓的论文揭穿作者所有的苦心经营，揭示作品虚构的本质，让小说的叙事陷入由论文考据所形成的文字迷宫中，模糊了回忆与现实的界限，让事实变得迷惑纠结、残缺错乱，以迷乱的效果隐喻书写的不确切性。

书写是为不被历史遗忘。"也许灭绝并不真正意味着时间的溃灭，消失于太虚。"② 毕竟在现代生物工程的魔力下，连史前的长毛象都可能复活。我们需要思考的反而是，只有"种的延续"，却没有身世记忆，没有故事密码的传代，是不是另一种形式的"灭种"？正因为如此，我们应当让文字说话，凭借书写逃离被历史覆写的命运。但是，这样真的可以么？

---

① 骆以军：《西夏旅馆》，台北：INK 印刻出版有限公司 2008 年版，第 73 页。
② 骆以军：《西夏旅馆》，台北：INK 印刻出版有限公司 2008 年版，第 81 页。

这一支文明（这一个帝国、这一族），为了避免掉入那历史的周期（那些兴亡覆灭的周期轮替），他们硬生生地，举族横移出历史所能覆写的国度之外。……他们自创一种非人类抽象思维或藉由连结真实世界之表意系统的古怪文字。那套文字至今并未被那些天才语言学家真正破译。据说那套文字发明出来的真正目的，不在于记录他们曾正在经历的当下，而是一种对幻术的隐喻或字谜，不是为了让意义彰显反而是为了遮蔽。[①]

为了逃离历史的覆写，西夏创造了自己的文字。但是，这个族群如烟消散后，尽管作者敷衍出一个个西夏文字背后的时光故事，关于这个族群的记忆仍然迷离遥远，恍然如烟。为了遮蔽意义而创造的文字最终因为"不可知"而遮蔽了自己，让自己的历史陷落在无法破解的文字迷宫中，这不啻对历史叙事的巨大讽刺。

通过"文字迷宫"的层层揭秘，骆以军毫不留情地质疑了历史书写的真实性与可靠性，揭示出历史的荒诞与悖谬。他在其间追根寻底，执拗追问，洞悉一个又一个历史与现实的真相，昭示了他要在认同书写中去除谎言和遮蔽的决心，表现出了他抵抗被设定的身世，寻找认同之真义的决然。

第二节　不可靠叙述的频繁交叠

然而有一点是可以肯定的，即是这本相簿所收的照片，应当全是我藏身于镜头之后的捕猎，照片上绝对不可能出现我（事实上确实除了那页抽去海边照留下底空白，整本相簿都没有我的存在）。然则我竟将其中一张"海边破船上的一群年轻人"当成生

---

① 骆以军：《西夏旅馆》，台北：INK 印刻出版有限公司 2008 年版，第 71 页。

活照，寄给那位徐小姐当成我的资料，而那上面居然"可能并不
存在我"。于是我努力地回忆彼张照片，却更加不肯定自己是否
在那张照片之内。我甚至找不到关于我曾在那样的海边的那么一
艘搁浅的破渔船上，和那么一群人合照过的任何一丝记忆。

——骆以军[1]

"不可靠叙述"是韦恩·布思在其《小说修辞学》中，作为一种
小说叙事的修辞方法提出的。[2] 其后，布思的学生和朋友——美国叙
事理论界权威詹姆斯·费伦发展了布思的理论。根据布思和费伦的叙
事理论，小说作者在叙事过程中通过叙述视角的选择与转换，以及对
"叙述者"的生理、心理乃至价值立场的预设，即可以在小说中生成
不可靠叙述，并由此达成预期的叙事效果，实现自己的叙事目标。

骆以军的小说中不可靠叙述正是通过不断转换叙述视角，让文本
之间相互消解，造成叙事的不确定性，从而生成的。他以此充分展示
现代社会中个体碎片化的生存状态，淋漓尽致地表达了自己对现代性
的独特感受。

一 可疑的"我"和我的"人渣"朋友

骆以军自认其小说是"伪私小说"。他的作品中，常常出没着真
假难辨的"我"——在《妻梦狗》《遣悲怀》《月球姓氏》《远方》里，
主人公的经历、身世几乎可以和作者合而为一。但是，这些并不是自

---

① 骆以军：《红字团》，台北：联合文学出版社股份有限公司 1993 年版，第 25 页。
② 申丹：《何为"不可靠叙述"》，《外国文学评论》2006 年第 4 期。作为一个叙事学概
念，"不可靠叙述"在学界一直有"修辞方法"和"认知（建构）方法"之争，本文以韦恩·
布思的《小说修辞学》作为主要参照，并汲取申丹及其他叙事学研究者的成果及论述，在此将
其作为一种修辞方法，探讨其在骆以军小说创作中频繁运用的作用和目的。

传性的叙事作品，其中的主人公"我"只是以第一人称出现在书中的"叙述者"而已。这种虚虚实实的叙述策略，显然会"引诱"一些读者去现实生活中找寻证据，以求证小说中的"我"与作者真实自我之间的联系。这种求证，原本多发生在自传性作品的阅读中，但骆以军以一种"真作假时假亦真"的方式，在虚构的小说作品中留下"真我"的影子，把现实拉进作品，成为作品叙述的"显在"镜像，使叙述主体的身份在真假自我的矛盾中变得含混起来，从而让读者阅读作品时始终处在"假我"和"真我"、艺术虚构和生活现实两组影像的双重交错影响下，对故事的认知不停地在"虚构"与"真实"之间摇摆，产生了叙述不尽可靠，事实始终迷离的阅读感受。

骆以军常常提及他"混社会"的日子，这段经历反映在他的小说中，即"我"和我的"人渣"朋友的经历，或者我们互相交换的故事。"人渣"朋友的出现，在小说中发挥出两种作用：第一，通过"人渣"朋友预设"我"及我的朋友在身份、心理、生理上的低道德信用和低能力水平，以人品的不靠谱增添叙述的不可靠性；第二，小说的叙述者从"我"到我的"人渣"朋友，其间多了一次转换，只是骆以军并不强调两者间的互补，反而突出两者间相互抵牾的部分，以此强化叙述的不可靠性。

在小说中，这些"人渣"朋友或者来自"我"的高考复读实习班，比如《降生十二星座》中的杨延辉、《第三个舞者》中的卢子玉；或者来自"我"潦倒之际搜集故事的广告公司，比如《第三个舞者》中与"我"相约讲故事的顺子、公司摄影师等底层职员。他们的职业各不相同，但拥有近似的社会身份——都是社会下层的失败者或小人物，他们有奇怪的经历或见闻，但没有坚定的原则或是非分明的道德观，甚至没有辨别事实真伪的能力。不言而喻，对读者而言，这些故事讲述者的话语可信度显然是不充分的。加之他们道德观的模糊，因此他们的讲述往往会因没有据守的价值立场而变得不可靠、无意义，在倏忽间变得像个玩笑，最终成为一场荒诞的滑稽戏——

> 我告诉他我这一阵子得了一种"故事枯竭症"，我发现我生活的周遭，所有的人、事，都他妈太正常太无聊太平淡无奇了，我说我想写一本小说，叫做"没有故事可说"。
>
> 真的，他眼睛一亮，不是开玩笑，我前一阵子还在想，我想来写一本书出出，书名就叫"没人听我说故事"。①

不可靠叙述，一种涉及故事事实，另一种涉及价值判断。在骆以军的小说中，利用"我"和我的"人渣"朋友不可信任的身份和模糊的道德立场，生成小说的不可靠叙述，最终消解了小说中的故事事实和价值判断，以不可确认的故事面目映照出现代社会的都市人，尤其是底层都市人彷徨无依的精神状态。

二　第一人称回顾性叙述的双重聚焦

骆以军的小说喜欢采用第一人称回顾式叙述。叙述者"我"在回顾时，常常用"我记得"去唤起往事，让故事以追述的方式呈现。申丹认为，这种叙述会产生双重聚焦的效果，即所谓第一人称回顾性叙述的双重聚焦。它是指"在第一人称回顾性叙述中（无论'我'是主人公还是旁观者），通常有两种眼光在交替作用：一为叙述者'我'追忆往事的眼光，另一为被追忆的'我'正在经历事件时的眼光"。②两种眼光的交叠，会让事件的呈现显示出不确定的意味。尤其是当两

---

① 骆以军：《第三个舞者》，台北：联合文学出版社股份有限公司1999年版，第14页。
② 申丹：《叙述学与小说文体学研究》，北京大学出版社2001年版，第223页。

种眼光本身都处在一种惝恍迷离的状态中时更是如此。骆以军所采用的、以"回顾式"的姿态进行的叙述正是如此。因为观察立场的变化，作品中会有两种或两种以上的眼光聚焦事件，事件因而有了"双身重影"，它们互相映射，又互相抵消。可以说，双重聚焦反而让事件在回顾中失去了焦点，最终生成不可靠叙述。

比如在最早的获奖小说集《红字团》中，对于拍照的记忆像失焦褪色的照片一样模糊（《字团张开之后》）：

> ……于是我想起了这本相簿里所收的相片，是我留级那个暑假，一时心血来潮带着一台傻瓜相机，刻意到一些偏远的小乡镇去拍的。实则我是一点基本的摄影常识也不具备，因此整叠一张三块五冲洗出来的照片，即便是经过挑拣而存留在这本相簿之中的，也都多多少少发生了一些脱焦、面孔模糊，甚至从采摄画面一半截断的现象。[1]

被追忆的"我"正在经历事件时，看事物的眼光不成熟，摄影技巧也不到家，只会"刻意"地选择偏远的小乡镇，所拍摄的照片也乏善可陈。可见，那个时候的"我"并不可靠，那个时候拍摄的照片也不可靠。而叙述者"我"又如何呢？对于这段往事的追忆，因为时间久远，"我"所能记得的也只是选择偏远的小乡镇和当时的拍摄技术很烂这样的大概事实，没有可靠的细节。两种眼光——一种在当时，一种在现在，都聚焦"拍照"这件事，但都不确定。这种双重的不确定产生不了"负负得正"的效果，反而造成对事件真相越发迷惑的认知，最终生成不可靠叙述。

在《远方》这部最接近写实的小说中，作者的记忆仍然"不可

---

[1]　骆以军：《红字团》，台北：联合文学出版社股份有限公司1993年版，第25页。

靠"。因为父亲病危身陷"无法亲近"的故土，失怙的恐惧和人际应对的压力让"我"身心俱疲，九江小城的"现代化"街景无时无刻不冲击着"我"的神经：

> 这样子站在教人发狂的白光里，眼前那些单调贫乏的街景：那些丑陋的五层公寓加盖铁皮顶楼、那些广告看板、那些电线杆和缚绑在建筑四周的第四台偷接线缆……所有的事物似乎皆在那样的强光里变成化石上的三叶虫或鹦鹉螺的构图线条一样美丽。它们在灾难中呈现了与它们本来的缺憾完全相反的气质：因为没有纵深，所以整幅街景被炽白强光吃掉了影子时，反倒有一种版画刻意的紊乱割纹。①

如果《字团张开之后》对照片记忆的失焦是因为时日久远的遗忘，那么，《远方》中的恍惚，大体可以理解为创伤下的记忆紊乱。而无论是哪种原因，"我"的记忆都因此变成了碎片化的光影，仿佛对焦不准的照片一样，充斥着大量模糊甚至空白的地方，十分不可靠。

"大大小小的'我想起'都是'我'的建构成分。"② 骆以军的认同书写总是借托书中"我"的回顾和追忆去追寻身份的确证，但记忆并不可靠，模糊不明、互相抵触的"我记得""我想起"最终没有为建构"我"的身份留下确切无疑的证明，反复唤起的回忆经过无数遍搓揉，已经变成无法连缀的、皱缩的碎片，"我"的身份认同也因此飘移不定。

---

① 骆以军：《远方》，台北：INK 印刻出版有限公司 2007 年版，第 143 页。
② ［法］阿尔弗雷德·格罗塞：《身份认同的困境》，王鲲译，社会科学文献出版社 2010 年版，第 33 页。

三　相互消解的互文本

骆以军小说创作中的互文本写作主要呈现两种形态：一种是文本内的互文；另一种是文本间的互文。

文本内的互文是在小说的叙述中，以回顾往事或讲述奇闻逸事的形式引入另外的文本，使文本之间相互并行，又相互消解。比如在《西夏旅馆》的《父亲·上》中，老范给图尼克讲了一个图尼克父亲曾经提起的往事：一次图尼克父亲搭夜行列车南下，在车上结识了一位长着"贞静少女脸孔"的日本老人，图尼克父亲将自己内心底层的乌托邦完整地阐述给老人听，与老人进行了一场"同等高度心灵者"[①]的对话。二十年后，老范在台湾买到一本日本小说《睡美人》，里面的内容就是图尼克父亲的乌托邦，而写这本书的、图尼克父亲当年遇到的那个日本人，是带着肺病来台湾旅行的川端康成。但是，《父亲·下》的叙述中，这件往事却发生了偏移。"抱歉，我昨晚对你说的，可能全部说错方向……"[②] 老范在回忆时，又"纠正"了自己的叙述，说自己许多年后读了一本迁延才翻译的日本小说《心境》，那小说里有一个段落写的就是发生在他与图尼克父亲，以及一对房东母女间的场面，而这本小说的作者是夏目漱石。"我不确定是小说家移形换位地更动了重要的细节，或是你父亲在把这段故事讲给旅途中的陌生异国人听时，把事情真相隐蔽变造了。"[③] 叙述者在自我陈述时，意识到叙述中的不可靠因素，便把怀疑的眼光投向了引入文本的创作技巧，或故事的来源，以致事件可能的"原点"也终于在重重迷雾中

---

① 骆以军：《西夏旅馆》，台北：INK 印刻出版有限公司 2008 年版，第 119 页。
② 骆以军：《西夏旅馆》，台北：INK 印刻出版有限公司 2008 年版，第 131 页。
③ 骆以军：《西夏旅馆》，台北：INK 印刻出版有限公司 2008 年版，第 132 页。

失去了可信度。同时，叙述者不惜"自我招认"，"坦白"创作中会动用到的虚构技艺，但是，与这些惝恍模糊相对的，却是文本中独一无二、真切无比的细节！以致到最后，连"遗忘"本身也显得虚假起来。

文本间的互文，主要是指骆以军自己的各个文本——包括小说和散文之间，交错延伸，生成不可靠叙述，使文本消解了确定的意义和指向，显出枝杈横生的态势。对这种互文，骆以军自己的解释是，因为他是一个"经验匮乏者"，所以会不自觉地吸收或转化其他文本。笔者认为，这个解释可能也只是一个"障眼法"，实际上，这是骆以军在创作中织造的一张互文之网。

2002 年 5 月开始，骆以军应约在《壹周刊》开设"我们"专栏，此后每周一篇，延续数年。有很多评论者，包括朱天心都认为，骆以军不应该去写专栏这种小文章，因为这会影响他的创作。但骆以军自己却不以为意，一方面，他坦陈自己全职搞创作要背负不小的经济压力，而专栏的写作让他有一份稳定的收入；另一方面，他认为专栏写作是自己的"单项训练"，他正可以借此练笔。从实效看，骆以军的专栏写作确实成绩喜人。收入暂且不论，从创作内容看，专栏写作中的许多单篇，后来相继出现在《我未来次子关于我的回忆》《西夏旅馆》等长篇小说中，确乎如其所言，是一种组合长篇前的"单项训练"。另外，由于其专栏广受欢迎，印刻出版公司还将其专栏文章集成"我们"系列——《我们》（2004 年）、《我爱罗》（2006 年）和《经济大萧条时期的梦游街》（2009 年），在 2009 年推出。虽然这些专栏文章结集后的文体归属颇有争议，但刊载于《壹周刊》的专栏时，大体都被认作"随笔"或"小品文"。换言之，根据散文随笔的非虚构性写作要求，这些文章里写到的事，读者一般默认是作者亲身经历或亲自耳闻的"真实事件"。所以，当这些文章出现在骆以军的长篇小说中时，读者不免会迷惑——原来这些是虚构的吗？比如"美兰嬷嬷"，先出现在专栏中，后来又现身《西夏旅馆》；还有"洗梦者"、打碎的矮人陶偶、忘记用符水浸泡的眼镜等，似乎都突然变身成了小说中的虚构之人/物。如果通观骆以军的所有作品，这种文本间的互文几乎无所不在，不但篇章间互为因果，互补细节，更有互相诋毁和消解，在读者刚以为某个文本补上了前一个故事的因由之时，骆以军已经毫不犹疑地又用另一个文本拆解了这个故事。在拆拆补补之间，故事在文本间自行漫流、悄然改变，不可靠叙述自自然然地生成，令原本单薄的情节逻辑越发脆弱，乃至崩解，意义因而变得暧昧复杂，而文本也从含义明确的单一文本变成了 $1+1>2$ 的多重文本。

通过文本内的互文和文本间的互文，骆以军打造了一张不断渗透、蔓延的互文之网。在这张网里，真假难辨的"我"和我的"人渣"朋友的叙述互相转换拆解，并配合"我"在回顾中双重聚焦的迷糊混乱，成功地在小说中生成了频繁交错的不可靠叙述，生动呈现了现代性高度发展的社会里人们碎片化的精神体验。

第三节　语言的裂解实验

——所有的秘密都在听觉而非嗅觉，奇怪的是随着我年事较高而所有关于气味的记忆皆如凋萎花瓣——离我远去，那些穿梭在一封闭空间庞杂声音迷宫里的独特声音，会抽丝剥茧、历久弥新地朝我传送过来。某种牡蛎的外膜在碰触到高温铁板的一瞬，将它内部水分溢流同时挥发成蒸气的短促声响。像叹息。一种高级材质的精淬钢刀，混合了手腕使劲时关节的咯喇轻响，刀刃没入一条不可思议的油脂如雪花散布在肌肉间的豪华牛排肉内，那发生在短短零点几秒间的时光漫游，柔软组织的破坏，声音的繁复就像一个音乐大师精疲力竭替一架古典名琴的钢弦调好音。

——骆以军①

"红楼梦奖"的授奖辞赞誉《西夏旅馆》"文字华丽，结构繁复，意象奇诡，寄托深远"②，其实这一特点并非《西夏旅馆》独有，纵观骆以军的创作，其每一部小说都像是一场充满冒险的语言实验。在他的笔下，那些习以为常的感觉、情绪、道德判断往往表现出不确切的、暧昧的面貌。它们既细腻入微，又显现出我们不熟悉的特质，仿佛"每个字词都裂解"③，产生了我们不熟识的意义。

一　故事的矫饰主义④

中国的传统文学表达中有一个"言象意"系统，在《周易略例·明象》中，王弼有一段言象意之辨，可以说是这一系统的一个经典表述。他指出："故言者所以明象，得象而忘言；象者所以存意，得意而忘象。……然则忘象者，乃得意者也；忘言者，乃得象者也。得意在忘象，得象在忘言。"⑤ 也就是说，当我们最终得其一时，比如象，我们就会失其一，比如言。依此类推。

骆以军显然不愿就范于这一系统。有研究者认为，"骆以军的作品从不曾与一种故事的矫饰主义分离"。"总是将大量的过度修饰、强

---

①　骆以军：《我未来次子关于我的回忆》，台北：INK 印刻出版有限公司 2005 年版，第 80 页。

②　香港浸会大学文学院编：《红楼梦奖 2010 得奖作品专辑：论骆以军〈西夏旅馆〉》，香港：天地图书有限公司 2012 年版，第 235 页。

③　杨凯麟：《每个字词都裂解，骆以军的两个世界》，广西师范大学出版社 2015 年版，第 1 页。

④　杨凯麟：《〈西夏旅馆〉的运动——语言与时间——语言：骆以军游牧书写论》，台北：《骆以军作品研讨会论文集》2009 年第 6 期。

⑤　张然、戚良德：《从言象意看〈文心雕龙〉的文图理论》，《理论学刊》2016 年第 11 卷第 6 期。

烈失衡与神经质观点铺展于故事时空中。"① 的确如此。骆以军的小说
对许多读惯了传统写实主义小说的读者而言，会很不习惯。因为他并
不注重故事过程的叙述，也不推导事件发生、发展中的因果逻辑。在
他的小说中，呈现的可能只是几次对话、几次回忆，或者印象中的几
个画面、几个场景——骆以军小说的"时间格"。但是，这些"时间
格"，正是骆以军挑战"得象而忘言"的武器，它们暗藏着骆以军试
图以无限包容的意象突破他这一代写作者"经验匮乏"的边界的野
心。为此，骆以军往往让小说的文字承担大量的内容，密集而纷繁的描
写在章节跳跃中表现出慌乱无序的诉求，令故事本身变得躁动和多面，
并以这种"迷离"的效果对应小说指向的裂变、错乱的历史与现实：

> ……我从高空鸟瞰，才发现这一支悲伤而疲惫，恐惧被灭种
> 噩梦吞噬的骑兵队。他们，根本不是如他们以为地窜逃在一片沙
> 丘起伏，偶有湿土和枯草覆盖的地表，他们小小的身影，他们的
> 马蹄子，正踩在一张无比光滑、白皙的女人的脸上……
>
> 所谓的沙漠，只是他们催赶马骑沿途飙起的漫天狂沙。没有
> 沙漠这个玩意儿，那是一张巨大无比，说不清楚那表情是如痴如
> 醉、愤怒、被这些小虫子弄痒痒想打喷嚏，或是哈欠欲睡的一张
> 女人的脸啊……

小说以最后一支逃亡的西夏骑兵队隐喻 1949 年逃亡到台湾的那批外省
人。他们被政权弃掷，被历史遗忘，跌落在扭曲的时间缝隙里，奔逃
已经成为宿命，所以小说叙述以电影镜头式的推拉摇移变换对焦，混
合蒙太奇的镜头拼接，以鲜活、鬼魅的"意象"呈现这个隐喻，令人

---

① 杨凯麟：《〈西夏旅馆〉的运动——语言与时间——语言：骆以军游牧书写论》，台北：
《骆以军作品研讨会论文集》2009 年第 6 期。

目眩神迷，又惊颤莫名。

在骆以军的小说里，时空变换组合往往伴随绵密的叙述铺展，一个个场景仿佛随着电影镜头升降移动——推、拉、摇、移、跟。从时间上看，镜头的快拉和快推，一个是很快地将过去"拉"过来，成为"现在"（《远方》）；另一个是把现在推远，变成将来回顾中的场景（《我未来次子关于我的回忆》）。从空间上看，镜头的摇、移、跟则让叙述视角忽而从身在其中到置身事外；忽而从平视的跟（踪）推（近）变换为拉（高）的俯瞰；又或者从推（近）紧贴转为突然拉（远）疏离。而叙述角度的快速转换和移动，把线性时间里的平面场景打造成交错时间中的多维立体情景，让读者能从不同的角度聚焦，从而创造出具有立体效应的阅读感受。比如西夏城破的一瞬，暴烈而绚烂，空间上，巨灵神般的强大帝国在我们的仰视里"四崩五裂"；时间上，那一瞬被拉得很慢很长，变幻出不同的色彩，在叙述的多角度变焦镜头中被搓揉成一个多面体的骇人魔方：

像所有伤害的起点，时间在那个时刻被冰封冻结，那座城在真正灾难降临，我们惊骇战栗仰视的半空中被戳刺、冲撞、焚烧、劈砍，被玷污、被凌迟，然后，终于像一尊巨大神灵双膝韧带被挑断，硬生生跪下，然后在灰尘蔽空的昏暗大地向前仆倒，四崩五裂。

那个时刻，如此洁净、肃穆，我们看着身着赤红盔甲的蒙古骑兵像一群着火的乌鸦从这城崩塌后四面八方的裂口，慢动作，喷洒着从这个梦境之壳（虽然已碎裂）外另一个梦境沾带的不同颜色光焰与油彩，踢腾跳跃。那个冻结，我完全没有任何关于尸体的记忆。

时空变换组合的魔法，让骆以军在小说中打造出多维度交错的时空。混合着电影、电视、电玩、新闻的现代时空，会出现上古的神鸟和怪兽；沙漠里骑兵队的奔逃，会突然切换成一次人类的无效射精；折射在棱镜中的妻子的脸，会变现成一个永劫回归、不断重播的梦境……凡此种种，无论是场景、过程，还是感觉、情绪，都力图以"象"呈现，并以铺排的描述竭力以言尽象。"里面都有我不自觉写出的长句子，这其实是我的一种强迫症，就是每一个句子就像导演的镜头，里面塞满我想要的光线、气味、纵深。"① 繁复华丽的句子，诡异突梯的比喻，结合生物学、光学、物理学等"学术"专有名词，如烟火绽放般大规模地显现在文本中，带着一种执拗的力量嵌进叙述，冲击着读者的视神经，也成就了骆以军独有的骆氏语言风格。

二 黑色幽默的颠覆解构

骆以军最痛恨"无意义，一时兴起的伤害"，不轻率地伤害别人是他对自己及孩子的"戒律"。因此，最令骆以军惊心警戒的，就是掩盖在光鲜表象下的、人性深处的残忍与荒谬，认为它们是吞噬人性，让人不再为人的"黑洞"。② 为了对抗这个人类精神的"黑洞"，骆以军选择了后现代主义的黑色幽默手法。黑色幽默常被称为"绝望的喜剧"、"变态的幽默"或"大难临头的幽默"，其典型范式是海勒的《第二十二条军规》，以嘲讽的方式将现实问题表现得可怕而滑稽，以此表达内在愤懑与绝望。③ 黑色幽默体现在小说的叙事策略上，常以对现实嘲笑式的揭露、讽刺和抨击，揭示其表象与内在的悖反，达到

---

① 谢晨星：《骆以军："我就是要用暴力撞向时代"》，《深圳商报》2014 年 6 月 10 日。
② 见文后附录《温州街的下午——骆以军访谈》。
③ 胡铁生、夏文静：《后现代主义文学的不确定性特征——以〈第二十二条军规〉的黑色幽默叙事策略为例》，《吉林大学社会科学学报》2015 年第 2 期。

颠覆与解构的目的。① 骆以军在其认同书写中，往往选择从表里的巨大反差入手，从而颠覆解构虚假的表象，暴露内在的真实本相，以此消解身份设定中的虚构，努力还原自我身份的本相和真义。

比如在《我未来次子关于我的回忆》里，骆以军借次子的视角从将来回望现在，描绘纯良无辜的稚子眼中的今日之世界与今日之自己。书中的"厕所崩塌事件"、"衰蛇无法入侵我家园事件"，还有"电梯老鼠逃逸事件"等，因为借用了儿童视角，许多细节夸张变形，形成与事实本意相互拆解的新意义，最终令可笑的外在形式与惨烈的内在本质因为反差巨大而造成意义的相互消解。比如"电梯老鼠逃逸事件"：

> 我记得那个电梯里只有父亲、大哥和我。父亲满手满身挂满行李，他正要伸手去按楼层钮，突然，"波波"的那个小铁笼像开心果剥壳那样卡啦裂成两半，笼子里铺垫的碎木屑、小水瓶、塑胶转轮（给老鼠跑步减肥用的），那一整盆五谷杂粮……还有一个灰白色的小生物影子，全像什么庆祝晚会最高潮高空中的彩球爆开，彩带、碎纸片、小亮片全飘洒而下。
>
> 那时，我那躁郁症的父亲对着我和大哥大吼："赶快把电梯门关起来！他妈的，若是让它跑出去，老鼠就死定了。"②

这一事件由次子——"我"叙述。因为是从未来回顾现在，内中自有一种因时空距离而产生的清醒，所以经由次子眼中看来，失态大吼的父亲——"自己"不但没有维持住平时的霸道矜持，反而格外慌张失措。而父亲之所以郑重其事地小题大做的真实原因，不是因为事件本

---

① 胡铁生、夏文静：《后现代主义文学的不确定性特征——以〈第二十二条军规〉的黑色幽默叙事策略为例》，《吉林大学社会科学学报》2015 年第 2 期。

② 骆以军：《我未来次子关于我的回忆》，台北：INK 印刻出版有限公司 2005 年版，第 23 页。

身重要，而是因为他"自己"无能！在来自未来的清醒目光的注视下，事件的表象与本相之间的对比反差暴露无遗，令事件的意义由生成时的"严重"，转换为过程中的"滑稽"，最终变成结果的"无聊"，整个事件因此也变得无比可笑。

黑色幽默是一种"内冷外热""内庄外谐""内悲外喜"的幽默。正是运用了黑色幽默，骆以军的小说呈现出以外在的讽刺嘲笑包含内在的凄惶，或者以外在的一本正经揭露内在的荒谬反智的"冷面笑果（效果）"，从而达到消解所谓权威的目的。比如电梯遇见所谓总统（指陈水扁），"他（总统）带着气恼的情感说了一句较长的句子：'许多人不相信那两颗子弹会转弯。'"① 联系当年台湾大选的闹剧，对于心中自有计较的读者而言，这个充满感情的表达恰恰暴露了这位所谓总统"不善始者不善终，不会撑船怨河弯"的愚蠢和不自知，其内在的荒谬性与小说中一本正经的，甚至充满崇敬的叙述形成巨大反差，从而毫不留情地解构了其摆在面孔上的无辜与正义。

三 伪私小说的个性化表达

在叙述中繁复诡丽的过度矫饰，显然已经成为骆以军的标志性风格。这种风格虽然招致一些非议，但是，作为他感受世界的方式而言，它恰恰是不可替代的。正如骆以军自己所言，"这种写法是个人的记忆，个人的关系的成长史"。②

每个人感受世界的方式都是独特的，骆以军称自己是"伪私小说家"。因为他是以看似荒诞、戏谑的梦语诉说"现世体验"。从早期的"伪私小说"，到家族史书写，再到浩瀚无边的历史书写，其间的主人

---

① 骆以军：《我未来次子关于我的回忆》，台北：INK印刻出版有限公司2005年版，第57页。
② 见文后附录《温州街的下午——骆以军访谈》。

公无论是"我"还是图尼克，骆以军都试图把自己所体味的最深暗的、最幽微的内心颤动"凝固"成画面。以文字呈现记忆的画面，又以画面包容复杂幽微的感受，这些画面既宏阔壮观，又纤毫毕现。即便是在访谈中，我们也会看到，无论是永和的典型成长，还是翁文娴的诗酒沙龙；无论是行将"灭种"的台湾老兵，还是未成"圈子"的大陆妈妈；甚或是台湾文学发展的历程，族群纷争的荒诞……林林总总，在他的表述里都能呈现出一幅幅极具个性的画面。骆以军自诩是一个"经验匮乏者"，如此，当他表达他对这个世界的感知时，这种独特的"个性化"方式就成了他最珍视的武器。比如他对时间的感知：

　　……许多人在时间的落叶堆中蹲坐伤心。

　　我不得不如此。我们不得不如此。除非有另一只手将时间之屋的沙漏倒放过来，他们成凹，我们成凸。则我或将跨过一格，成为她口述的他，你成为她。但是那有什么两样呢？不，那将不再是对这时间之屋里身世的重复和随声音起舞，而是从起点开始的重新计时。时间记载着我们，毋需我们去回溯。①

在这样的画面里，时间的流动变成了空间的阻隔，线性流逝的时光扩展成充盈的空间——时间之屋。流光里身份互移，我们无能为力——"不得不如此"，配合语调的悲怆哀切，尽现时光的凄怆与荒芜。

　　骆以军以"一个现代主义者"自居，他对现代社会以政权操控的形式进行的"洗脑术"，和以技术普及的形式入侵个人记忆的"塑脑术"保持着深深的恐惧和警惕。在他看来，写实主义已经不足以表现当下的现实，因为这个现实是错乱的，除了政权操弄者的拨弄与控制，它几乎没有内在的逻辑，没有"坚固"的、可以倚仗的东西，而要抵

---

①　骆以军：《妻梦狗》，台北：元尊文化企业股份有限公司1998年版，第182—183页。

抗现代社会这种高度制度化、格式化的冷漠，抵抗自我被碎片化的宿命，就要写出现代性这"非人"的一面，写出自己真实的经验。① 比如在《我未来次子关于我的回忆》里，次子眼中的骆以军即对现代社会的"经验赋予"充满警惕。因为在无所不能的现代社会，媒体会告诉你什么是美，什么是痛，什么是性，一切经验仿佛都不用自己去切实体验就能获得。因此，"有许多原本并不存在的经验，便是在这种集体对'经验'痴迷贪恋的紧张繁复的搓洗掏筛过程中，硬生生从虚空中创造出来的……"② 为了抵抗假经验，骆以军总是伺机捕捉真正的"经验"：

> 也许正因为某种对"经验"的偏执妄念，记忆里父亲总爱牵着年幼的我和哥哥，闯进某些以自然几率计算人的一生不可能如此频繁遭遇的魔幻奇景里。像要把那些华丽或残虐的画面，在我们不解其意的状况下，存进一片漆黑的记忆之中。

可见，找寻"真的经验"，并以文字穷尽这种个人化体验，以文字"画"出自己记忆中的荒诞、魔幻，甚至以文字的繁丽制造出现代社会在自己眼中纷乱无序的表征，应该是骆以军极尽个性的一种表达，也是骆以军抵抗身份设定的一种方式。

---

① 骆以军：《我未来次子关于我的回忆》，台北：INK 印刻出版有限公司 2005 年版，第 86 页。
② 骆以军：《我未来次子关于我的回忆》，台北：INK 印刻出版有限公司 2005 年版，第 90 页。

结语　未完成的身份探寻与建构

　　这些曾发生的尖锐、焦虑和"我—异族"的不信任感或许有一天像昆德拉说的"永劫回归"如烟消逝。我渴盼到了我孩子们那个年代，人们可以从那些无法倒带重来一次的历史之恶找到更高贵文明感性形式。

——骆以军①

　　对骆以军而言，身份认同的焦虑主要来自两个方面：一方面是由时间流逝所导致的历史、记忆的消亡，平面化，没有过去，使人们逐渐丧失了自我面目，变成怪物，因此引发的焦虑；另一方面则是空间改变所导致的地域认知不清，在历史的变局中，与家族或族群相联系的空间地域还会剩下多少辨识度以供身份探寻？从家族身世溯源的断裂，到中国原乡失怙的惶恐，再到自我审视的失落，及至在西夏旅馆中对极域之梦的建构，骆以军不断地追寻，找寻身份认同的凭据，然而历史的断裂、语言的隔阂、政治的拨弄，等等，总是令他陷入左右皆不是的匮乏与焦虑中。夹缠在外省与本省、中国台湾与中国、父系

---

① 《迷走西夏的一幅心灵地图：骆以军与编辑对答》，《印刻文学生活志》2008 年第 7 期。

与母系、我族与妻族的角力场里，身份认同仿佛陷入一个无法突围的困境，无论想到达哪一端都显得那么遥不可及。"我是一个怪物！"没有想到，用以隐喻台湾外省人的那支最后逃亡的西夏骑兵队，却成了自己的自况。骆以军的自嘲里有几分无奈，也有几分不甘。

　　与此相应，骆以军小说的认同书写，大致呈现为挖掘内心焦虑→解决焦虑→延伸新的焦虑→再次解决焦虑的无止境循环，许多片段在他不同的小说中被反复言说。他自嘲这正是"经验匮乏"的表征。但是，从另一角度讲，反复诉说，虽然不一定能接近真相，但肯定会趋近本心。所以，重复的言说在某种程度上是为了满足"如果可以我想再来一次"的心理需求，意欲重新控制或者避免那些当初"无法"或者"来不及"做好准备的创伤情景，减少伤害。这对于个体来说，多少有一些"心理治疗"的功效。当骆以军暂时抛开生命中那些不堪的无解之题，勾选出"我记得"的"瞬间"去反复回忆的时候，记忆会随着每一次回想被重新塑形，面貌次次皆不同。而他的反复诉说，也将持续，直至自己释然为止。这其实是一个了解自我的必经过程，从《弃的故事》到《西夏旅馆》，我们可以窥知骆以军心境变化的轨迹，在他不断的、反复的言说中，他慢慢安顿了自己的身世，接纳了自己的目前，并期待着"我们"每个人都能有全新的、属于自己的开始。正如他说的：

　　　　我已经生了小孩，他们不再是外省人，也不可能是外省第三代。这个记号到我们这一代止，那些被定格凝住小说里的逃亡，也到我这里为止。①

　　所有的言说和书写无非是寻找一个能说服自己继续安身立命的理

---

① 《迷走西夏的一幅心灵地图：骆以军与编辑对答》，《印刻文学生活志》2008 年第 7 期。

由。如果父辈的流亡故事说完了，如骆以军这样的外省第二代，是否再无故事可说？如此，曾经留存在他们身份里的历史印记可能也会慢慢消逝。对这一事实的认识，于骆以军而言，显然包含着一种矛盾挣扎。一方面，因为害怕身份没有归依的终点，所以亟须通过讲述来传承身世，却终于发现，已经没有下一代来聆听，"我们这样的人最大的问题即是我们没有一个可供这些蒲公英般四面八方飘散的后代们按图索骥以想象自己族群脸貌的故事"。① 另一方面，因为不愿下一代承袭与自己相同的困境，所以又想结束这种言说，不愿下一代来聆听。《我未来次子关于我的回忆》中，这种言说被考据"证伪"的原因之一也正是来自这种两难的困境。

身世的困惑，让骆以军焦急地寻找被认同与接纳的确证。但是在这个"一切坚固的东西都烟消云散了"的时代，寻求自我身份的认同是要不惮放弃所有价值和意义的追问，进入虚无主义的状态，还是应置之死地而后生，重新寻找存在的勇气？在骆以军笔下，性与死的生命体验、诡谲的城市书写、家族史的荒诞展演、国族追寻的梦魇拼贴，无不呈现出台湾社会在全球化进程中错综的关系和面貌——高度发展的现代性经验混杂着政党捉弄下的政治乱象，正日益显露着"现代性"这把双刃剑无所不在的建构力与破坏力——

> 所谓现代性，就是发现我们自己身处一种环境中，这种环境允许我们去历险，去获得权力、快乐和成长，去改变我们自己和世界，但与此同时，它又威胁着我们拥有的一切，摧毁我们所知的一切，摧毁我们表现出来的一切。②

---

① 骆以军：《西夏旅馆》，台北：INK 印刻出版有限公司 2008 年版，第 245 页。
② ［美］马歇尔·伯曼：《一切坚固的东西都烟消云散了——现代性体验》，徐大建、张辑译，商务印书馆 2003 年版，第 15 页。

安东尼·吉登斯认为，"人类的行为强烈地受到传递的经验以及人类行动者自身的算计能力的影响，以致每个人（普遍地）都被隐含在真实生命事物中的风险焦虑淹没"。① 认为自己被无辜搅进这个历史乱局的骆以军，在"父亲的客厅"里认识了血脉里的原乡，又在"动物园"和"中正纪念堂"领悟了政权暴力对历史和生命的操弄与压制，但是作为"弃子"归来的他，并没有在九江找到身份的认同感。虽然透过"未来次子"的目光，他对自己和父亲的无力感最终达成了谅解。但是浩渺的西夏古国和现实中纷乱的人事拨弄，却又让他在颠倒错乱的历史与现实间陷入无名的伤痛。

认同应当从正视开始，从追寻起步，其目的是终止精神困境的繁衍，从无根的疏离，慢慢回到自我归属的地方扎根。骆以军一直极为推崇菲利普·K. 迪克的科幻小说《银翼杀手》，② 他常常在访谈中引述银翼杀手所讲的一段话：

> 我曾经目睹过你们人类不可能看到的那些壮丽。星辰，就是漫天的星辰下，攻击那些夜海巡航，着火的船只，我看到那些人死亡前的惊恐，我曾经在大雨滂沱的夜晚，海洋上面看到天底下的雷电嘈杂不休，交织一片。③

这是一种复杂而深刻的生命体验。银翼杀手戴克本来并不希望发现自

---

① ［英］安东尼·吉登斯：《现代性与自我认同——现代晚期的自我与社会》，赵旭东、方文译，王铭铭校，生活·读书·新知三联书店1998年版，第44页。

② 该小说的背景设置在2019年的洛杉矶，人类制造了与真人无异的人造人为人类工作，但当这些人造人有了思想感情时就要将他们毁灭。而人造人生性残暴，却对自己只拥有的四年的生命充满渴望和留恋。故事开始时，一群人造人在其机械能量即将耗尽之前冒险回到地球，想寻求长存的方法。于是洛杉矶警察派遣精英银翼杀手戴克追踪消灭这些人造人，不料戴克却在行动时碰见美如天仙的女人造人瑞秋，并且跟她坠入情网，体验了许多不曾有过的情感，开始左右为难。而作品的最后，戴克发现：自己也是人造人。

③ 《迷走西夏的一幅心灵地图：骆以军与编辑对答》，《印刻文学生活志》2008年第7期。

身怎么去构成，或者怎样可以变成真正的人。但是，当他和人类共处时，有一些东西就在他的生命中自然而然地生成了，无可回避。所有的经历、景象，都会让他开始不由自主地思考自身的构成，探寻自我身份的归属与认同——"妄图成为人类"。这部小说的深刻之处也在于此：怎样才能成为"人"，怎样的人才是真正意义上的"人"？对骆以军而言，这种对于自我意识的思考，对于人类之为"人"的思考，也正是他抵抗历史与现实的荒谬，执着书写身份认同的力量之源。虽然其中充满焦虑、冲撞、奔突的情绪，以及未完成的思考和体验，但是它们已经构成了骆以军写作的持久动力。可以说，他所有的书写都是为了回应身份认同的问题，都是为了从中找回对生命的关怀，探索人类精神形塑的真义：

> 我觉得隐藏在我这世代心灵图像后面的瘟疫，无感性无同情无理解他人痛苦之能力，真正可怖的反而是大江《换取的孩子》里，那个被地底小精灵抱走，而伪换惟妙惟肖冰雕小弟弟。如何在上万眩目的赝品中，换回那个"真正"的"未来"的婴孩。①

作为一个互动的过程，身份认同是个体无法单凭一己之愿认定的，它是由自己及他人共同完成的，而且，身份的认同标记会随着时间、转述发生改变。当我们认同一个身份时，它只是一个"现在进行式的身份"，在互动的过程中，它还会不断地被塑形。对此，骆以军的态度是明了的——虽然只有向现实妥协，学会与不确定的记忆、历史相处才会有现世的安稳，但是只有抵抗与挣扎才能让自己执着于真实的生命体验——它们才是确认自我身份的根本。对身世被设定、生命被

---

① 印刻文学编辑部：《"我们"年代的命名者——骆以军〈西夏旅馆〉》，《印刻文学生活志》2008 年第 59 卷第 7 期。

遗弃的巨大恐惧，让骆以军始终保持对权力，甚至对人类本身的警惕——"我最痛恨那种无意义，一时兴起的伤害。"[1] "创作者要永远与世为敌。"[2] 在温州街的访谈中，对于创作的理想与目标，骆以军提到罗贝托·波拉尼奥的《2666》："那是对这整个大的事情——人类为什么变得不是人的这个疑问。……其实追寻最好的小说家，一直是绕着这个黑洞而启动你的创作。"[3] 在骆以军看来，我们这个貌似平静祥和的世界里，并行着某种黑暗的力量。这种黑暗，恶是它运行的驱动力，暴力是它醒目的形象标签，它与我们的生活时常交错，密不可分。奥斯维辛集中营的大屠杀，国民党政府对老兵的亏欠，民进党挑唆的对外省人的排斥，还有因哥哥曾转换姓氏欺凌他的"我"，秉持"人渣哲学"逃避伦理困境的"我"……这种黑暗从未在我们生活中缺席，它可能化身庞大无比的政治经济力量，也可能只是藏匿在我们内心的深暗处，伺机而动。正如宇宙间吸摄一切的黑洞一样，这种黑暗的力量恰似我们人类精神中的"黑洞"，它会吸摄爱、温暖、光明……最终演变出最恐怖的结果：让人变成非人。正因为如此，许多杰出的创作者令他神往，而他也正像这些创作者一样，以奋不顾身的顽勇直面这个"黑洞"，甚至用极端的方式揭穿这个"黑洞"，力证它与我们世界的"亲密"关系。

对骆以军而言，身份认同的追寻及其书写，在安顿个体命运，满足家国想象的意义之外，有着更大的企图和寄托——它是骆以军启动的用以抵抗"黑洞"的一种力量。为此，他不惜触犯众人，特别是政权的伪装，一面奋力揭穿世人假装这个"黑洞"不存在的自欺与欺人，在身份探寻的认同书写中反复警示：小心这个"黑洞"吞噬的力

---

① 骆以军：《我未来次子关于我的回忆》，台北：INK 印刻出版有限公司 2005 年版，第42页。

② 吴虹飞、徐萌：《创作者要永远与世为敌》，骆以军的博客，2011 年 6 月 12 日，http：//blog. sina. com. cn/s/blog_ 6f4a24cd0100rw20. html。

③ 见文后附录《温州街的下午——骆以军访谈》。

量；一面竭力抵抗它对我们的设定、操弄、遗弃和伤害。这种抵抗，于骆以军而言，仿佛一个巨大的、充满悬念的魅惑，[①] 有着致命的吸引，"我写《西夏旅馆》就是要撞下去，我希望我的小说语言全部要充满重力感，肋骨折断、牙齿掉光。我的小说在发动的同时，是要和我自身所处的当代搏击、残斗，我是这个类型的创作者"。[②] 在身份认同的探寻和建构中，骆以军的抵抗之途永无止境，如同那个在《远方》里不断出现的意象——

　　　　你总是"在途中"。[③]

　　①　吴虹飞、徐萌：《创作者要永远与世为敌》，骆以军的博客，2011 年 6 月 12 日，http：//blog. sina. com. cn/s/blog_ 6f4a24cd0100rw20. html。
　　②　谢晨星：《骆以军："我就是要用暴力撞向时代"》，《深圳商报》2014 年 6 月 10 日。
　　③　骆以军：《远方》，台北：INK 印刻出版有限公司 2003 年版，第 52 页。

参考文献

一　文集

陈玉惠：《海神家族》，台北：INK 印刻出版有限公司 2004 年版。

郝誉翔：《逆旅》，台北：联合文学出版社股份有限公司 2000 年版。

骆以军：《第三个舞者》，台北：联合文学出版社股份有限公司 1999 年版。

骆以军：《和小星说童话》，台北：皇冠文化出版有限公司 1994 年版。

骆以军：《红字团》，台北：联合文学出版社股份有限公司 1993 年版。

骆以军：《降生十二星座》，台北：INK 印刻出版有限公司 2005 年版。

骆以军：《经济大萧条时期的梦游街》，台北：INK 印刻文学生活杂志
　　出版有限公司 2009 年版。

骆以军：《经验匮乏者笔记》，广西师范大学出版社 2011 年版。

骆以军：《经验匮乏者笔记》，台北：INK 印刻出版有限公司 2008 年版。

骆以军：《脸之书》，台北：INK 印刻出版有限公司 2012 年版。

骆以军：《女儿》，广西师范大学出版社 2015 年版。

骆以军：《妻梦狗》，台北：元尊文化企业股份有限公司 1998 年版。

骆以军：《弃的故事》，台北：INK 印刻出版有限公司 2013 年版。

骆以军：《弃的故事》，台北：自费出版，1995 年版。

骆以军:《遣悲怀》,台北:INK 印刻出版有限公司 2001 年版。

骆以军:《倾斜》,硕士学位论文,台北:台湾艺术学院戏剧研究所戏
　　剧创作组,1995 年。

骆以军:《我爱罗》,台北:INK 印刻出版有限公司 2006 年版。

骆以军:《我们》,台北:INK 印刻文学生活杂志出版有限公司 2004 年版。

骆以军:《我们自夜闇的酒馆离开》,台北:皇冠出版社 1993 年版。

骆以军:《我未来次子关于我的回忆》,台北:INK 印刻出版有限公司
　　2005 年版。

骆以军:《西夏旅馆(上下册)》,广西师范大学出版社 2011 年版。

骆以军:《西夏旅馆(上下册)》,台北:INK 印刻出版有限公司 2008
　　年版。

骆以军:《小儿子》,台北:INK 印刻出版有限公司 2014 年版。

骆以军:《远方》,台北:INK 印刻出版有限公司 2003 年版。

骆以军:《月球姓氏》,台北:联合文学出版社股份有限公司 2000 年版。

邱妙津:《鳄鱼手记》,台北:INK 印刻出版有限公司 2006 年版。

邱妙津:《蒙马特遗书》,台北:联合文学出版社股份有限公司 2006 年版。

张大春:《聆听父亲》,上海人民出版社 2008 年版。

朱天心:《想我眷村的兄弟们》,台北:印刻文学生活杂志出版有限公
　　司 2002 年版。

二　研究专著

[英] 阿雷恩·鲍尔德温:《文化研究导论》(修订版),陶东风等译,
　　高等教育出版社 2004 年版。

[英] 安东尼·吉登斯:《现代性与自我认同——现代晚期的自我与社
　　会》,赵旭东、方文译,王铭铭校,生活·读书·新知三联书店

1998 年版。

[美] 本尼迪克特·安德森：《想象的共同体——民族主义的起源和散布》，吴叡人译，上海世纪出版集团 2005 年版。

[加] 查尔斯·泰勒：《自我的根源——现代认同的形成》，韩震等译，译林出版社 2000 年版。

陈定家主编：《全球化与身份危机》，河南大学出版社 2003 年版。

陈国伟：《想象台湾——当代小说中的族群书写》，台北：五南出版公司 2007 年版。

陈孔立主编：《台湾历史纲要》，九州出版社 2006 年版。

陈少华：《阉割、篡弑与理想化——论中国现代文学中的父子关系》，广东人民出版社 2006 年版。

古继堂主编：《简明台湾文学史》，时事出版社 2002 年版。

古远清：《当今台湾文学风貌》，江西高校出版社 2004 年版。

古远清：《分裂的台湾文学》，台北：海峡学术出版社 2005 年版。

黄锦树：《谎言或真理的技艺：当代中文小说论集》，台北：麦田出版公司 2003 年版。

黎湘萍：《台湾的忧郁》，生活·读书·新知三联书店 1994 年版。

联合文学编辑部：《爱与解构》，台北：联合文学 1995 年版。

林耀德、黄凡主编：《新世代小说大系·总序》，台北：希代书版有限公司 1989 年版。

刘登翰、庄明萱主编：《台湾文学史》，中国出版集团现代教育出版社 2007 年版。

刘小枫：《拯救与逍遥》，华东师范大学出版社 2007 年版。

陆卓宁：《海峡两岸文学——同构的视域》，中国文联出版社 2001 年版。

陆卓宁主编：《20 世纪台湾文学史略》，广西民族出版社 2006 年版。

吕正惠：《台湾战后文学经验》，生活·读书·新知三联书店 2010 年版。

罗钢、刘象愚主编：《文化研究读本》，中国社会科学出版社 2000 年版。

［美］马歇尔·伯曼：《一切坚固的东西都烟消云散了——现代性体验》，徐大建、张辑译，商务印书馆 2003 年版。

潘华琴：《文学言语的私有性——论私人感觉的个人化表达》，学林出版社 2008 年版。

汪民安：《身体　空间与后现代性》，江苏人民出版社 2005 年版。

王成兵：《当代认同危机的人学解读》，中国社会科学出版社 2004 年版。

王德威：《当代小说 20 家》，生活·读书·新知三联书店 2006 年版。

王德威：《后遗民写作》，台北：麦田出版公司 2007 年版。

王德威：《想象中国的方法：历史·小说·叙事》，生活·读书·新知三联书店 1998 年版。

王德威：《众声喧哗以后——点评当代中文小说》，台北：麦田出版公司 2001 年版。

王明珂：《过去、集体记忆与族群认同——台湾的族群经验》，台北：中研院社会学研究所 1994 年版。

王钦峰：《后现代主义小说论略》，中国社会科学出版社 2001 年版。

翁文娴：《创作的契机：现代诗学》，台北：唐山出版公司 1998 年版。

香港浸会大学文学院编：《红楼梦奖 2010 得奖作品专辑——论骆以军〈西夏旅馆〉》，香港：天地图书有限公司 2012 年版。

萧阿勤：《回归现实——台湾一九七〇年代的战后世代与文化政治变迁》，台北：中研院社会学研究所 2008 年版。

许素兰等：《彷徨的战斗——十场台湾当代小说的心灵饕餮：台湾文学馆，第三季周末文学对谈》，台南：台湾文学馆 2007 年版。

杨匡汉主编：《中国文化中的台湾文学》，长江文艺出版社 2002 年版。

［美］约瑟夫·弗兰克等：《现代小说中的空间形式》，秦林芳编译，北京大学出版社 1991 年版。

曾艳兵：《西方后现代主义文学研究》，中国社会科学出版社2006年版。

张静主编：《身份认同研究：观念 态度 理据》，上海人民出版社2006
年版。

张羽、陈美霞：《镜像台湾——台湾文学的地景书写与文化认同研究》，
海峡出版发行集团、福建人民出版社2014年版。

朱立立：《身份认同与华文文学研究》，上海三联书店2008年版。

朱立立：《知识人的精神私史——中国台湾现代派小说的一种解读》，
上海三联书店2004年版。

朱双一：《近二十年台湾文学流脉》，厦门大学出版社1998年版。

朱双一、张羽：《海峡两岸新文学思潮的渊源和比较》，厦门大学出版
社2006年版。

三 论文

（一）学位论文

陈惠菁：《新国民浮世绘——以骆以军为中心的台湾新世代小说研究》，
硕士学位论文，台北：政治大学，2001年。

黄宗洁：《当代台湾文学的家族书写——以认同为中心探讨》，博士学
位论文，台北：台湾师范大学，2005年。

李孟舜：《局内的局外人》，硕士学位论文，郑州大学，2008年。

刘思宁：《新世纪的溯源之旅——论郝誉翔、骆以军创作中的身世书
写》，硕士学位论文，苏州大学，2007年。

钱辛：《论骆以军小说的主题形态和叙事艺术》，硕士学位论文，南京
大学，2015年。

邱巧如：《论台湾作家骆以军的后现代主义写作》，硕士学位论文，福
建师范大学，2007年。

童宁宁：《讲故事的人和他的故事迷宫》，硕士学位论文，复旦大学，2012年。

肖奇：《1949年后台湾外省籍作家小说中的"台北人"研究》，硕士学位论文，南京大学，2013年。

许秀华：《论台湾后设小说的叙述转变——以张大春和骆以军作为分析对象》，硕士学位论文，浙江大学，2009年。

周廷威：《骆以军小说研究》，硕士学位论文，台南：台南大学，2010年。

（二）期刊论文

蔡晓玲：《从骆以军小说中的魔幻现实书写探讨台湾外省人的身份建构》，《中国—东盟论坛》（*China – ASEAN Perspective Forum*）2013年第12期。

陈美霞：《台湾外省第二代家族书写研究》，《台湾研究集刊》2012年第1期。

陈美霞：《台湾外省作家的原乡想像——以台湾作家的东北书写为研究个案》，《福建论坛》（社科教育版）2010年专刊。

陈思和：《论台湾新世代在文学史上的意义》，《当代作家评论》1991年第3期。

郝敬波：《后设·互文·迷宫——论台湾当代小说的叙事模式》，《徐州师范大学学报》（哲学社会科学版）2001年第1期。

胡衍南：《舍弃原乡乡愁的两个模式——谈朱天心、张大春的小说创作》，《台湾文学观察》1993年第7期。

黄锦树：《死者的房间：读骆以军〈遣悲怀〉》，《联合文学》2002年第1期。

李孟舜：《警觉的"漫游者"——解读〈月球姓氏〉中的文化认同》，《世界华文文学论坛》2007年第4期。

李孟舜：《流亡者的精神突围——〈西夏旅馆〉的时空书写》，《世界华文文学论坛》2010 年第 3 期。

罗叶：《兀自少年的银桦——骆以军诗集〈弃的故事〉读后》，《现代诗》1997 年第 6 期。

马戎戎：《孤独的香港作家》，《三联生活周刊》2007 年第 8 期。

潘碧华、蔡晓玲：《空间与忧患：骆以军小说的后遗民书写》，《华文文学》2013 年第 1 期。

［丹麦］佩尔·克罗格·汉森：《不可靠叙述者之再审视》，尚必武译，《江西社会科学》2008 年第 7 期。

邱巧如：《从〈遣悲怀〉看台湾作家骆以军小说书写的不确定性》，《福建论坛》（人文社会科学版）2007 年专刊。

邱巧如：《骆以军小说创作的多元范式》，《语言与文学》2008 年第 12 期。

邱巧如：《试论骆以军后现代主义创作的发生》，《闽江学院学报》2008 年第 4 期。

邱巧如：《试论骆以军小说创作的多元化书写》，《学术探索》2008 年第 2 期。

邱巧如：《试论骆以军小说创作中的语言实践》，《辽宁师专学报》2008 年第 5 期。

申丹：《何为"不可靠叙述"》，《外国文学评论》2006 年第 4 期。

王安忆：《纪实与虚构》，《书城》2003 年第 12 期。

《文艺争鸣》编辑部：《"新世纪十年文学：现状与未来"国际研讨会作家发言（综述）》，《文艺争鸣》2010 年第 10 期。

肖宝凤：《仿佛在君父的城邦——论近 20 年来外省作家的历史叙述与家国想象》，《台湾研究集刊》2010 年第 3 期。

徐学：《八十年代台湾政治文学概观》，《世界华文文学论坛》1990 年第 1 期。

徐宗洁：《我们是那样被设定了身世——论骆以军〈月球姓氏〉与郝

誉翔〈逆旅〉中的姓名、身世与认同》,《文讯》2002 年第 7 期。

许剑铭:《写实与魔幻相结合的现实质疑——台湾新世代作家张大春的创作特色》,《语文学刊》2003 年第 4 期。

严婕瑜:《骆以军在〈遣悲怀〉中的主体追寻》,《"国立"台北教育大学语文集刊》2009 年第 1 期。

杨佳娴:《这是一个弄错地图的故事:谈骆以军〈中正纪念堂〉的空间记忆与历史隐喻》,《第六届青年文学会议论文集》2002 年第 11 期。

杨凯麟:《〈西夏旅馆〉的运动——语言与时间——语言:骆以军游牧书写论》,《中外文学》2009 年第 4 期。

杨凯麟:《骆以军的第四人称单数书写(1/2):空间考古学》,《中外文学》2006 年第 9 期。

杨凯麟:《骆以军的第四人称单数书写(2/2):时间制图学》,《清华学报》2005 年第 2 期。

[美]詹姆斯·费伦著,王浩编译:《可靠、不可靠与不充分叙述——一种修辞诗学》,《思想战线》2016 年第 2 期。

张清芳:《浅论台湾"眷村小说"流派的流变》,《文艺争鸣》2008 年第 5 期。

张文生:《眷村文化与台湾省籍矛盾》,《重庆社会主义学院学报》2007 年第 4 期。

赵冬梅:《历史与叙述——以香港"红楼梦奖"获奖作品为考察对象》,《文学评论》2015 年第 5 期。

朱双一:《中国新文学思潮脉络在当代台湾的延续》,《台湾研究集刊》2007 年第 2 期。

四 报章、杂志

陈书娣、黄利粉:《骆以军:小框格式的城市浮世绘 | 书写永远在旅途

中的流浪》，https：//cul.qq.com/zt2014/shuyuan049/index.htm。

丁杨：《骆以军：想做赫拉巴尔式的城市人类学采集者》，《中华读书报》2014 年 6 月 18 日第 11 版。

丁杨：《骆以军：装在"旅馆"里的文学幻术》，《中华读书报》2010年 12 月 15 日第 9 版。

何晶：《骆以军小说〈西夏旅馆〉遭质疑》，《深圳特区报》2012 年 8月 13 日第 B2 版。

计璧瑞：《一个族群的前世今生》，《文艺报》2011 年 2 月 18 日第 3 版。

金莹：《骆以军专访：父亲客厅里的"流浪"》，《文学报》2010 年 7月 22 日第 3 版。

李瑞腾专访，杨锦郁记录：《创造新的类型，提供新的刺激——李瑞腾专访张大春》，《文讯杂志》（革新版）1993 年第 60 期。

骆以军：《从〈红字团〉到〈西夏旅馆〉——答总编辑初安民》，《印刻文学生活志》2005 年第 12 期。

骆以军：《停格的家族史——〈月球姓氏〉的写作源起》，《文讯》2001年第 2 期。

骆以军、河西：《记录梦境的作家——香港"红楼梦奖"得主骆以军专访》，《西部》2016 年第 2 期。

骆以军、木叶：《我要看到文学的极限》，《上海文学》2012 年第 6 期。

《南都周刊》编辑部：《骆以军：暴力是我的核心驱动力》，《南都周刊》2007 年第 7 期。

三三、谢浩然：《骆以军：我们的人生没那么复杂，四、五本小说就写完了》，《明日风尚 MING》2009 年第 7 期。

言叔夏：《我的哭墙与我的罪——访/评骆以军》，《幼狮文艺》2004 年第 5 期。

叶莺整理：《〈西夏旅馆〉："外省第二代"的孤独隐喻?》，《全国总书目》2011 年第 7 期。

印刻编辑部：《迷走西夏的一幅心灵地图：骆以军与编辑对答》，《印
　　刻文学生活志》2008 年第 7 期。

张慧：《骆以军：把书写当跋涉的人》，《方圆》2014 年第 12 期。

张耀仁：《惦记着那些在他们身世里的自己——访骆以军》，《明道文
　　艺》2007 年第 9 期。

郑周明：《被撕碎的故事和诉求——谈骆以军〈西夏旅馆〉叙事套路》，
　　《文学报》2012 年 9 月 13 日第 19 版。

附录 1　温州街的下午

——骆以军访谈

　　2012 年元月的第二天下午，与骆以军相约作一次访谈。见面后，他热情地说，要带我逛逛温州街。于是，我们信步在温州街走了一圈。然后，溜进一家小小的咖啡厅，摆上录音机，开始了正式访谈（以下为访谈记录。张，为张建炜；骆，为骆以军）。

　　张：您曾经说过，小说是您的大儿子，诗是您的小女儿，但是您更喜欢小女儿。我想请您谈谈这两种文体在您的整个创作中各自的位置有什么不同？

　　骆：我其实大概是二十几岁时写的诗集，那个时候因为运气非常好，大概我刚启蒙，刚起步念文化大学的时候，突然我们那个学校，你知道那是个烂学校嘛，来了一堆当时最好的（作者）——现在也各自有成绩。你知道，张大春，是小说；还有杨泽……我觉得杨泽和罗智成是当时诗写得最好的。当时 80 年代，刚好那个时候他们各自从国外回来，然后都跑到文化大学。只是兼课，他们也不是学校的专任教师，他们是以一个创作者的姿态来上那一堂课。我觉得我们整个班上，听得懂他们讲的人可能只有少数几个。大部分女孩子很崇拜他们，年轻的老师，那么有才华，所以都穿得美美的，坐在前几排，我们这些废柴坐后面（笑）。

还有一个很重要的老师叫翁文娴，她其实反而后来一直有在写诗。杨泽和罗智成后来是在台北，比较文坛的中心了。罗智成后来一路变得比较像官员了。他们当时除了来我们学校上课的时候"放电"以外，比如杨泽，刚回国三十岁的时候就接了《中国时报》的副刊，做总编辑。他们当时都很拽。罗智成当时是接了一个《中时晚报》，后来收掉了。也是一个副刊。当时80年代末，刚解严，很多副刊都还是纯文学的语言。因为台湾有段时间是比较现代主义，像我这种就是受到西方现代主义影响比较多。我们刚刚讲的这几个老师，当时他们既是最好的小说家，三十多岁的小说家，同时又是在形成新的媒体运动里面（的领袖），像是在推倒以前的老国民党的话语统治权。他们是明星，可是他们来我们这么烂的学校上课，开始各自在给我们讲，（比如）说西方，像张大春上课就给我们讲意大利的艾柯，讲《玫瑰的名字》，讲昆德拉，讲卡尔维诺，讲《苍蝇王》、《1984》、《动物农庄》……就这样，一堂课就是一场演讲，这样讲下来。罗智成就讲关于后期从象征主义的诗和各种诗的一些概念；杨泽就讲一些西方的现代主义和一些大的话语、主义、流派。他们很年轻，也很有热情。

可是只有翁文娴她很有意思，她是留法回来的，我那时候觉得她的才气没有罗智成那么……所以我没有很听她的课，她上课也没有那么有魅力。可是她真的很有心地把班上的这些同学组织起来。她的先生是一个非常有天赋的画家，叫刘高兴，也是留法的，后来我们反而是非常喜欢她先生。他们那个时候住外双溪，租房子，有个画室，还没生小孩。他们就找我们去她家。我们这一群都是年轻的，很狂，可是其实什么也不是，我们几个去他们家，她先生就把什么酒都拿出来，这样喝。所以我觉得，有一种把法国的沙龙跟台湾……她先生是本省的，翁文娴是香港的，她是常常写诗的。那时候我们是二十三四岁，她已经四十岁左右，她相较我们，就像现在年轻人看我们，年纪比较大一点。

她常常在她家客厅招待像周梦蝶这些老的诗人。碧果、周梦蝶……我在她家客厅都见过。都是我爸爸（那个年纪），甚至比我爸爸还大的，还都是外省的。他们这些很奇怪，都是当时流亡过来的。当然没有见到像痖弦、洛夫这么大的"大头"，可是都是那一批的，都是《创世记》那一批的诗人。这一批诗人在 90 年代末的时候，基本上这个社会已经不重视他们了。诗已经不受（重视）。他们的语言也很怪。这些老人那个时候都已经七十几岁了，很爱喝酒，他们也跟我们认识的。那个时候张大春、罗智成、杨泽这种，相较于他们，好像更具备进入一个现代性的出版，现代性的报纸杂志（的质素）。除了会创作，又具备了论述语言，又有现代性的人际关系。（而他们的语言是）完全不一样的老一辈的语言。这些老诗人，他们以前是军中的，可能在一个白色恐怖环境，很苦闷，又离乡背井，像痖弦他们讲，他们那时候根本是一群小鬼，然后跑到台湾来，能读的书很少，他们读一些西方现代主义的书，翻译的，然后他们写到那么好的高度。因为他们真正尝受到了离散、乡愁这些西方现代主义最核心的东西。

我觉得那是一个非常好的，对于青年艺术家的一个（氛围）。因为其实我们这一辈，我们成长的过程，整个城市化已经形成，不光我这种外省人小孩，我觉得我碰到一些本省人的孩子，在写作的，基本上已经很缺乏老一辈的这种经验和教养，已经不太会有老人家来告诉你，或者说，你可能成长就是在一个公寓里面，不是一个大的家族，有复杂的人际关系，不是像《红楼梦》，或是白先勇、张爱玲。不是说我在一个屋子里，还只是一个小孩子，三四岁、四五岁的小孩，我就已经意识到，这个屋子里的人际关系是非常复杂的，有层层叠叠，阴阳不同的。就是父母，我们在这个小房，可是又有别房，舅舅，或者说叔叔，还有他们的小孩或长辈，他们有这种阳奉阴违，或是一个夹缝。再看张爱玲的那个《雷峰塔》，还是可以感觉到，或者是《小团圆》。她童年那个记忆是一直在的。如果这个孩子天生是个敏感的，是个写小说的，像普鲁斯特这种，其实他就能在这个很丰饶，很复杂的，一个启蒙的童年时光学会到对人的世界的一个复杂的结构。

像我是这种典型的外省家庭，我成长的环境里只有我爸、我妈。我妈妈是台湾人，可是是养女，所以跟养母也很……她也很少来我们家。所以我们家的客厅可能就只是见到一些跟我爸爸一起逃来台湾的外省人、弟兄，之外没有什么亲属。所以我是在结婚的时候，我太太是澎湖人，才知道原来本省人里面，他们有那么复杂的阿姨、表哥……这种亲属关系。这个我觉得是要从小学习的。可是像我这种从小在这样一个外省人的，在永和这种地方（长大）……当时很多外省来的公教人员，都是在永和，不是在台北。它就是台北旁边的一个卫星的小城。可能以前是日本的一些公务员，或是台电的一些员工的宿舍，都是日本式的房子。我家现在还住那种，小小间的，不是那种官邸、大的，都是那种小小间的，有个小院子，日本式的那种。还有瓦房，小小的。又比如说我去上的小学，我可能小学时转了不同的小学。我念的私立小学的同学全都是外省家庭，相较于 70 年代的时候，这些外省小孩都是家境比较好一点的。可是我念公立小学的时候，本省孩子多，都是菜市场，家境比较差的。所以它既有族群的差异，又有阶级的差异。

永和的外省人家庭，不是像白先勇写的那种，将军的；他们也不是天心、张大春他们写的眷村的、军方的。他们其实就是中下层的公务员。我爸爸那个时候是在中学教书。我爸爸当然后来一直努力念书，也变成一个大学教授。可是他们会栽培小孩读书的，跟我去念的那个公立小学，里面一些菜市场的本省孩子是不一样的。所以，这些东西我从小就有一个模模糊糊的印象。我觉得，可能我从小学到"国中"都一直在永和这个小城……这个小城很怪，它不像台湾其他的（地方），像嘉义，像台南，像基隆，甚至花莲长大的孩子。我后来长大以后到他们家里去玩的时候，发觉他们童年成长的记忆都是会有骑摩托车，少年骑摩托车，或是在一个庙，比如说台南可能有一个天后宫为周边发展出来的人际关系。嘉义，现在嘉义可能变了很多，但它也有一个旧的嘉义的天后宫。因为本省人他们有一个在地性。还有港口，基隆长大的孩子，高雄长大的孩子，可能都有一个港边的记忆。可是永和的成长很像一个假的世界。因为它这里放着的几乎全是外省的公教人员，迁移过来的，他们又不像眷村那样子，大家都在里面。这些父母，白天是过一个桥，坐公车到台北上班，就是到学校教书，到银行当一个公务员……大家就散掉了。可是小孩成长是在这个地方。所以很有意思。我不会有意识到说，作为外省人。因为当时整个国家机器，做的教科书，是不讲这些的。周边的孩子也是外省孩子，周边的杂货店的老板也是外省人。

可是我等到高中以后，学坏了。我到了台北。其实我还是在永和混。我在重考班混的时候，认识的朋友是台湾的，是从云林来的，北港的那种。我开始发觉我不会讲台语。我哥哥姐姐因为小时候跟我外婆住过，所以会讲台语。我是不会讲台语那种小孩。我就跟这些哥们学脏话。我是光用混这种，就像贾樟柯拍那个电影，《小武》那种世界，可是贾樟柯的电影不会出现方言的问题。

我当时很奇妙，我高中认识的，混的朋友，是本省的，而且很狠，是那种拿武士刀的。我也混不大，就是跟他们认识。等到我上大学以后，我旁边一起创作的哥们也很少是外省的。（外省人）开始被稀释了。跑到文大念书以后，周围有嘉义来的，写诗写得非常好，有高雄来的，有台东来的，有伊兰来的，各式喜欢的女生，我太太是澎湖来的。突然——在客厅听故事的时候没有这个意识，就是发觉到原来他们跟我成长的背景差异大到哪里（去了）。当时我要娶我太太，我岳父岳母他们是非常反对。台湾还是有这种，上一辈很不想把女儿嫁给外省人。

所以，我刚才讲到，这就是翁文娴对我们的一个启蒙，有一个很大的影响。我刚才也讲到，透过张大春，他们自己也才三十多岁的年轻人，可是他们打开给我们的一种……在十年前，台湾也有新儒家这一派，台湾有一段时间会有民歌运动，像大陆这十年，会有一种读古典，《百家讲坛》讲西游，讲红楼，讲经史子集，台湾那个时候是新儒家这些人。可是到我那一辈的时候很奇妙，就是在文学小说，在解严之前的那段时间最有力量的反而是小说。大家开始谈马尔克斯什么的，张大春就成为那个时候最有代表性的，朱天文、朱天心那个时候也是。当时的小说也不再像以前那个写实主义的小说，也不是乡土文学论战那个阶段，那时的小说是……它有能力用小说这种形式来动员这么复杂的历史的混杂性，或者国族的复杂性。就像看《百年孤独》，或者看昆德拉，很多东西在用小说讨论，不是再像以前巴尔扎克那种大的写实主义能谈得清楚的。你非常错乱的是历史的错乱，你非常绝望的是卡夫卡式的。所以我觉得80年代末90年代初的时候，尤其那个时候又刚解严，大陆小说就一直进来，我们看到的不再是我爸爸他们以前在偷偷看禁书的那种，鲁迅、沈从文。当然，我们当时也是第一次接触鲁迅、沈从文、沈雁冰……这些人、这些人的小说，还有左翼的萧红、萧军这些人的小说，可是，同时我们看到的是莫言、韩少功、余华，当时苏童非常红，还有王安忆。

你如果说我作为一个外省人，可能在启蒙之前，七八岁以前，我明明在台湾，永和这个小城长大，我身边很多杂货店里面卖的小玩具是日本的，看的卡通是日本的，《无敌铁金刚》《科学小飞侠》，然后后来我会认识到一些模模糊糊的本省的长辈，他们是很痛恨我这个族类的。李登辉他们在 90 年代末开始本土化运动以后，从课本开始，中国史只有一年的课，用一年就把整个中国教完，而且中国史跟外国史一样。然后花很大力气上台湾史。当然，这个也是对当年国民党的暴力的一种反抗吧。当年国民党来了以后，很多在日本统治的末期，可以用很优雅的日语写小说，像龙瑛宗、赖和这些，国民党全部就灭掉了。所以，噤声了。当时是只能在副刊，像林海音这些，北京来的副刊主编……所以为什么，到现在，像在小说文学这个领域，还是外省作家群，我可能是最后一个了（笑）。

你看张大春、天文、天心，也有他们同年纪的本省作家，可是他们从小得到的文学资产没有外省父母那么丰富。连我爸，他只是一个中学老师，之后成了大学教授，教书也是教那种孔孟。可是他们很多经历过五四，家里面会订副刊，《皇冠》杂志，或者读者文摘给小孩看，或者家里还是有很多《三国演义》呀什么的这些书。会看一些新闻。可是本省不会，因为他们长期被日本人控制，精英想要出头必须学医。所以你看南部，他们很多真正栽培小孩的都不是从文学，因为在那个年代，都不能碰文学。国民党统治的时候他们也不要碰文学，因为碰文学很容易就会被思想同化，所以他们很多的，除了少数像陈映真呀，他可能就是碰文学了。他们很多是读医，或者是学音乐，台湾有很多本省世家都是这样。到日本学法政，要不就是学医，台湾的医生地位很高。而且在选举中很受尊敬，很有地位。

可是很多小说，发展到像白先勇，很多都是外省的。当然这个过程中，后来乡土文学论战，很多本省的人也起来。本省的作家群，可能在张大春、天文、天心他们那个时候也会有些明星出来。只是相较之下就没有那么……除了舞鹤。因为你真正动用到现代主义来思考本省作家面临的问题的时候，你动用到的，美学或哲学的系统是复杂的。本省很多还是像大陆那样的写实主义。可是后来慢慢从李登辉、陈水扁他们以后，那就开始本土意识非常强的一套了。开始建构台湾自己的历史，包括建构台湾自己的文学史，这段时期天文、天心他们都是被边缘化的……

张：台湾的很多研究者会从"族群"的角度解读您的作品，您自己也时常会在作品中流露身份认同中的困惑，比如您曾说自己选择了一个被两边唾弃的身份。在《西夏旅馆》中您写到，台湾的外省人这一支有点像当时那个亡命的西夏的党项族，在一些访谈中您称自己是"胡人"（笑）。但是后来，您又很纠结地说，在文字上面，把文字改掉的，又是大陆，因为大陆搞了简化字嘛。所以其实在您看来，历史完全是错结纠缠在一起的，是这样吧？

骆：是的，是错结在一起的。有一些东西在我甚至都觉得是不可说。但我可以讲一下，因为我说的"不可说"的意思，是我后来愈感觉到，或是将来等着你们这些学者去抓出我的内在的隐藏结构。对于写小说的人来讲，很多东西它是感性的，它是像植物的根须是渗进去，它不是抽象的，它不可能是抽象的，它为什么是这样？譬如说，我以前有一个……那是最早期，是我第一次感受到，我本来没有感受到，我本来应该是一个讨人喜欢的人，虽然不会讲台语，可是我有很多好朋友，哥们，然后我跟他们学，骂，"干"什么的，那种台语的脏话，他们觉得我很重义气，我有很多跟张大春、天文、天心不一样的。他们是很典型的眷村，然后他们再社会化；或是我哥哥，我姐姐这种外省人的孩子。80年代，很多外省有钱的，高级的，能跑的都跑到美国去了。但当时剩下的，还有政治投票的力量，力量就是人数，有很多新党，新党为什么现在搞不下去，就是当时有很多老兵，他们是跟着国民党来的，他们可能占了几十万。那些老兵，国民党当然用荣民之家照顾他们，他们整个在台湾四五十年，对台湾是付出的，可是其实国民党没有真正好好照顾他们。像李登辉他们整个在制造这种"外省猪滚回去""中国猪滚回去"的情境下，这一群老兵是没有发言能力的。

问题是，它不是谁对谁错。我遇到的本省的长辈，他们印象里的国民党和外省人就是可恶呵。1949年你突然来了，不只占了他们的地方，我觉得是一个复杂的资源，而且是你不能得罪，一个空气嘛（可能是指当时的整个社会气氛）。以台湾来讲，你突然来了，国民党是军队，开始要戒严，抓匪谍，因为蒋介石很恐惧。其实当时白色恐怖，很多匪谍被毙掉都是外省人自己之间的斗争。当时甚至不准讲台语，要讲国语。我觉得那种愤怒还比较不是在底层，而是在士绅阶级。士绅阶层有思考性嘛，他们自己也是复杂的。他们本来也是怀念祖国，希望回到祖国的怀抱。问题是，他们很少数经历过五四这么大的变动，经历过八年抗战，中国受到的屈辱，然后内战。所以，突然来了一群国民党军队，这群国民党军队看起来是比他们脏、破。他们的情绪其实……而且台湾在日本的殖民之下，当时可能比大陆早有电灯，有邮电系统，虽然它是一个殖民地，可是它是清洁、有秩序。所以这个情绪是复杂的。甚至像我岳父他们这种小学念过几年，是受日本教育的。可能到小学五六年级的时候，国民党来了，要学国语（所以我岳父是会讲国语和日语）。然后他们会很奇怪。但他们私下会讲台语，会念汉学。

老一辈的那些，他们的汉学全部是闽南话，而且是很文雅很古典的闽南话。我记得我爸跟我岳父刚碰上的时候，我岳父脾气非常坏，很爱显，他知道我爸是大学教授，搞孔孟，我岳父就开始用台语念了一篇（古文）。我根本听不懂那种台语，不是我们平时讲的台语，我爸比我更听不懂台语。但我爸说这是《大学》，这是《孟子》，就是他小学学的。是从唐山大陆来的，从福建来的私塾先生，到澎湖来教他读的，因为他可能在公立学校学的是日语，可是他们有私塾汉学，学的是真正的中国（的汉语），是清朝时候的中国，是张爱玲的爸爸还在那里背文言文（的那个中国），那是很古典的中国。

可是，你要想台湾那种时空错差，他们想象中的中国，就像马华也是，就像香港，被英国殖民到最现代化、最势利、最冰冷的金钱游戏，可是香港底层还是像广州，甚至比广州还要保存那种，什么煲汤，什么药材，什么中医，武术，过年的那种时节、节令。我觉得，我到马来西亚，感到他们对于端午、春节的那一些习俗，其实已经在地化了，可是，还是一个很丰盈的古典中国。

问题在整个国民党的这个系统，至少我觉得在这个系统，是清洗最厉害的，是最唬人的。第一个，对台湾这块土地来讲，我们就是外人，甚至不是客人。我爸他们从来想的就是——有一天我要回去。我在我们家的那个客厅，听我爸讲的，都是乡愁，都是南京。讲他小时候游泳，讲南京什么好吃，那些跟我在台湾真正吃到的，比如臭豆腐，是完全不同的。过年的时候，我爸会教我妈去学做狮子头，学做江浙菜。我爸会带我们去吃，台北的（江浙菜）。外省人他们总是想，他们不会在台湾生活。所以也都不会买房子。

外省第二代跟本省第二代不一样，像我有很多本省朋友，如果父母是有给房子的，现在的压力就很小。我的压力就很大，因为外省第一代通常不会买房子。如果有房子通常是那个本省的妈妈比较厉害。我爸那时候如果买个房子我现在就不会那么苦哈哈的了。我哥我姐都是这样累的。我遇到的很多外省人也是这样的。外省人在这里他就会变得像我《西夏旅馆》里面的那种胡人。我爸从小在客厅里教我们的那种教养，唯一就是对人要慷慨，要讲义气，要哥们儿。这就跟我看西夏一样，后来在明朝，西夏还是有一群被流放的军人。西夏被灭掉，不是说都杀掉了，还会有一些俘虏留下来。像国民党，留下来的那些全部来盖西北铁路。当时他们也是屯垦，可是他们是一个军队，有点像跑到台湾来的一个眷村，他们那些兄弟之间很讲义气。我爸就处理过好多他的哥们儿的状子。然后是借钱，处理他们的婚礼。我妈在家里苦得要命，我爸就去借钱（给人家），然后标会，给他那些南京来的哥们儿……这是流亡者的一个家，我爸是第一代，我们是第二代。然后，烧那个包封，那都是南京来的习俗，台湾没有这些。要叠衣服，金银元宝，要烧给谁呢，烧给我祖父祖母之外，烧给我爸那些当时在南京留下来，后来南京被打下来，然后枪毙的一些弟兄，三十几个弟兄，有个叫孙准（音）。

张：他全部都记着，然后每年给他们烧？

骆：是，每年都用毛笔字写这个，所以我都记得叠那个银元宝，我有在《月球姓氏》里写，叠那个银元宝，叠到手都变银色的。我有做一个整理，思考这件事。可是到了写《西夏旅馆》的时候，它已经是做了一个现代主义的移动。当然，那个时候我已经读了鲁西迪的小说，黄锦树介绍我看，印度鲁西迪的小说、奈波尔的小说，然后像石黑一雄，就是像这样一些，他们本身是作为迁移者第二代，他们强烈地感觉到他们在别人的群类里，他们是个怪物。我觉得这个在中国的现代小说里是不熟悉的，即使像在莫言、王安忆，他们是知识青年，到乡下插队，我本来是上海人，我现在跑到安徽去插队，大家还是一群，好像跟农民之间还处得很好，毕竟大家当时还是在一个共和国，一个集体……大家不会觉得你是个外国人。就像你现在来台湾，不像你现在这样，只是来三个月。你来这边你就会感受到，你连坐高铁买票的时候，讲话的时候你就开始感到别人对你不善意，那种排外性。

那种排外性是我父亲他们那一辈就建立起来的，所以它形成的是一种讲义气，它不太讲什么家族之间的伦理，因为他根本二十几岁就离开了。但像我太太他们这种小孩就知道，因为他们家族之间，像祖母死了，舅兄之间大家会互相支援。家族意识非常强。这种家族意义非常强才是典型的汉人，是汉人讲门当户对，九品中正。当时南迁，广东人、福建人、闽南人才是真正的汉人。汉人最讲这种家族意识，然后记祖谱。我记得自己是从河南什么什么堂来的。可是外省这种，跟着国民党来的，一般在1949年阶段，它除了很少数的，当时在国民党里面担任高官要爵的，或者年纪比较大的，其他跟国民党来的，通常是城市里的精英知识分子，很少会是农村过来的，又或者整个家过来的。他们是被拔掉的，把单一的个体从那个村落里，或者从一个家族里拔掉。所以他们最早，是最容易进入西方卡夫卡、卡缪，他们这种异乡人孤独的个我。像我这一辈一进入二十岁，一启蒙就会读到……或者说，像洛夫、郑愁予呵，像他们这一群，比北岛他们还早二十年，就进入西方主义现代主义的最精神性核心。

他们就是被拔掉了，像一棵稻苗被从田里拔出来，到了一个岛里面去。那个东西整个非常像我在看的史料里面……在明朝的时候，在安徽还有一群党项人的军队，是输掉的。胡人要进入汉人的世界里，它其实是很难的，它要发展出来的道德性，其实是生存的必要。它就要讨人喜欢，要讲义气。我爸就爱请客。他们，就那群党项人，他们说就是西河人。每次里面的弟兄，每到有人死掉，他们是整个号啕痛哭，因为他们很难娶到汉人的女孩子。他们在明朝的时候就有会友，跟互助会类似的意思，因为经济上不像汉人有地，有一个劳动力，有一个婚配形成的重男轻女的老农业社会，像我岳父他们还是保持着，非常重男轻女。他们的房子还是留给了儿子，不给女儿。这整套其实都是胡啊！

写《西夏旅馆》的时候，我觉得有一种很复杂的情绪。这个书2005年开始写，2005年其实就是……两颗子弹（陈水扁被刺事件）。

那个时候有那个恐惧感，包括那个时候同时期我有写一批，后来也出版了，叫作《我未来次子关于我的回忆》。其实那个背景就是觉得两边会又打起来……可是这一切我是无辜的，我就被卷在这里。打起来，台北会被飞弹打沉，成为废墟。我是用这种观点在写这本科幻小说，然后用我孩子（的视角）。我孩子那时才两岁。

《西夏旅馆》的立场其实是在说，曾经我父亲他们记得的那个中华民国，早就灭亡了。我父亲一直在那边讲，什么祖父怎么样，什么骆家怎么样……这一切，他们逃亡的整个过程，他讲述他小时候的这个那个，其实回到那里也都不一样了，因为那里是共和国了。譬如他所讲述的南京，那个时候蒋夫人怎样怎样，然后对日抗战，他记得的那一整套中华民国历史，在台湾也已经不存在了。它已经受精失败了。它就是个单胞的受精子……

张：已经没有一个父亲再给他讲大陆和故乡了。

骆：其实我有（讲）。但是我变得是一颗精子，跟这个土地受精，所以我里面讲的那个鬼影屦楼，就是在跑跑跑的这种在移动的过程，这些人跑到一个蒸发的梦境，然后在这个梦境里面变怪物。

我看西夏党项史的时候，虽然是很入门的一本西夏史，就看到它说最后有一支西夏骑兵队，其实是西夏族，逃逃逃，逃到现在的西康，就是四川的边界，然后在那边屯垦。听说现在那边还有，还有很多这种散布。就是很多种考据呵，云南也有，青海也有。可是就像羌族，他们自己也不会记得自己了，他们已经被稀释了。我觉得这个就是一个离散的大图景。这个部分我有对应当时的台湾。

2008 年之后，这个情绪就散掉了。那个时候，是有这样一个情绪，觉得你们一直在讲，去中国（化），问题你们才是汉人，你们所有的宗教祭祀，对祖宗的礼节，扫清明，扫每一个节令，然后所有台湾这边的汉裔，所有台湾他们的民间祭拜，如果你到台南去，那种祭拜仪式，古典建筑，他们怀念的所有那种，包括他们的算命、宗教仪式的那整套，那是栩栩如生的一个中国，一个古典中国。

往另一边发展，它的另外一个部分，当时又有李元昊建国这件事。所以当时我在这个层面上反而就不是在谈外省人，台湾外省人，而是在讲台湾的一个焦虑。因为这就错位了，会说把西夏比喻成台湾。李元昊的建国我觉得是一个非常现代主义的。他是硬生生的，没有任何的凭借。你看所有中国之外，像蒙古文、西藏文、韩文，然后，日本很复杂，有片假名、平假名，还有这个匈奴文，都是拼音，他们其实没有造文字的能力，都是用拼音系统。只有汉文，中国的汉文，是非常复杂的一个从篆、隶书，一路象形过来，复杂地转喻嫁接，然后发展成一个非常复杂的视觉符号系统。可是只有李元昊这个神经病，他独立地从他父亲、祖父李继迁，他们其实是一直依附在汉（朝），然后到唐、宋，连他们的姓都是赐姓的，先姓李，然后变成姓赵。所以后来他把姓摘掉了，要建立政治系统，建立自己的文字，他的文字是硬生生地独立创造的，他那个文字好像三年就创出来，但实际上是把汉字全部改变（加了很多毛发）。他是完全现代主义式的，想象式的。可是西夏当时在西北少数民族里面，它的疆域非常大，当时他们用的那本《番汉合时掌中珠》，到后来明代还有用，后来当然西夏文灭掉了。你再看当时所有的敦煌出来的石刻，都是用西夏文。那个时候西夏掌握的边疆，游牧的区域是非常大的。这都是李元昊用他一个人的意志创造出来的。

我发觉用这个来说那个时候的台湾，其实何其似曾相识。经过一次一次地动员，就是要把你本来的个我的记忆清洗掉，进入领导者他要的（状态）。所以当时台湾也要国文运动，大家读《论语》。把蒋介石塑造成一个尧舜式的圣君。蒋介石父子都写日记，就像帝王的起居注一样。二十几岁的时候，我们开车开到屏东，来到一个田边，那整个是一个非常恐怖的景观。那是一个黄昏，一整个田垄里都是一群老人在散步，应该是四、五百人，或是五、六百个老兵，没有一个女的。全都是荣民之家的荣民，老荣民。他们没有结婚。这群人以前可能在90年代末的时候还可以成立一个新党，新党全都是这些老荣民，可是为什么新党最后没有发展下去，因为这些老荣民全都死去了。就是这些外省人，他们很悲愤，觉得台湾人忘恩负义。这些人没有传后，没有传宗接代就灭掉了，就不存在了。然后慢慢就变成这种比较温和的。所谓温和的，就是进入台湾的中层社会，相较于国民党当时过来的外省人，他们进入了社会中层。他们有能力栽培后代，有能力娶到老婆，可以把根扎下来，知道怎样跟台湾那些极独的人妥协。因为最激烈的时候，就是李登辉那个时候，好像我父亲的晚年，口音很重，上计程车，很多次就被计程车赶下去。现在比较有秩序，大家比较温和。

我记得2004年有一次李锐来台湾，那时候也是快选举。李锐还傻傻的，他那时候在台北，天心、侯导带他去九份，我们很尊敬他是李锐，可是他傻傻地自己要坐火车，那时候还没有高铁，他就说要去台南，我们就跟他说，你千万不要去，你这样，你一讲话马上被人家打。那个时候的氛围就是这样了，所以很多人对台湾印象很不好。这几年就温和一点。会越来越好。但你还会觉得有很多歧视。我觉得每种人，你奇怪吗，你排外，他也就排外。很微妙（笑）。

张：您的《西夏旅馆》，写了一个西夏的历史，还有一个台湾国民党的逃亡史，这两者互相隐喻。在这其中，您还夹进了很多，比如社会新闻，滨崎步"父女的乱伦"，夫妻间的侦察和反侦察"游戏"。像这些精神贫乏者的暴力图景，这样夹杂在里面。我读的时候就一直有一种感觉，是不是超出这个认同的主题之外，您还要写一个东西，可不可理解成现代人存在的一种困境？就是心灵没有依靠，这种？

骆：对，你讲得是很好的。像我这样，我觉得我的教养，文学启蒙的过程还是西方的。即使那个时候我读到莫言，王安忆……最开始读到王安忆的《小城之恋》，那是很悲伤的一对畸形的男女在一个舞蹈团里的恋爱。男的是一个矮子，女的是一个高胖子。好美好，可是好悲惨。我觉得那是一个共有的……（体验?），包括《百年孤独》，读越多遍，你才会发觉说……当然，很多评论家会说它就是一个中美洲的心灵史，是历史的、殖民史的一个缩影，然后怎样怎样……可是问题是，它里面的每个人常常是没有办法的，在那个快转中，他们每一个人想要挣离开那个诅咒。比如说，乱伦的威胁，还有那个血液的遗传——总是冲动，总是内向。

后来，我也读了古罗的佩得罗巴，阿加斯·略萨，就是大陆出的那套。今年读很细，读《跳房子》，还有今年大陆出的这个《2666》。我觉得这个技巧在西方，其实从福克纳以后，都是一个很成熟的，一个现代主义的处理。我觉得西方它是一直反复在思考，就是人进入现代性之后，发生了哪些改变。其中一些噩梦的规格和场景已经超出了本来那套古典时期的、文艺复兴时期的对于宇宙，对于和谐（的认识）。或是中国整套的四象、八卦，所结构的一个平稳的、有秩序的世界。我觉得整个古典主义，或是整个基督教文明之下，其实他们相信的一套，还是有一个美，一个善。可是你看 20 世纪，小说发明出来，从陀思妥耶夫斯基，然后到日本战后的太宰治，再到整个拉美。印度鲁西迪的《恶魔诗篇》，它最动人的就是坠落，他掉下来以后变成一个魔鬼，是一个山羊的样子，鳞片流脓，其实是掉在一个移民局的警察署，然后被抓到警察署，他还大便在车上，警察打他。其实那就是一个有色人种跑到西方去，进入它的卡夫卡的官僚系统里去。就像比如台湾的一些移民署……我的一个哥们就是娶了大陆新娘，他们在检验，对一些大陆来的配偶，因为担心他们假结婚，担心她们来卖淫。他们问的问题其实很多都是违反人权的、羞辱的。我觉得香港也有这个感觉。有很多是流动渗透到各界，这种防御性、地区性、防卫性，对这种移动的过程是无法阻止的。

还有我上次在演讲时没有讲到的，很多像犹太人的小说，中亚的小说，非常成熟了。因为他们本来就是非常混杂的一个民族，他们本来就很习惯流浪，像吉卜赛。流浪，这个东西对中国来讲是不熟悉的，可是这样的情感和这样的书写……我觉得台湾是慢慢地要找。这几年，因为台湾想写本土的悲愁，它还是没有一种我为主体的感觉，所以我觉得我这段启蒙，对我最有影响的我觉得反而是马华小说。就是张贵兴的小说，李永平的小说，黄锦树的小说。你会发觉他们就是永远在别人的国度上，然后变怪物，他们里面的角色就是会出现暴力。你在别人的地方，你不自觉。好像奈保尔就说，他在伦敦，他去念大学的时候，他就发觉他的白人同学都有一整套家族的教养，比如说这个家庭的白人，怎样跟年轻的白人女性调情，然后怎样是一种性的邀请，怎样是一种性的试探。但是他整个都不懂，因为他是在加勒比海的一个小岛，他们也是整个硬生生地从印度千里迢迢移到特立尼达去种橡胶，他在特立尼达的整个家族是整个村被移过去的，他们保持的传统仍然是印度的大家长式，父亲不会在客厅里告诉你什么是性，不会告诉你西方发展出来的这种优雅的、色情的、调情的性的语言。里面这个角色是一个黑人，他不知道怎么办，他不知道去嫖妓，我觉得最典型的写这个部分的一个言语，就是从性开始。性没有礼仪，性失去了它的本来稳定的一个人际关系。人际关系的剥落，性或者就被暴力化地驱逐掉了。可能原来在中国，性本来也有它复杂的一个人际结构。可是……譬如这些外省老兵，如果你在台北待久了，我还可以带你去看。那种红包场。就是那种老荣民，都是领一万块台币（救济金），可是他就去那种很破烂的，里面是一群我们这个年纪的，已经是过气的歌女……他们穿上那种，其实也是租来的那种礼服，想象以前，然后乐队也像三十年前，唱的是上海歌。刚刚看到的明明是老阿姨，在舞台上马上就变成娇俏的小猫咪。台下都是化石一样的老人，他们拿红包，一个红包里面才是 100 块台币……一次可能拿五个。我带朋友去看，那个小姐就跑来坐在我旁边，可是那个年纪都……她们旁边很多干爹，那些干爹一个月就是一万块，他也没有能力进入这个社会一个正常的生殖的（系统）……农业社会生殖就是能力，或者生殖是一种资源的交换，他没有办法进入这个系统。

所以，我本来设定了旅馆以后，也不是写我爸那辈变成一个自我怪物化的景观，怪物化的景观是上一辈的。为什么会变成这样的怪物？为什么我变成了这样一个新人，或者说不是人——整个过程还是在处理这个，就是被甩离开原来的那个环境，连这个流亡的队伍都变成一个重播的，像村上春树的那个世界末日一样，它是一个重播的幻影。可是我们这种外省第二代是从这个幻影里被生出来的，甚至没有受精，在历史的意义上没有受精。现在重播的那台机器死掉了，而我还是困在这个旅馆里面。我大概就是这样一个想象，里面还有很多发展。

而且我还不是这样简单讲，因为看到李元昊杀妻嘛，这个对我来讲太恐怖了，那我就把这个写出来。我本来其实在处理这个外省主题之前……我觉得我可能是最早一批，张大春的学生的最早一批，是那一代最早在处理这种虚拟跟实体影像间的这个错位的。刚好这个部分就是我结构里的一部分。可能我是最早，在台湾。

大家经常提我最早的新作（《降生十二星座》），写得还是虚拟故事里的电动玩具世界。电玩里面的那个少女，叫春丽，她不知道，她一直在报仇，报杀父之仇，可是她不知道，她只是一个虚拟的，你一直投币，好像你一直在替她完成，可是其实你是什么？那个时候的电玩还很简单，可是后来我的下几辈，还有人，像贺景滨，今年就写一本《去年在阿鲁吧》，我觉得那个是更厉害，就写到西方的科幻小说去了。我觉得我很早就一直在处理这种 AI，就是《银翼杀手》，我不知道你们那边翻译成什么。那个女生后来被测出是复制人，那个男主角就问她说，你告诉我童年有什么记忆，因为记忆其实全部是被输入的。她就回忆了一段她小时候跟她哥哥在谷仓里面玩那种医生和病人的游戏——其实也可算是最早的性的游戏。她哥哥拉着她，她看到谷仓上面有蜘蛛，一只母蜘蛛生出了成千上万的小蜘蛛，小蜘蛛把那个母蜘蛛吃掉。结果男主角非常惊讶——我们没有输入这段记忆。我觉得这是一个很高端的，一个非常棒的经典。它就是在讲如何分辨什么是人，什么不是人。它的两大机器人理论，莫西可夫的那个原著。第一个是，你有没有抒情的能力（因为复制人没有抒情的能力），能不能创造出诗，对记忆进行感性的创造；第二个是你有没有笑的能力。所以要真测你什么都一模一样，我就要讲笑话给你听，你不会笑的话就……因为笑是社会性的。就比如我到北京去，哥们在讲一些笑话，我听不懂……那我马上就被认出来了，拖走！（笑）或是你到台湾来，他们跟你讲一些台湾的笑话，你听不懂。因为那是社会集体的一个记忆。它有的当然是可以更扩大共享的，是这样。可是这个电影它整个在推翻这件事情，它到最后，那个猎杀他的对手，不是在猎杀他，反过来最后是自杀，那个时候他讲了一段话——

　　　　我曾经目睹过你们人类不可能看到的那些壮丽。星辰，就是漫天的星辰下，攻击那些夜海巡航，着火的船只，我看到那些人死亡前的惊恐，我曾经在大雨滂沱的夜晚，海洋上面看到天底下的雷电嘈杂不休，交织一片。①

---

① 《迷走西夏的一幅心灵地图：骆以军与编辑对答》，《印刻文学生活志》2008 年第 7 期。

　　我很爱引这一段，我从年轻就很爱这个。我觉得我这一世代有太多的记忆其实是伪记忆，尤其到我的下一代——电脑世代，我们成长的过程其实很害羞、自闭，因为我已经进入一个城市的……很难跟人接触。我爸他们可能很知道要怎么去跟警察局打交道，"大哥，别这样了"。然后邮局嘛，"拜托拜托，事情……"；坐公车的时候就跟别人拉话，坐铁道的时候一路十几个小时大家就聊天。或是在台湾老一辈的村庄里面，这些老人家出来抽烟杆，大家会聊聊天。有人群，小孩互相玩在一起。可是城市化长大的，像香港董启章这种，就更极端了。成长在公寓里的孩子，像我小孩现在，跟别的邻居碰到，都会很有礼貌打个招呼，这个还好，可是不会有任何互动。大家会很保护隐私嘛，不是像以前那种村落的形式。这是我演讲里都有提到的，一个二十岁的孩子，他拥有的经验可能是以前一个八十岁的老人拥有的经验的一百万倍。因为他可以上网，他没有经历过世界末日，可是他可以想象，我是觉得太多了，好莱坞，《变形金刚》，《阿凡达》，什么世界末日，ID4……我们这辈也是这样嘛，有各种视觉，我们现在要写小说的，对于一个运动感和一个场景的自由度绝对比……像莫言是天才，可是我们一定比王安忆他们，可能性打开得更多。可是，很多的经验是假的，就是整个这一批人，一个中国台湾小孩，一个大陆北京小孩，广州小孩、中国香港小孩，跟匈牙利小孩……没什么不同的经验。

　　就像我上次去爱荷华的时候，有一个蒙古的诗人，他诗写得很好。他朗读完以后就有一个匈牙利的人，一个作家问他说，请问你们蒙古，这个十岁到二十岁这个阶段的孩子（都在干什么呢）？因为他想象草原上，那个写的都是草原的风啊，夕阳、味道，腐烂的草籽……结果他说，哈利·波特。然后全场都在笑，就是希腊的，印尼的，中国台湾的，韩国的，……全部都在看哈利波特，全部都在看《暮光之城》，在看《追风筝的人》。然后大家都觉得乔布斯的死是一个伟大的人物在死，这……简直太怪了。这整件事太奇怪了，可是这是整个世代，可能看不见，可是透过这个网，他们就觉得他们在参与世界。其实他们是在一个自己的小空间里，他们跟最近的人，都是没有办法沟通的。

我觉得我在二十几岁的时候，我也有讲我这一辈有很多台湾年轻作家后来都自杀了。大概你也有在别的采访中看到，像邱妙津、像黄国峻、像袁哲生，我们这一辈的小说家，活下来的，或是死掉，其实你现在看我们二十六七岁的第一本小说，都很像。你看我的第一本小说，跟黄国峻的第一本小说，跟袁哲生的第一本小说，跟邱妙津的第一本小说——不是《蒙马特遗书》，是《鬼的狂欢》。跟赖香吟的第一本小说，跟董启章的第一本小说，跟成英姝的第一本小说，都很像。都是很现代主义，很疏离，很雾中风景的，孤独的个我。然后，像梦中的一个火车站，像梦中的一个房间，角色的名字肯定叫 K，或是他（笑），就是这样。就是一个疏离感。都比较慢熟吧。可是他们都在那个最好的时候就走了。我过三十了以后，就……欸，那你还要继续写，在写的这件事上再重调整自己的位置。那就试着摸索。

张：您说到这个孤绝感，我就想起有一次您说，有一个女性的采访者，她很忿忿，说您书中的那些性描写，怎么能这么写。我倒是没有觉得您写得很色，其实我从您书中的性描写里面读出来的就是您说的这种很孤绝的感受。

骆：对对对，就是怪物，就是怪物感嘛。一般的小说，写实的，甚至是琼瑶的那种言情小说，那种类型的话，它们一般写的性都是很美的。可是我这一个，尤其在西夏，我觉得是在刻意的暴力化。

我本来里面设定两个角色，有点像启蒙者，一个叫安金藏，一个叫老范。我是故意让这个图尼克，他是一个既汉又胡的人，让他有个长辈在教他，如何当一个好汉人，那另外一个人就告诉他，胡人该是什么样子的。这里面就会变得故意在……它这里面是现代性的。这个就像台湾。我觉得这个就变得很有意思。那这个老范是什么呢,因为我看到一个很有意思的资料,就是范仲淹。当时李元昊唯一怕的就是"老范小人",他很怕范仲淹。范仲淹呢,有一次写了一封很长的信给他,就像一个父祖辈、父兄辈在训斥一个侄儿,就是在跟他说汉人该怎样,你明明就是个汉人,你给我好好当一个汉人。你这么胡闹,小鬼!他对他很好,可是就像一个父兄在劝他,说,不要胡闹。然后告诉他我们汉人应该怎样,跟他描述一个上禹下纣,伟大四方的一个光的世界。那李元昊呢,就故意说汉人是在一个农业的、一个四时分明的……我们胡人是从一个骒马的阴道流出来的、一个歪斜的世界,你们是一个浑天地动仪的世界,我们的就是一个倒影的世界。就是这样,故意这样写。可是这个东西,它本身就是一个怪物,就像李元昊他硬要创造一个西夏国一样。在那几百年内。李元昊其实也是在用一套意识形态形成描述,然后把这些党项变成是西夏。

我以前写的《妻梦狗》,或是《月球姓氏》,我自己有一个自信是,我的长篇小说的各本之间的命题跟文体,我都会很努力地让它们有很大的区别。但别人总还是抓到一个共性,可是我自己觉得我会换,我会整个档案换掉。我觉得我在《月球姓氏》里的性,跟在《妻梦狗》里的性,就是很美的,或是很魔幻的,很妖异的。到《遣悲怀》的性,就是很变态。可是它是像剃刀一样,是很单薄的,很绝望的。因为它谈的是爱人的死,然后"救死",把死这件事拦阻。到了《西夏旅馆》的时候,我是刻意让它进入一个暴力的状态。就是撒豆成兵,这个西夏骑兵是一直出去,强奸别人的妇女,在强奸别人的妇女之后又屠杀,可是自己一直不知道自己在变成什么——原来搞半天我是一个疯子的射精。我只是一个精虫。

这个看怎么解读嘛。这个架构,它有刻意地比较去写,它的空间是在旅馆，所以旅馆的空间作为剧场的话……本来这也是选了旅馆的策略。可是选了旅馆以后，在旅馆的空间里的人的关系就很难。那个时候我也看了赫拉巴尔的《我曾经伺候过英国国王》。就是旅馆，它很难成为一个《长恨歌》，一个红高粱家族，它就是一个……它的移动感，它的发生剧场，是一个光影剧场，然后就变得是一个房间一个房间。所以很多时候，可能一个性的扭曲，会压挤，会比较能够在里面发展。可能是这样吧（笑）。

张：您写西夏，然后你又设计了旅馆这个意象，当时有没有一个用这个空间去体验时间的想法？

骆：对。一开始在"打书"那时候我就讲，西夏就是一个时间上不存在的历史，西夏早就不存在了。旅馆就是一个在空间上的不存在。明明不存在，但它又存在，它是因为这个人存在，这个空间才存在，就是旅馆的记忆。如果旅馆是一个极域之梦的话，旅馆是由所有这些，来来去去的住客的集体的梦（组成的）。旅馆是这样的，它不是一个《长恨歌》，它不会这个梦转出来以后，会是这个上海，这个沧桑，或是香港，是香江的一个悲歌，或是像写《朱雀》的葛亮的南京，像白先勇写的《台北人》——当然后来很多本省人，说要写我们的版本的台北人，跟你白先勇这种外省不一样。对，就是会有这样一些。

这种写法是个人的记忆，个人的关系的成长史。然后遭遇爱情的关系，经济的关系，死生的关系，然后慢慢就……好像是这个城市的一个历史、沧桑史。可是我觉得像我这种外省人……我本来是想写一个西夏，我有讲过，我本来的书名是叫作《如烟消失的两百年》。我就是想写一个伪造的西夏史，从建国造字，李元昊杀妻，然后一段一段地，不像哈扎尔辞典，里面一个一个的历史，可是全部是乱写或是伪造的。可是很难，那个过程。忽然有一次跟哥们聊天，就说我要写《西夏旅馆》，然后突然就发觉豁然开朗了。我觉得我可以在这个小说里……就像博尔赫斯的《歧路花园》，他（注：应是指余准的祖父彭崔）就说我要造一个花园，一个迷宫，其实他不知道，那个关键字里面不存在的东西就是时间。时间就是谜底。那什么意思呢？他后来才知道，他要造的那个歧路花园，那其实是一本小说，是不存在的，在博尔赫斯的这本小说里面，他没有写出来，那本小说是一本像《红楼梦》一样的小说，他只是把它藏在后面了。那我会觉得说，如果我可以造一个西夏旅馆——这本来就是一个违建嘛。

其实我本来应该……我觉得我没有在最好的状况，我那个时候应该更用力，或者说没那么快写完。我应该再加一两个人物，是真正这种外省的，再做一点这个……当时是应该再加一两个外省人，上一辈的人。现在这个就比较偏重在图尼克了。本来像美兰嬷嬷，开章的时候，我的状态最好。如果美兰嬷嬷这种角色再打开来写几章，我觉得它会整个更丰足一些。下半本我就觉得整个偏到疯狂变态去了（笑）。

张：如果要您作一个比较，把大陆，台湾，还有香港的作家作一个对比的话，您觉得三个地方作家各自都有哪些长处或不足呢？

骆：我觉得这个在未来一直会变动，会辩证，会形成很多的文学作品。

台湾跟香港相比较的话，可能在过去的五十年。台湾因为小，所以在当时的一段时期，蒋介石禁掉五四以来大陆的这些，鲁迅这一辈，左派的一些作家，当时都被砍掉，所以白先勇呵，他们在那种精神苦闷之下——断掉了一个明明从五四发展出来，也差不多五十年的现代文学的一个基础，本来是很丰饶的，本来超现实主义也有呵，现代派，施蛰存，他们这些都有，上海孤岛呵……那台湾只剩下张爱玲，因为沈从文也被禁了。所以，就发展了很多张爱玲的后辈，包括天文、天心，很多繁殖出来，苏伟贞什么的。这是很奇怪的一个进化、演化。另外一种就是王文兴他们引进来的英美的现代主义，那这个东西它就会像……我记得就像王安忆她都这样讲过，台湾的小说家（她那个时候当然不是讲到我）太文艺腔了，为什么小说一定要那么文艺腔？共和国的小说史的一个核心意识形态还是"人民"。可是，在香港，或是在台湾，文学的核心可能就回到最开始周作人他们的辩论，文学是该为艺术，还是该为人生。它可能也因为台湾这边，因为老蒋的这种——不能让你去碰人民，人民太可怕了，所以它就变成了英美现代主义的温床了。因为它这种精种是查不出来的。

台湾可能在整个80年代，尤其在解严以后，像刚才讲，大春、李永平、朱天文、朱天心、舞鹤，一路到我，甚至我的同辈，你看像陈雪，她们在写 lesbian（女同性恋），都很自由啦。还有成英姝，只是因为后来不写了，她早期的几个短篇写得非常厉害。你现在去看黄国峻、袁哲生、邱妙津的小说，很可惜都是停留在三十岁左右。到了我的下一辈像童伟格、甘耀明的小说，他们都是本省孩子，我还可以写《西夏旅馆》，我还可以写《月球姓氏》（是家族史），可是他们是什么？他们的认同更错乱。他们不可能回去用赖和，用龙瑛宗的方式去写的，他们也不可能写出……所以我一直很推崇童伟格的小说，像他的《西北雨》，我觉得那就是一个现代主义极度高峰的作品，就整个是西方的。像甘耀明，虽然大家很吹捧，但我觉得跟莫言还是不能比的。

张：但他们走的那条路是一样的。

骆：对，就是魔幻，拉美的魔幻。我觉得像大陆那些顶级的小说家，他们曾经在一个高峰，像余华、莫言。莫言我觉得还是在中国第一名，是最厉害的小说家。是80年代的马尔克斯。可是后来他们就退回去了，可能变大家了，世界开始注意、开始翻印他们的作品，那他就有一种东方主义式的，我就来写"文革"，或者把古代中国给你们西方看，那就变成一种成功的灾难了。或者是一个展示，一个东方的展演。但这其实也不是……每一代都有每一代的……这不是哪个小说家或小说家群不认真，它有一个历史的限制。

可是我还是觉得，整个中国 21 世纪到现在，10 年，新世纪 10 年，中国的小说跟西方的小说，不要说西方，跟日本的小说，跟印度的小说，跟东欧的小说，跟拉美的小说比，中国这么大，这么强的一个国家，一个人民，它的现代小说，它的物种、物类，它的地表还是很空旷，没有我们想象的一群。所以其实还是可以期待的。不是说期待天才作家冒出来，而是期待怎样解读小说，怎样引进，怎样可以读得懂这个小说。为什么会出现《2666》这样的小说。它也是在写一个非常恐怖的虐杀嘛。你刚才讲，我的《西夏旅馆》里面的性是很恐惧的，那它（指《2666》）是写 200 多个妓女，在墨西哥被一路杀，非常理性地杀，它谈的又是最核心的现代主义的孤独，或是冷漠。因为他们一直还是有个核心，就是集中营这件事情。那是对这整个大的事情——人类为什么变得不是人的这个疑问。其实追寻最好的小说家，一直是绕着这个黑洞而启动你的创作。这也是他们这整批人能写这么好，而后连续二三十年的后两代写的都超不过他们。有很多恶，或是暴力，有很多是抽象的，是卡夫卡式的伤害，是卡尔维诺的伤害，是大江健三郎处理的伤害，可是他已经不再是用村领导啊，大家一起狂欢暴力啊，已经不是这样了，已经不是以乡村为观看点，然后城里来的一群人来超度。这种东西台湾小说写得很多，乡土情感嘛。可是事实上，很多诸如人如何变形，人如何被病毒侵染……后来我看到刘慈欣的小说也觉得写得很厉害。那我觉得大陆还是会出现。可是，对于小说的可能性是什么这件事……中国人的结构太严密了，系统性太强大了。就像我这一辈也是有问题吧，我也是到了四十岁以后才知道说，也许我应该再回头，除了读西方的，我也许有机会该读一些中国古典的东西，你看大春嘛。可是我又很害怕如果像他就跑回古典去了。

张：最后问一个问题吧。您一直提到您三十岁以前，四十岁以前的创作，如果以您感受中的人生变化的各个阶段来分，比如说您讲到的，您三十岁以前看世界的方式，然后四十岁，现在看世界的方式，还有十年以后，您五十岁的时候，您再看世界的方式，体现在创作中的话，它们的变化在哪里？

骆：我觉得当然会变，一个是气血衰落。像我今年，我就跟我哥们开玩笑说，你们一年十二个月。我从2008年小说交出去以后，我每年忧郁症会来一次，来一次大概都是两个月，我自己吃吃药就好了，就继续。所以大概我一年只有十个月，是正常、清醒的。那两个月，"电脑"就关机了，不能做别的事情。我今年在香港住校三个月，那时候来了一次忧郁症，大概一个多月，我自己吃药，好了。后来九月又生了一次病，那次很严重，到现在还在吃药，大概快四个月了。所以我跟他们讲，我今年只有七个月了，八个月不到。可是我今年又很拼嘛，很多次跑大陆出书，跑大陆的活动。所以我今年好快，元旦一过，我都还记得2001年刚过年，那时候我还没有想到我要到大陆出书。只是觉得，啊，我要来好好开笔写下一部，我那时候也看了一些量子力学的东西，很感兴趣，我想用这个来打开，因为我故事也差不多枯竭了。

我觉得它不太能分代，你看我们讲"70后""80后""90后"，其实一个创作者，他很难讲三十岁、四十岁、五十岁。像我这两年，有时候反而会来重读。像我前几个月状况不是很好，就重读了陀思妥耶夫斯基的《白痴》。我也很怕，我觉得大家好像会越来越破碎、表面。

台湾还有这个优渥是……你看博尔赫斯、马尔克斯，都是在二三十岁，一群人混咖啡屋。香港很惨的，他们没有咖啡屋，他们的咖啡屋是有钱人，老外去的那种，像尖沙咀，那种很贵的。那台湾这样，我可以叫个人民币大概就三十块的,我可以坐一天,我可以看书,写稿,跟父母拿点钱。像我在二十岁到三十岁的时候非常用功,是个极端的、孤独的、没有性经验的"密室写作者"。我在阳明山的宿舍,很用功,一本书一本书地抄。当然,我也有去打电动,也有哥们来喝酒,可是我没有……除了要写小说之外,没有人生的、现实的规划,直到我追我太太,然后糊里糊涂地结婚。结婚它是这样的,要生小孩……所以我三十岁以后开始有一种死亡前的焦虑。我三十岁以后就保持一年一个长篇。我在同时期也接很多电影剧本、广告文案……就是想尽办法,要赚钱,要生存。然后慢慢到处演讲。大概到三十五岁以后,我写《壹周刊》的专栏,收入就稳定了,可是小孩,包括搬到城里来,这个房租的钱,很贵,还有小孩的教育,当然这里有一些我觉得我不宜讲,就是我太太,她们娘家,她花钱是比较……我经济压力就比较大。可是我的收入方式,并不像是大陆的创作者可以很有钱,所以我是很辛苦的。

一直到西夏写完,我觉得我停了大概三年,或是中间也有过整补,可是都没有过这样的状况。我觉得是我西夏动员太大了。虽然题目不一样,可能还会重复那套文字,那套美学,那套结构。可是结构我绝对可以变。变得很像莫言的《檀香刑》之后,他写了《生死疲劳》或是《蛙》,谈不同的议题,可是里面叙事的,群众演员都是一样的,只是在用一个不一样的结构。我是想要一个完全不一样的,我要拆掉重盖。所以对我来讲,这三年特别痛苦,也要重新整补。可是,像去年一年,外务太多了。所以我后来觉得我生这个病对我很好。我手机一般就不开了嘛。一切活动就不接。虽然也还是呆呆的,可是就慢下来了。

我觉得大陆有一个状态是,台湾也有,好像成为作家以后就不太读书了。读到的书都是评审的时候读到的书,所以我才会想到去弄一个读书会。和我的同辈……像台湾这里，像大春、杨照，本来都是很棒的创作者，像我刚才讲到的罗智成，杨泽。他们后来都没有真正在创作。像大春，只是因为现在在出他的书，他四十岁写了《城邦暴力团》以后，基本上就不写了，后来出的书根本就不是叫小说了。我觉得他就成为媒体人了，因为媒体人的钱多，他们可以过好日子。在大陆我可能也可以写小说就过好日子。

台湾还有一批，像童伟格，我每次都要提到。还有像陈雪。我每次去大陆，我现在有很多机会去大陆访问。我每次都在讲，大家不要好像只有天文、天心、舒国治、蒋勋，然后大春，现在到我，后来杨照也去了。其实不是这样的，其实台湾有一批……（刚才讲到的）可能在台湾只能卖两千本，可是是很棒的小说。我以前去马来西亚的时候，就想，应该要有一个城市青年论坛。那个时候我大概三十几岁，那里有很棒的一群小说创作者，他们那个时候也都三十五六岁，可是很彷徨，很苦闷。香港也有一群这样的小说创作者，我去年去的时候，他们已经有很多人没有写了，可是还是那种文青。（这样的人）北京一定也有一堆，上海也有，广州也有，如果有一个很有钱的老板，或是我中了乐透，其实不应该办什么莫言、王安忆、大春、天心、我，这样的一种论坛，我觉得要让青年也有论坛，城市论坛，形成这种氛围。而且大家集体都面临着全球化，大家都有些共同语言是同样扁平的。可是大家的背景，尤其是成长背景又不一样。这里面有一些成见和偏见。所以我就觉得应该有一个青年论坛，大家要敢讲话，可以骂对方，但是可以讨论。大家都坦诚、包容。那这个东西接下来就会变成一个很棒的……世界。

访谈札记：

骆以军的思维跳跃纷繁，就像他的作品。对话之间，他的话语纷然而快速，常常一个句子没说完，另一个画面已经开始描述。其间众多在台湾腔里必不可少的"然后""可是",只是它们在这里已经不是语流间的单纯连接,而是一种思路跳跃转换的标志,随之而来的,是一个个画面的快转,一簇簇意义歧生的枝杈。经常是一个主题,他会绕出去很远,绵密无缝的话语让我无从插话。但是,奇妙的是(这里借用一下骆以军的"口头禅"),他最后又会把话题拉回来,说,"然后,可是我们说的某某某就是这样"。

能采访到骆以军是很幸运的。因为他需要不断地抽烟,所以我们只能在咖啡厅的露天座聊。为此,他很周到地为我准备了一条围巾,加上他的平易、温厚和坦诚,温州街一月的寒风似乎也变得亲切起来。

附录 2　光影留念

左上：骆以军在光点台北演讲

左下：骆以军签名

右图：温州街访谈留影

附录3 骆以军获奖小说列表

作品名称	获奖时间	所获奖项
《蟑螂》	1989 年	"全国学生文学奖"佳作奖
《底片》	1990 年	《联合文学》小说新人奖推荐奖
《手枪王》	1991 年	时报文学奖甄选奖
《红字团》	1993 年	《联合报·读书人》年度十大好书
《第三个舞者》	1999 年	《中国时报·开卷》年度十大好书
《月球姓氏》	2000 年	《中国时报·开卷》《联合报·读书人》年度十大好书
《五个与时差有关的故事》	2000 年	台北文学奖
《遣悲怀》	2001 年	《联合报·读书人》年度最佳书奖
《远方》	2003 年	《联合报·读书人》年度最佳书奖
《我们》	2004 年	《联合报·读书人》年度文学类最佳书奖
《我未来次子关于我的回忆》	2006 年	《联合报·读书人》年度文学类最佳书奖
《西夏旅馆》	2008 年	《中国时报·开卷》"中文创作类"年度十大好书、《亚洲周刊》中文十大小说
《西夏旅馆》	2009 年	台湾文学奖长篇小说类金典奖
《西夏旅馆》	2009 年	第三十三届金鼎奖最佳著作人奖
《西夏旅馆》	2010 年	红楼梦奖（又名世界华文长篇小说奖）
其他		
《哀歌》（《妻梦狗》）	1998 年	入选尔雅版《年度小说选》
《医院》（《月球姓氏》）	2000 年	入选九歌版《年度小说选》

附录4 骆以军所获表彰及其他

时间	所获表彰及其他
2000 年	获评《中国时报·开卷》"2000 年度风云人物"
2000 年	获评《2000 台湾文学年鉴》"2000 年度风云人物"（台湾"行政院"文化建设委员会）
2002 年	获中国文艺协会文艺奖章小说创作奖
2004 年	获香港浸会大学国际作家工作坊邀请赴港作访问作家
2007 年	获邀参加艾奥瓦大学"国际写作计划"